エリート神官様は恋愛脳!?

登場人物紹介
アルバート
王都から赴任してきた
エリート神官の青年。
エマを気に入っており、
いつでもどこでも彼女を口説く
マイペースな聖職者。
エマ
出生直後に孤児となり
田舎の神殿で育った18歳の少女。
ワケありの境遇で、自らの
生まれた田舎町しか知らない。
世間知らずなもののしっかり者。
ニケ
守護神だと名乗る
しゃべる小鳥。
エマが生まれた時から
ずっと彼女と共にある。

ジャン
アザレヤに駐屯する
国軍の司令官。
豪傑を絵に描いたような
気持ちのいい人物。
フォルカー
アザレヤの町長。
気が弱くオドオドしているが
町民に慕われている。
ロベルト
レナルドの兄で、国王の上の弟。
王族でありながら神官となり、
アルバートとは同僚として親しい。
ダリア
エマの育ての親で
ある神官。
彼女の両親について
詳しく知っている
様子だが……？
レナルド
国王の下の弟で、
エマの住まうアザレヤに
赴任していた軍人。
優柔不断で、婚約者がいながら
エマを愛人にしたがっている。
ミツさん
アルバートが王都で
飼っていた白猫。
濁声《だみごえ》のふてぶてしいオス。

目次

第一話　いらっしゃいませ神官様

「――ニケよ、我らが守護神。罪深きこの身を、どうかお許しください」

静寂が支配する礼拝堂の中。正面扉の上の窓から西日が差し込み、人気《ひとけ》のない堂内を神秘的に照らし出す。青を基調とするステンドグラスを通った光は、祭壇《さいだん》の後ろに佇《たたず》む乙女の石像の、そのたおやかな指先に止まる小鳥を青く染め上げていた。

それを眺める者は誰もいない。ただ光のあまり届かぬ一角に、わずかに人の気配があった。

ひっそりとした小部屋の中、跪《ひざまず》き背を丸め、顔の前で両手を組んでいるのは、いかにも紳士然とした若い男だ。ふんわりとしたクラバットを留めるダイヤモンドが、ステンドグラス越しの明かりを受けてきらりと光る。

金色の睫毛《まつげ》を伏せた彼の絞り出すような声が、静寂の中に響いた。

「私は……婚約者がありながら、別の女性に恋をしてしまいました」

細い格子《こうし》を嵌《は》め込んだ上、カーテンで仕切られた小窓――その向こうで男の言葉を聞いていたのは、年若い少女である。彼女は二つに分けて緩く編んだ栗色の髪を愛らしいかんばせの横に垂らし、白い襟《えり》が付いた濃紺《のうこん》のワンピースを身に着けていた。

少女は男の言葉に何かを返すことはなかったが、青い両目を零《こぼ》れんばかりに見開いて――

（ここ、恋愛相談室じゃないんですけど⁉）

心の中で抗議した。

礼拝堂の隅に作られたこの小部屋は懺悔室《ざんげしつ》と呼ばれ、犯した罪を神に告白して許しを請うために存在している。

ここウェステリア王国は、姿無き守護神ニケを信仰する敬虔《けいけん》な単一民族国家だった。

国内には多くの神殿が建てられており、人々の告解は各地を管理する神官がニケに代わって受け止める。

しかしながら、今まさに男の懺悔《ざんげ》に耳を傾けている少女は、実のところ神官ではない。かといって、少女が男を謀《たばか》ろうとしているわけでもない。男の方もカーテンの向こうにいるのが彼女であると承知の上で語り掛けていた。

「――エマ」

エマ、というのが少女の名だ。

今から十八年前、この神殿で女の赤子が産み落とされた。

母親は出産後間もなく亡くなり、父親は誰だか分からない。母親には身寄りがなかったため、神殿の責任者である神官が親代わりとなって育てた。その赤子がエマだ。

「エマ、君が好きだ――愛しているんだ」

「……ひえっ⁉」

唐突な告白に、エマは堪《たま》らず悲鳴を上げる。驚いた拍子に右足の小指を椅子の足にぶつけてしまった。あまりの痛みに身悶《みもだ》えていると、相手の男はやにわに立ち上がり、互いの顔を隠していたカーテンを乱暴に開いた。

そして、格子窓《こうしまど》の向こうにあるエマの涙目を、告白に感涙しているとでも勘違いしたのか、喜々として語り出す。

「そもそも、婚約者は兄が勝手に決めたんだよ。私は、まだ結婚など望んでいなかった。せめて心の準備をするだけの猶予《ゆうよ》が欲しくて、この町に来て——君と出会ってしまった」

エマを見つめる緑色の瞳は熱を帯びている。彼がぐっと身を乗り出すのに合わせて金色の髪がその肩をさらりと滑った。優しげな面差しの、実に美しい男だ。襟元《えりもと》で光るダイヤモンドのように、全体的にキラキラとしている。

ただ、その形良い唇から吐き出される言葉はひたすら独善的だった。

「口惜《くちお》しいが、もはや兄が決めた結婚を破棄することはできない。私はどう足掻《あが》いても、あの婚約者を妻に迎えねばならないだろう」

「……」

「けれど、エマ——私は君を諦めたくない」

「……」

男が熱の籠《こも》った声で語るも、エマはずっと口を閉ざしたままだった。

ぶつけた小指が痛過ぎて、それどころじゃなかったのだ。

そもそも、懺悔室《ざんげしつ》において神官の対応というのは、ほぼ定型化されている。

神官は人々の告解に対して肯定も否定も、ましてや反論することもなく、聞き役に徹《てっ》するのだ。

もちろん、告白された罪の重さにかかわらず、決してそれを外部に漏《も》らさぬよう守秘義務も課せられている。

相手が胸の内の澱《よど》みを吐き出すだけ吐き出して満足したら、神官は最後に「ニケの許しを得られるよう、ともに祈りましょう」という台詞《せりふ》で締めるのが一般的であった。

(だから、私は個人的な言葉を返せないって、この人も分かっているはずなのに……)

分かっていて求めているのならば尚更たちが悪い。男はなおも続けた。

「もうすぐ、私はこの町での任期が終わる。王都に戻る際、君にも付いてきてもらいたいんだ。正妻にできないのは心苦しいが……決して苦労はさせないと約束する。私が愛しているのは、ニケに誓って君だけだ」

神に罪を告白する場において、不貞の愛を誓う男の冒涜《ぼうとく》に、エマはただただ戦《おのの》いた。

心臓に毛が生《は》えている人というのは、きっと彼みたいな輩《やから》を指すのだろう。

男は再びその場に跪《ひざまず》くと、両手を顔の前で組んで祈るように呟いた。

「――ニケよ、我らが守護神よ。罪深きこの身を、どうかお許しください」

ここで、告解に立ち合ったエマが返すべき言葉は、件《くだん》の定型文――『ニケの許しを得られるよう、ともに祈りましょう』一択だ。

けれども、これを口にしてしまえば、エマ自身も不貞を肯定しているようではあるまいか。冗談ではない。

個人的には、身勝手な言葉を連《つら》ねる男の心臓に生《は》えた毛を毟《むし》ってやりたいほど業腹《ごうはら》だったし、一昨日《おととい》おいでと言えるものなら言ってやりたい。

だけど、神官代理としてはどう返すのが正しいのか分からず、言葉がすぐに出てこない。

「ええっと……あの、ですね……」

格子《こうし》の向こうの気配がだんだんと焦《じ》れていく。意外に短気な相手に、エマはひどく狼狽《うろた》えた。

ガタリッと大きな音を立てて格子窓《こうしまど》が揺れる。

びくんと肩を跳ねさせたエマが何事かと顔を上げれば、男が両手を格子窓《こうしまど》に押し付けていた。

「ねぇ、エマ。ともに祈ってはくれないのかい？」

「わ、私は……」

「私が君を愛することは、そんなに許されないことなのだろうか」

「……」

礼拝堂に差し込んでいた西日はいつの間にか真っ赤になって、青いステンドグラスをも染めていた。格子《こうし》越しにこちらを覗き込む男の顔は真っ黒な影になり、その輪郭を光らせる入日《いりひ》の赤がどこか禍々《まがまが》しい。

（ひええっ……!!）

えも言われぬ気味の悪さを覚えたエマは、心の中で盛大に悲鳴を上げて後退《あとずさ》る。男はとたんに、悲痛な声で叫んだ。

「私は、自由にならない我が身を嘆くことしかできないんだ！　それを哀れと思うなら、一言……たった一言でいい！　君の口から、許すと言ってもらいたい！　そうすれば、私はニケにも許されたような気持ちになれるだろうからっ……!!」

めちゃくちゃな言い分だ、とエマは思った。けれども同時に、男を哀れにも感じる。彼が自由気ままに生きられる立場ではないのは確かだったからだ。

自分の一言で本当に男の気持ちが晴れるならば、それこそ神官代理としてここにいるエマは「許す」と告げるべきなのではなかろうか。そんな風に思い至ってしまったエマは、男に望まれた言葉を紡《つむ》ごうとする。

「許しま……」

しかし、その時だった。

エマの言葉を遮《さえぎ》るかのように、彼女の背後にある扉が突然開き――

「――許しません」

舌鋒《ぜっぽう》鋭くそう告げたのは、聞き覚えのない男性の声だった。

驚いたエマが声の主を振り返るより早く、背後から伸びてきた手がバンッと大きな音を立てて格《こう》子窓《しまど》に叩き付けられる。

「ひえっ……!?」

「うわっ!?」

エマだけではなく、格子窓《こうしまど》の向こうの男も驚いて声を上げた。エマの頭の上で、闖入者《ちんにゅうしゃ》が口を

開く。

「神の御許《みもと》でいたいけな乙女に不道徳な関係を迫るなど、唾棄《だき》すべき振る舞いです。——恥を知りなさい」

語調は凪《な》いでいるものの、言葉は格子窓《こうしまど》の向こうの男を厳しく断罪するものだった。

自分が責められているわけでもないのに、エマは身を縮こまらせる。

「まずはその独善的な考えを悔《く》い改めなさい。ニケに許しを請うのは、それからですよ」

畳み掛けられる正論、何より突然現れた第三者の存在に、格子窓《こうしまど》の向こうから明らかな狼狽《ろうばい》が伝わってくる。直後、男はひどく慌てた様子で懺悔室《ざんげしつ》を飛び出していった。

バタバタと走り去る足音を、エマはぽかんとして聞く。頭上からは、やはり聞き慣れない声がため息とともに降ってきた。

「やれやれ、尻尾を巻いて逃げ出しましたね」

「……」

誰とも知れぬ相手と二人っきり。エマは勇気を振り絞り、今度こそ身体ごと背後を振り返る。できることなら、自分も格子窓《こうしまど》の向こうにいた男と同様に、この場から逃げ出してしまいたかった。

ところが、そんなエマの思惑を見透かしたかのように、さらに手が伸びてきて格子窓《こうしまど》に叩き付けられた。

——バンッ!!

「ひええっ」

真っ黒い袖に包まれた二本の腕が、エマを間に閉じ込める。

後方は格子窓《こうしまど》の嵌《はま》った壁、前方には腕の持ち主の身体。

完全に逃げ場を失ってしまったエマは、恐る恐る闖入者《ちんにゅうしゃ》の顔を見上げる。

「……おや」

目が合ったとたん、そう呟いて眉を上げたのは、見知らぬ人物であった。

薄暗い場所であるためはっきりとしないが、暗色の髪に淡い色合いの瞳をした青年だ。

年の頃は、先ほどまで格子窓《こうしまど》の向こうにいた男より少し上だろうか。何にしろ、エマよりずっと大人の男性だった。

「おや、おやおや」

「あ、あの、あの……」

ずずいっと迫ってきた相手にエマは狼狽《うろた》える。

彼は端整な顔立ちをしていて、年頃の娘であるエマはほんのりと頬を赤らめた。

そして、ここでようやく相手の服装に目を留め、あっと小さく声を上げる。

「——もしかして、新しく赴任されてきた神官様、ですか？」

彼は、ウェステリア王国の神官の正装である真っ黒い詰襟《つめえり》の祭服を纏《まと》っていた。

本日ここ、ウェステリア王国の北端——国境沿いにある町アザレヤの神殿には、遠く離れた王都プルメリアより、新任の神官がやってくることになっていたのだ。

エマの問いに、祭服の青年は温和な笑みを浮かべて頷いた。それにしても距離が近い。

エマはいまだに彼の両腕に囲われたままだ。

「ご明察の通り、本日付けでこちらに着任いたしました、アルバート・クインスと申します」

「はじめまして、神官様。エマと申します」

あまりの距離の近さに居心地の悪さを覚えながらも挨拶《あいさつ》を返せば、何故か目の前の端整な顔が曇《くも》った。

「いやですねぇ、神官様だなんて。随分と他人行儀ではありませんか。私とあなたの仲ですのに」

「えっと、あの……神官様と私の仲って、どういうことですか？」

「どうかアルバートとお呼びください。あなたの夫に気兼ねはいりませんよ」

「……ん？」

アルバートは言葉遣いが丁寧で物腰柔らかな青年だった。

けれど、その台詞《せりふ》に理解し難い単語を見つけてしまったエマは、大きく首を傾げる。

「お、おっと？　夫、ですか……？」

「はい、そうです。夫ですよ」

「……誰が、誰の、です？」

「私が、あなたの――エマの、です」

長身を屈《かが》め、耳元に囁《ささや》くみたいに吹き込まれた低い声。

アルバートが初めて紡《つむ》いだエマの名は、睦言《むつごと》めいた色を帯びていた。

とたんに背筋がぞくぞくし、驚いて彼から距離を取ろうと後退《あとずさ》ったエマだったが、すぐに背中が格子窓《こうしまど》に当たって止まる。

「は、はじめまして、ですよね⁉」

「ええ、はじめましてですね。私のエマ」

追いつめられ、必死で頭の中を整理しようとするエマを見下ろすアルバートは、心底楽しそうだ。

答える声は、まるで本当にエマを想っているかのように、とてつもなく甘い。

「えぇっと、ええっと……も、もしかして〝前世で夫婦だった〟とか、そういう話ですか⁉」

「ふふふ……いえいえ、残念ながら前世の記憶はございませんので。私が申しておりますのは、今世の話ですよ」

「ら、来世の話とかでもなく……？」

「ははは、来世ですか。それはまだ、考えておりませんでしたが……」

愉快そうに答えたアルバートに倣《なら》い、エマは「ご冗談を」と笑い飛ばそうとした。

けれど、額《ひたい》が触れ合いそうなほど顔を近づけてきた彼がうっとりと紡《つむ》いだ台詞《せりふ》に阻《はば》まれる。

「いいですね。来世も、来来世も――なんでしたら、未来永劫番《つが》いましょうか？」

どうしよう……なんかやばい人、来ちゃった……

想定外の状況に、エマは気が遠くなるのを耐えるので精一杯だった。

＊＊＊＊＊＊

「……はああ」

西の山際《やまぎわ》に太陽が沈み切る。それを待って礼拝堂の正面扉を施錠したエマは、裏手にある神官用住居の台所でようやく一息ついていた。

ため息とともに大きく上下した彼女の肩には、空の色を映したような青い小鳥が止まっている。丸っとした体形と円《つぶ》らな瞳が愛らしい小鳥は、エマの緩く編んだ栗色の髪に戯《じゃ》れついていたが、ふと彼女の耳元に嘴《くちばし》を近づけると、さえずる――ではなく、しゃべった。

『男運がないねぇ、エマは』

愛らしい見た目に反し、円熟した女性を思わせる艶《つや》っぽい声だ。

インコの仲間には、舌が肉厚で柔らかく自由に動かせることや、発声器官が発達しているために、人間の言葉を流暢《りゅうちょう》に話す個体も少なくない。野生においては群れで生活する彼らは、同じような鳴き声を発することでコミュニケーションを取る。そのため、親や仲間の鳴き声を真似する習性があった。つまり、言葉の意味を理解しているわけではなく、あくまで人間が発した音を真似しているだけなのだ。

ところが、この小鳥はまるでエマのため息の原因がわかっているかのように言葉を発した。しかしエマは驚いた様子もなく、肩に乗った小鳥をじとりと睨《にら》んで言い返す。

「……ほっといてよね」

『せっかく求愛してきたと思ったのに、言うに事欠いて妾《めかけ》になれだなんてねぇ』

「め、妾《めかけ》とかっ……そんな風には言われてないからっ！」

『だがあの男、お前を正妻にはできないとはっきり宣《のたま》っただろう？　まったく、百年の恋も一時《ひととき》に冷めるわなぁ』

エマと小鳥の間では、明らかに会話が成立している。というのもこの小鳥、自身こそがウェステリア王国の守護神ニケそのものであると自称している特別な鳥なのだ。

人間の言葉を理解して操ることができるのも、ただの小鳥ではないからこそなのだとか。とはいえ、現在のところ、意思の疎通が可能な相手はエマだけらしいのだ。

そもそも守護神ニケには明確な偶像が存在しない。誰も、ニケがどんな姿をしているのかは知らないのだ。だからエマも、生まれた時から側にいるこの小鳥が、真実ニケであるのかどうかを見極める術《すべ》を持たない。

ニケと会話ができることを、物心ついた時からエマは周囲の誰にも――育ての親である神官にも話していなかった。その理由は、最初にニケ自身から他言しないように言い含められたからである。そして、その判断は正しかったのだとエマは年を重ねるごとに痛感していた。

もしもエマが、この小鳥が守護神ニケそのものである、自分とだけ会話ができる、なんて打ち明けたところで、きっと周囲の人々は信じてくれなかっただろう。妄想が過ぎると笑われるか、嘘つきだと詰《なじ》られるか。最悪の場合、偉大な神をちっぽけな小鳥に例えるとは、と糾弾《きゅうだん》されたかもしれない。

そういうわけで、他人の目や耳に充分注意を払いつつ、エマと自称守護神ニケの関係は現在まで続いていた。

『それにしても、あの男は随分楽天的だねぇ。エマを妾《めかけ》にして囲う甲斐性《かいしょう》があったとして、兄と婚約者にそれをどう納得させるつもりだったんだろう？』

「……知らない。何にしろ、私がレナルド殿下に付いていくことはないわ」

レナルド、というのが夕闇迫る懺悔室《ざんげしつ》にて告解を敢行《かんこう》した男の名だった。

それを知っていながら、エマがあの時決して彼の名を口にしなかったのは、懺悔室《ざんげしつ》の匿名性《とくめいせい》を守ろうとしたためだ。神官代理として相応の責任を持って、エマはあの場にいたのである。

ちなみにその時ニケはというと、祭壇《さいだん》の後ろに佇《たたず》む石像――〝鳥籠の乙女〟の指先に止まって一部始終を傍聴《ぼうちょう》していたらしい。

〝鳥籠の乙女〟とは、端的に言うと守護神ニケに仕える侍女だ。

王都プルメリアにある大神殿。その敷地内に立つ塔の天辺《てっぺん》には、ニケが住むと言われる部屋がある。その外観が鳥籠に似ていることから、部屋の管理を任された女性をそう呼んだのが始まりらしい。

守護神ニケがどんな姿をしているのか分からないため、ウェステリア王国の人々は代わりに〝鳥籠の乙女〟を祀《まつ》るようになったのだと、古い文献に記されている。

現在石像は、王国内にある全神殿の礼拝堂に設置されているという。

そんなウェステリア王国に、前国王の第三子として生を享《う》けたのが、レナルド・ウェステリアだった。

彼が、国境沿いの町であるこのアザレヤの駐屯地に国軍中将として赴任してきたのは、今から五ヶ月ほど前のことだ。半年間の任務を終えれば、国軍第二位に当たる大将に昇進することが決まっていた。そして……

「殿下は、王都に戻ると同時に結婚式を挙げる予定になっている。そんなの、最初から知っていたもの」

『――でも、エマはあの男が好きだったんだろう？』

からかうようだったニケの声色が一転、優しいものに変わる。

柔らかな羽毛に包まれた小鳥の頭に頬を擦り寄せながら、エマは小さく息を吐いた。

「……好きってほどじゃないよ。少し憧れていただけ。子供の頃に見た絵本の中の王子様みたいだったから……」

エマがレナルドと初めて会ったのは、彼が赴任の挨拶《あいさつ》のため神殿を訪れた時だった。

その後もレナルドは国軍の高官として、駐屯するこのアザレヤの地の神殿に敬意を表し、頻繁に足を運んでは〝鳥籠の乙女〟に祈りを捧げていた。その際、神殿の小間使いに過ぎないエマに対しても、彼はどこまでも優しく紳士的に接してくれたのだ。

淡い金色の髪とエメラルドのような緑の瞳、すらりとした長身に軍服を纏《まと》った生粋《きっすい》の王子様。思春期まっただ中のエマが仄《ほの》かな恋心を抱いたのも、不思議なことではないだろう。

だから彼に懺悔室《ざんげしつ》で、「私が愛しているのは、ニケに誓って君だけだ」と言われた時、まったく嬉しくなかったと言えば嘘になる。

ただ、彼には兄――現国王リカルド・ウェステリアが決めた婚約者がいた。そして、レナルドにその決定を覆《くつがえ》す、あるいは代替案を提示するほどの権力はない。それが分かっている状況で彼からの告白に有頂天になれるほど、エマは暢気《のんき》な性格をしていなかった。

「私は、殿下に気持ちを伝えるつもりは最初からなかった。殿下に想ってもらうなんて、そんな烏滸《おこ》がましいこと望んでなかったのに……」

エマは確かにレナルドに対して恋慕の情を抱いていたが、それは彼の恋人になりたいとか、ましてや婚約者から奪い取りたいと願うような激しい愛情ではなかった。

彼がアザレヤでの任期を終えて王都に戻る時、自分の恋心に幕を下ろすと決めていたのだ。だから、今日の懺悔室《ざんげしつ》での出来事はエマにとって予期せぬ展開であったし、レナルドの願いは到底受け入れられるものではなかった。

『では、第三者に介入させたのは正解だったねぇ』

「新しい神官様のこと？　ニケが連れてきたの？」

『あの者が、ちょうどいい時に礼拝堂に現れたんだ。ここの責任者はどこかと尋ねるものだから、白熱していた懺悔室《ざんげしつ》に誘導したのさ』

「あの人、ニケに聞いたんだ……しゃべれるインコだとでも思ったのかな？」

結果的に、荒ぶったレナルドからエマを救うことになった新任の神官アルバート・クインス。

インテリっぽい雰囲気の彼が、小鳥姿のニケに話し掛けている絵面はちょっと想像がつかない。

あの後エマは、閉じ込められていたアルバートの腕の間からなんとか抜け出して、彼を礼拝堂裏の神官用住居へと案内したのだった。

ふと窓の外を見ればすっかり闇に包まれ、時刻はちょうど夕食時。エマは気を取り直して食事の準備を始めた。

初対面で夫宣言をしたアルバートに対して思うところはあれど、王都から遠路遥々《はるばる》アザレヤまでやってきた彼のために、ささやかな歓迎の席を用意することにしていたのだ。

前菜は、エマが台所の窓辺に小さなプランターを並べて育てているベビーリーフのサラダと、ラディッシュのヨーグルト漬けだ。

黒っぽい見た目の自家製パンは、ライ麦を使用している。ウェステリア王国の北端にあるアザレヤは小麦の育ちにくい寒冷な地域で、比較的寒さに強いライ麦が多く栽培されているのである。

主菜は、塩漬けにした豚のすね肉を、様々な香味野菜や香辛料とともに数時間煮込んで作った郷土料理。酢漬けのキャベツや粒マスタードを添えて食べる。

エマの肩から調理台へと移動し、サラダからあぶれたチコリーの若葉を啄《ついば》むニケを他所《よそ》に、エマが料理を盛りつけた皿をせっせと運ぶのは、台所と続きになっているリビングだ。時折町の重鎮《じゅうちん》が集まることもあり、十人は一緒に食事を楽しめるくらい大きなテーブルが置かれている。

そのテーブルを挟んで、エマが懺悔室《ざんげしつ》から引っ張ってきた新任の神官アルバートと、彼と同じく黒い祭服を纏《まと》った高齢の女性が向かい合っていた。

この老婦人こそが、身寄りのないエマを育ててくれたアザレヤの正式な神官であり、この神殿の責任者。エマにとっては、これまでの十八年間を一つ屋根の下で過ごした、唯一の家族だった。

ウェステリア王国では、飲食に関する戒律《かいりつ》はほとんどない。神官であっても肉や酒、煙草《たばこ》などの嗜好品《しこうひん》を口にして問題なかった。

「――ああ、美味《おい》しかった。ご馳走様です。エマはとても料理が上手なんですね」

エマが出した料理は、アルバートに非常に好評だった。

多めに用意していた豚のすね肉もあっと言う間に彼の腹に収まって、その食べっぷりといったら見ていて気持ちがよかったくらいだ。かといって食べ方が粗雑なわけではなく、カトラリーの使い方もマナーを損なわず、上品だった。

デザートとして出したレモンのタルトもペロリと平らげて、アルバートは至極満足そうだ。

「あなたの夫となる男は幸せ者ですね――おっと、すみません惚気《のろけ》ました。その幸せ者は私です」

「……」

紅茶をカップに注いでいたエマは、アルバートの言葉が聞こえなかった振りをする。

一方、彼の向かいに座っている老婦人――アザレヤの神殿を長年管理してきた女性神官ダリアは、コホンと一つ咳払いをしてから、左手の書類を老眼鏡越しに眺めた。あまり顔色は優《すぐ》れず、神経質そうな雰囲気がする。

「……神学校を首席で卒業し、その後、四年間大神殿の考古学研究室に主査として勤務。何を研究していらっしゃったの？」

「主に、ウェステリア王国や周辺国家の成り立ちと、守護神ニケに関する古い逸話についてです」

ダリアが手にしているのは、王都にある大神殿から送られてきたアルバートの履歴書だ。普通は新任者決定の知らせに同封されるべき書類だが、ちょっとした手違いで着任当日、しかもアルバート本人が持参する結果となった。おかげで、名前と性別しか分からない相手を迎えねばならなかったエマとダリアは、今日まで随分落ち着かない日々を過ごしたものだ。

「研究室の後は、監督官に就任……実に華々しい経歴をお持ちですこと」

アルバートの履歴書に一通り目を通したダリアは、老眼鏡を外すと、じっと探るような視線を彼に向ける。監督官とは、大神殿の中でも上位の管理職だ。各地にある神殿を指導し統制する立場であり、まだ二十六歳になったばかりという彼が就《つ》くにはいささか早過ぎる感が否《いな》めない。

それだけアルバートが優秀だとするならば、何故今回、アザレヤという辺境の地の神殿に赴任することになったのか。生まれ育った町を貶《おとし》めるようで申し訳ないが、エマから見てもアザレヤは時代に取り残されつつある寂《さび》れた町だ。

「もしかして、左遷《させん》されたんですか？」

「これっ、エマ」

紅茶のカップを差し出しながらさらりと聞いたエマを、ダリアが窘《たしな》める。

しかし、アルバート本人はエマの不躾《ぶしつけ》な質問を軽快に笑い飛ばした。

「あははは。いえいえ、そんなヘマはいたしませんよ。アザレヤへの赴任は自分で希望したんです」

「それこそ、どうしてです？　もっと栄《さか》えた町の大きな神殿を希望なさらなかったんですか？」

左遷《させん》でないとすると、アルバートくらいのエリートならば、どこへ赴任先の希望を出しても叶うだろう。そう言外《げんがい》に含ませたエマに、彼はにこりと笑って答えた。

「ここに、あなたが——エマがいたからです」

「……そういう冗談は結構です」

田舎《いなか》娘のエマをからかっているのか、それとも答えをはぐらかそうとしているのか。とにかく、茶化すようなことを言うアルバートに、エマはムッとする。

「ふふ、怒らないでくださいよ。冗談のつもりはありませんし、私は決して嘘を申しません。……あっでも、エマは怒った顔も可愛いですね。もっとよく見せてください」

「……いやです」

「ああ、膨れっ面も可愛い。いいですねぇ、そのまま上目遣いで〝アルのばかっ〟って罵《のの》ってみてください」

「絶対にいやですっ！」

出会ったばかりだというのに、アルバートはエマにずっとこんな調子だ。友好的と言えば聞こえはいいが、はっきり言って馴れ馴れし過ぎる。

ただ、そのおかげで、〝王都から来た年上のエリート神官〟に対するエマの緊張は随分とほぐれたのだが。

「エマ？　エマさん？　……おや、本格的に機嫌を損ねてしまいましたか？」

「……」

「よしましょうよ、夫婦喧嘩は犬も食わないと言いますよ？」

「夫婦喧嘩じゃないです！　そもそも夫婦じゃないですしっ！」

そんな二人の間に流れるどこか気安い雰囲気に、ダリアは渋い顔をする。

「さっきからエマの夫だのなんだのと、いったいなんの冗談を言っているの？　クインスさん、エマをからかわないでちょうだいな」

「これは心外な。からかってなどおりませんよ。全身全霊、神に――ニケに誓って、私は本心しか申しません」

「会ったばかりの娘を口説《くど》いた口で捧げる誓いなんて、どこまで信用できるのかしら」

「ははは、ニケにはこの真摯《しんし》な想い、伝わっていると思うんですがねぇ」

ダリアの言葉はなかなか辛辣《しんらつ》だが、アルバートは怯《ひる》むどころか気を悪くした様子もない。彼はテーブルの上で頬杖をつくと、二人のやり取りに口を挟むべきかおろおろしていたエマの顔を覗き込み、にっこりと笑みを浮かべて言った。

「それに、エマと私の仲が良いに越したことはないでしょう？　――なんと言いましても、我々はこれから二人っきり、一つ屋根の下で暮らすんですからね」

本日付けで着任した、エリート神官アルバート・クインス。

彼は、このアザレヤ神殿の新たな責任者として派遣されてきた。

エマの育ての親であるダリアは、アルバートに業務を引き継ぎ次第、神官職を辞し、神殿を去ることになっている。

エマを、ここに残したまま――

第二話　前途多難なんです神官様

エマが自分の出生について知っていることはあまりにも少ない。

母オリーヴは流行病《はやりやまい》で相次いで両親を亡くした後、アザレヤの神官ダリアの厚意により神殿に引き取られたのだとか。いずれダリアの後を継ぐべく神官を志《こころざ》した彼女は、十五歳の時、王都プルメリアにある神学校に進み……その三年後、卒業を目前にしてエマを身籠《みごも》っていることが判明し、帰郷した。十八歳になってすぐ――まさに、今のエマと同じ年のことだ。

オリーヴは未婚のまま、しかも出産して間もなく亡くなってしまったため、エマの父親が誰なのかは分からない。ダリアが言うには、エマの顔立ちは母そっくりらしいが、彼女が金髪で緑色の瞳であったのに対し、エマの髪は栗色で瞳は青色である。このことから、髪と瞳の色合いは父親譲りなのだろうと推測できた。

ともかく、今のエマがあるのはダリアが神殿に住まわせて育ててくれたおかげだ。母娘共々世話を掛けてしまった彼女に、エマは頭が上がらない。

血は繋がっていなくても、エマにとってはこの世で唯一家族と呼べる大切な人――それがダリアだった。

しかしながら、ダリアには実の息子が一人いて、彼はオリーヴに続きその娘のエマまで面倒を見ようとする母親に、強く反対していたらしい。

——そんな、ニケにも見放されたような子供、放っておけばいいだろう!!

幼い頃に聞いたダリアの息子の怒鳴り声が、今もまだエマの耳の奥にこびり付いている。

時折当時の様子が夢に出てきて、魘《うな》されることもあった。


ダンダンダン!!


「——っ、ひえっ……何事っ!?」

激しく扉を叩く音で、エマは目を覚ました。

壁に掛かった時計を見れば、時刻はまだ朝の五時を回ったばかり。窓の外は白《しら》んできているものの、叩扉《こうひ》するにはいささか非常識な時間帯だ。


ダンダンダンダンダン!!


にもかかわらず、扉を叩く音は一向にやみそうにない。

これはただ事ではないと思ったエマは慌ててベッドから下りると、寝衣の上にガウンを羽織《はお》って部屋を飛び出した。

礼拝堂の裏に建てられた神官用住居は、一階にリビングと水回り、二階に部屋が二つ、さらに広めの屋根裏部屋という作りになっている。二階の一室がダリアの部屋で、もう一室は客室だ。エマはというと、物心ついた頃からずっと屋根裏部屋を私室としている。屋根裏部屋から備え付けの梯《はし》子《ご》で二階へと下り、続いて階段を使って一階まで駆け下りれば、すぐ目の前が玄関だ。

玄関の木の扉は相変わらず強い力で叩かれていて、錆《さ》びた蝶番《ちょうつがい》がギシギシと危《あや》うい音を立てていた。

「はい！　はい！　今すぐ開けますので！　そんなに叩かないでくださいっ!!」

思わず叫んだエマの声が届いたのか、扉を叩く音がぴたりとやんだ。

エマはほっと安堵の息を吐きつつ、昨夜自分がしっかりと掛けた玄関扉の鍵を外す。

朝早くに叩き起こされて正直腹立たしいが、なんとか笑顔を取り繕《つくろ》って扉を開けた。

「おはようございます。お待たせしてすみま……」

その瞬間、エマは扉を開いたことを後悔した。

いや、結局のところどうあっても扉は開かなければならなかったので、後悔したって無駄なことなのだが。とにかく扉の向こうに立っていたのは、エマにとってなんの心構えもなく対応できる相手ではなかった。

「――どけ」

エマの顔を目にしたとたん盛大に顔を歪《ゆが》めたのは、身なりの良い中年の男だった。男は扉の前に立っていたエマを押し退《の》けて中に入ると、そのまま階段を上《のぼ》ろうとする。

ここでやっと我に返ったエマが、彼の背中に向かって叫んだ。

「バ、バルトさん、こんな朝早くにどうして!?　いったい何を……」

エマがバルトと呼んだこの中年の男こそ、天涯孤独《てんがいこどく》となったエマが神殿で引き取られることに強く反対した、ダリアの息子である。バルトは成人すると同時にアザレヤの隣の大きな町で働き始め、今では事業に成功してあちらに立派な屋敷を建てたらしい。忙しい毎日を送りつつも、月に何度もダリアの顔を見に来る母親思いな男だが、エマにとっては苦手なばかりの相手だった。

バルトはエマの声を無視し、カツカツと靴音を響かせて階段を上《のぼ》っていってしまう。

開けっ放しになった玄関扉の向こうには、彼が乗ってきたのであろう馬車が停まっていた。御者《ぎょしゃ》が扉を開いたまま待っているのを見るに、バルトに長居をするつもりはないのだろう。そう考えて、エマは少しだけほっとする。けれども、二階から響いてきた足音が二つであることに気付くと、とたんに顔を曇《くも》らせた。

「……ダリアさん？」

バルトに半《なか》ば抱えられるようにして階段を下りてきたのは、ダリアだった。

息子の訪問はダリアにとっても寝耳に水だったのか、慌てて身なりを整えた様子が窺《うかが》える。

バルトの腕に提《さ》げられた大きな鞄を見て、彼女がすでに荷造りを終えていたと悟ったエマは、頭の中が真っ白になった。

「ダリアさん、待って……まさか、もう行ってしまうの……？」

ダリアがアザレヤの神官を辞し、この神殿を出ていくのは決定事項であった。

彼女の持病の腰痛が悪化したためだ。

手術をすればある程度の治癒《ちゆ》が見込めると判明したものの、先進医療が普及していないアザレヤには手術を請け負ってくれる病院もなければ、医師もいない。

しばらくは、痛み止めの薬を服用して誤魔化し誤魔化し生活していたのだが、このままでは早々に歩けなくなってしまうだろうという診断が下ったのが三ヶ月前のこと。

当然、バルトは自分の住む町にダリアを連れていって手術を受けさせると主張し、エマも賛成した。そのまま神官も引退させると言われた時は、さすがにすぐには頷けなかったが、しかしダリアの年齢を考えるとそろそろ潮時《しおどき》なのも確かだった。

大神殿に申請していた後任の派遣依頼は早急に受理され、決定の知らせが届いたのが半月前。

そうしてついに昨日、新たな神官としてアルバートを迎えた。

しばらくは業務の引き継ぎが必要だろうから、ダリアとの別れまではまだ時間がある——そう思っていたのは、どうやらエマだけだったらしい。

茫然《ぼうぜん》と立ち竦《すく》むエマを見て、ダリアを抱きかかえたバルトがふんと鼻を鳴らした。

「ああ、やっとだ。やっと、母さんはお前から解放される。まったく……神官の慈善事業とはいえ、どこの馬の骨とも知れない子供の面倒など押し付けられて、迷惑極まりなかったな」

「バルト！　やめなさい!!」

エマが傷付いた表情になると、バルトは至極満足そうな笑みを浮かべた。

ダリアはそんな息子を鋭く窘《たしな》めるも、彼女だってエマを置いてここを去ろうとしていることに変わりはない。それに気まずさを覚えているのか、ダリアはエマと目を合わせずに口を開いた。

「……ごめんなさい、エマ。手術の日が予定より早まったそうなの。私物の整理は済んでいるから、あなたは屋根裏部屋を出て私の使っていた部屋に移るといいわ。リビングや台所の小物なんかは全部残していくので、好きにしてちょうだい」

「ダリアさん……本当に？　本当にこのまま行ってしまうの？　もう、戻ってこないつもりなの？」

エマの声は無様《ぶざま》に震え、視界には透明の膜が張る。

とたんに狂おしい表情をしたダリアがエマに手を差し伸べようとしたが、それより先に伸びてきた手がエマの腕を掴む。バルトだ。

バルトは母を支えているのとは反対の手でエマを引き寄せた。

「そんなに母さんと離れたくないと言うなら、一緒に連れていってくださいと懇願《こんがん》してみせろよ。神殿の小間使いも屋敷の下働きも変わらんだろう」

「おやめ、バルト……もうエマがお前と関わることはないわ！　エマはこれから自由に生きるのよ！」

真っ青になったダリアが、バルトの手からエマを逃がそうとしたが、腰痛の悪化した彼女は支えがないと立っていられない。侭《まま》ならない身体で必死にもがく母を他所《よそ》に、バルトは口を噤《つぐ》んだエマへ威丈高《いたけだか》に言い放った。

「ニケに仕えるか、俺に仕えるかの違いだろう。ニケは給金を出さないが、俺はしかるべき代価を払ってやるさ。お前が俺を、ちゃんとご主人様として崇《あが》めるならな」

守護神ニケに代わってバルトを崇《あが》めるなんて、そんな馬鹿馬鹿しいことを受け入れるつもりはない。ただ、彼の言う通りにすればダリアと離ればなれにならなくて済むのでは、と血迷ってしまいそうになったのも事実である。

そんなエマの迷いを見抜いたらしいバルトはほくそ笑み、碌《ろく》に抵抗もしない彼女の腕を引っ張って、外へ連れ出そうとする。

ところがその時、エマの背後から白いシャツに包まれた腕が伸びてきた。

「誰が、エマのご主人様ですって？　——烏滸《おこ》がましいにもほどがある」

「え？　——いっ、いたたたたたっ!!」

聞き覚えのある男の声に、バルトの悲鳴が重なる。エマの背後から伸びてきた手が、彼女の腕を掴んでいたバルトの手を捻《ひね》り上げたのだ。

突然解放されてよろめいたエマの身体は、背後から腰に回った腕に抱き留められた。

エマが慌てて仰《あお》ぎ見た先にいたのは、声から想像した通りの人物——昨日アザレヤにやってきたばかりの新任神官アルバート。エマと目が合ったとたん、彼の榛色《はしばみ》の目は柔らかく細められた。

「おはようございます、エマ」

「……お、はよう、ございます……」

「本当は、あなたに起こしてもらって、一番に挨拶《あいさつ》を交わしたかったんですがね」

「えっと……？」

アルバートは苦笑して、ちらりと視線を右にやる。

ここでようやく、エマは彼の右肩に青い小鳥が止まっていることに気が付いた。言わずもがな、自《みずか》らをウェステリア王国の守護神ニケであると称する、不思議な小鳥だ。

「リビングで夜通し帳簿を拝見していたら、いつの間にかうとうとしていたようです。お恥ずかしい話ですが、私は少々朝が苦手でして……この子が眉間を突《つつ》いて起こしてくれたおかげで、やっとこの騒ぎに気付けました」

その言葉通り、結構な勢いで突《つつ》かれたのか、アルバートの眉間が痛々しいくらい赤くなっている。彼の右肩に止まったニケは、白い羽毛に覆《おお》われた胸を誇らしげに張っていた。

昨夜は夕食と湯浴みが済んだ後、エマはアルバートを二階の客室に案内した。けれども、仕事の引き継ぎについて話をしたいと言うので、ダリアがまだ残っていたリビングに彼を戻し、エマは邪魔にならないようにと早々に屋根裏部屋へ引き上げたのだ。

その後ダリアが杖をついて自室に戻ってからも、アルバートはリビングに留まっていたらしい。ニケは、玄関でのエマの様子を見かねて彼を叩き起こしに行ってくれたのだろう。

『エマ、大丈夫か？』

アルバートからエマの肩に移ってきたニケの優しい声を聞いたとたん、ほっとしたエマの瞳から涙が一筋零《こぼ》れ落ちた。それを目にしたアルバートは、掴んでいたバルトの腕をさらに捻《ひね》り上げる。

「朝ぼらけに見る乙女の涙はまるで朝露《あさつゆ》のように美しいですが、やはり一日の始まりに見るならば笑顔が望ましい」

「いたたっ!!　くそっ、放せ……!!」

「ねえ、あなただってそう思うでしょう？　こんな朝早くにエマを泣かせるなんて、あんまりな行いだと自覚していらっしゃいます？」

「……っ、分かった！　分かったから放せっ!!」

情けなく悲鳴を上げるバルトの手を、アルバートは意外にもあっさりと解放した。それから、エマを抱きかかえたまま一歩下がり、榛色《はしばみ》の目を細めて問う。

「……行かれるのですね？」

彼がひたと見据えているのは、バルトではなくその腕に支えられたダリアだった。

ダリアは青い顔をして彼の視線を受け止め、こくりと頷いた。

「一人では碌《ろく》に動けない私がこれ以上ここにいても足手まといでしょう。後のことはクインスさんにお任せします。業務の引き継ぎに関しては、昨夜お渡しした帳簿と日誌で事足りるかと」

「承知しました」

アルバートとのやり取りを聞き、エマは本当にこれでダリアとはお別れなのだと感じ取った。

ダリアが身寄りのないエマを引き取り、知識を与え、料理を教えたのは、もしかしたらバルトが言う通り神官の慈善事業の一環だったのかもしれない。たとえそうであっても、ダリアがエマをここまで育ててくれた事実に変わりはなく、エマにとって彼女は紛《まご》うことなく恩人であり、唯一の家族だ。

涙がどんどん溢れてきて、エマはとっさにアルバートの胸元に顔を埋《うず》める。

降り注ぐ雫《しずく》で青い羽根が濡《ぬ》れるのも厭《いと》わず、前へと潜《もぐ》り込んできたニケがエマに頬擦《ほおず》りした。

『エマ、エマ。泣かなくていい。悲しまなくていい。ニケはずっとエマの側にいるからな』

「……っ、うんっ……」

ついには嗚咽《おえつ》を漏《も》らすエマの後頭部を、アルバートの大きな掌《てのひら》がそっと包み込んだ。乱れていた栗色の髪をゆっくりと梳《と》かす指先は、慈《いつく》しみに溢れている。

「エマ……」

ダリアの声も濡《ぬ》れていた。

本当なら、育ててくれてありがとう、とエマから十八年間の感謝の気持ちを伝えるつもりだった。最後には絶対に笑顔でさよならをしようと決めていたのだ。

それなのに、いよいよお別れだと分かっても、ダリアを見送る勇気がエマにはなかった。そんな意気地《いくじ》のない彼女に追い打ちを掛ける者がいた。アルバートに捻《ひね》られた手を押さえて怒りに震えていたバルトである。

彼は、介助に来た御者《ぎょしゃ》にダリアを預けると、懐《ふところ》の中を手で漁りながら叫んだ。

「エマ、お前はもうこの神官を誑《たぶら》かしたのか！　さすがはあの女の娘だな！　せっかく神学校へ行かせてもらったのに、どこの馬の骨とも分からぬ男の子供を身籠《みご》っておめおめと戻ってきた、あの阿婆擦《あばず》れのなっ!!」

バルトを叱責するダリアの悲鳴じみた声に混じって、バサリと紙の束がぶつかったような音が響いた。

何かが掠《かす》めた気配を感じて足もとを見下ろせば、床には紙幣《しへい》が散らばっている。

エマの背中に向かって投げ付けられた紙幣《しへい》の束を、アルバートの腕が叩き落としたのだ。

思う通りにならない現実に、バルトはますます癇癖《かんぺき》を露《あらわ》にした。

「手切れ金だ、くれてやる！　二度と俺や母さんに関わるんじゃないぞ！　――この、母親殺しの疫病神《やくびょうがみ》がっ!!」

母親殺し――エマがこれまで幾度もバルトにぶつけられ、心を切り裂かれ続けてきた言葉だ。

エマの母は出産のせいで命を落としたのだ、母を殺したのはエマなのだ、と。

鋭い刃のような言葉が、今度こそエマに致命傷を負わせるかと思われた――その寸前。

「ははは、よく吠える負け犬ですね」

エマの心臓に迫る凶刃の切っ先を、アルバートはいともたやすく笑い飛ばした。

「これからのことは心配無用です。エマは、私が大切にしますのでね。天地がひっくり返ったって、彼女の今後の人生にあなたを関わらせてやるつもりはありませんよ」

この時になってようやく、御者《ぎょしゃ》とダリアが激昂《げっこう》するバルトを玄関の外へと引っ張り出した。アルバートがすかさず扉を閉める。

バタン！　と大きな音を立てて、家の中と外の世界が遮断《しゃだん》される。

エマにとってそれは、ダリアとともに過ごす日常の終焉《しゅうえん》を意味していた。なんと呆気なく、そして虚《むな》しい別れだろう。

「さようなら……」

涙は、もう出なかった。十八年分の感謝を伝えられなかった後悔よりも、激しい虚無感に襲われる。

けれども――彼女は一人ではなかった。

「やれやれ、せっかくエマと迎える初めての朝ですのに、随分騒がしくなってしまいましたね」

いろいろと突っ込みたくなる言い回しではあるものの、崩れ落ちそうになる身体をしっかりと抱き留めてくれているアルバートの腕が、今はただただ頼もしい。

昨日会ったばかりなのにだとか、いきなり夫宣言するやばそうな相手だとか、そういう問題はさておき、とにかくアルバートが側にいてくれて本当に良かった、とエマはこの時、心から思えた。

扉の向こうではまだバルトの喚《わめ》き声がしていたが、しばらくすると短い馬の嘶《いなな》きとカラカラという音が聞こえ出す。車輪の回る音は徐々に遠ざかり、やがて完全に聞こえなくなった。

「少し、話をしましょうか」

そう促《うなが》され、エマはアルバートとともにリビングへ移動する。

ニケは、定位置とも言えるエマの肩に止まって、事の成り行きを見守るようだ。

夜通し見ていたとのアルバートの言葉通り、リビングのテーブルの上にはアザレヤの神殿の帳簿と、ダリアが毎日欠かさず付けていた日誌が山と積まれている。

神殿の仕事はなんでも手伝ってきたエマだったが、帳簿と日誌だけは絶対に触らせてもらえなかった。

ダリアがそれらを全てアルバートに預けたということは、神殿の管理権が完全に彼へ移行したことを表している。きっぱりと神殿から身を引こうとする、ダリアの意志を知らしめているようだった。

バルトが金を投げ付けて〝手切れ金〟と称したのも率爾《そつじ》なことではなく、そんなダリアの思いを正しく汲《く》んでのことだったのかもしれない。彼女が二度とこのアザレヤの神殿に戻るつもりはないのだと、エマは否が応でも理解するほかなかった。

床に散らばっていた紙幣《しへい》は全てアルバートが拾ってくれたが、エマは到底受け取る気になれない。

するとアルバートは〝前任神官及びその家族から寄付〟として帳簿に金額を書き込んだ。

「お金に罪はないですからね。いただけるものはいただいておきましょう」

神殿の運営は、大神殿から支給される資金と、その土地の自治体や住民からの寄付によって賄《まかな》われている。後者はその神殿への信仰心を測る指標となり、大神殿からの評価に大きく影響した。

大神殿は各神殿への寄付金の額に比例して支給する運営資金を決めているため、寄付金が多ければ多いほど支給金も増える。寄付金が多い神殿は、人々に必要とされている度合いが大きいから、という理屈らしい。

テーブルいっぱいに広げていた過去の帳簿やら日誌やらをアルバートが端にまとめている間に、エマはリビングの隣にある台所で湯を沸かしてお茶を淹《い》れた。気持ちは晴れないまでも、湯の中で茶葉が綻《ほころ》ぶ芳《かぐわ》しい香りに、少しだけ心が安らぐ。

泣いて赤らんだ目元もちょっとはましになっていればいいな、と思いながらカップを持ってリビングへの扉を潜《くぐ》る。とたん、エマはぴきりと固まった。

「――さあ、おいで。エマ」

椅子に座ったアルバートが、両手を広げて待っていたからだ。

自分の太腿をペシペシ叩いて、「ほら、ここ。ここにいらっしゃい」なんて熱心に誘われても、「それじゃあ失礼して……」と答えられるほど、エマは彼に心を許していない。

さっきの騒動の最中には大人しく抱き締められていたではないかと言われそうだが、あの時はエマだっていっぱいいっぱいだったのだ。今はいくらか冷静になれたからこそ、アルバートの対人距離の近さに戸惑う。

エマはひとまずテーブルにカップを置き、彼の隣にあった椅子に腰を下ろした。

「何故です、エマ。私の膝より、そんな椅子の方がいいとでも言うのですか？」

「……す、座り慣れているので」

子供のように唇を尖らせるアルバートに、エマは無難な言葉を返す。

なおも不服そうに両手を差し伸べてくるものだから、代わりにお茶の入ったカップを押し付ける。

押し問答をして中身が零《こぼ》れることを懸念《けねん》したのか、アルバートはしぶしぶそれを受け取った。

『変な男だな。随分人擦《ひとず》れしているというか、馴れ馴れしいというか……』

肩に止まったニケが、こっそり耳打ちしてくる。

ニケは下ろしたままのエマの髪に埋もれるようにして、このままアルバートを観察するつもりらしい。エマ以外の人間に興味を持つことが少ないニケには珍しいことだった。

エマを膝に乗せるのを諦めたのか、アルバートは長い脚を組んでから、カップに口を付けた。

何気ない所作さえも格別優雅に見えるのは、王都から来たエリート神官という先入観によるものだろうか。散々涙を零《こぼ》して渇いていた身体を潤《うるお》すように、エマもちびりとお茶を口に含んだ。

「先ほどの男の暴言は、どれ一つ気に留める必要はありませんよ。あれは、嫉妬《しっと》心を持て余した男の、ただの八つ当たりですので」

「嫉妬《しっと》心？　八つ当たり……ですか？」

「ええ、つまるところ彼は、あなたを通してあなたのお父様に悋気《りんき》をぶつけていたんです。一時でも、あなたのお母様の心を手に入れたであろう男にね」

「は？　え？　悋気《りんき》？　父にって……!?」

自分が長年バルトに辛酸《しんさん》を嘗《な》めさせられていた原因が、誰なのかさえも分からない父親だったなんて、エマにとっては寝耳に水もいいところだ。

バルトはエマの母オリーヴと同い年で、彼女が王都に移るまでの十五年をこのアザレヤの神殿でともに過ごした。そんな中で、バルトはオリーヴに恋をしたのだという。だから、彼女が神官を目指して王都に渡ったことも、突然戻ってきたと思ったら子供を身籠《みご》っていたことも、そして出産してすぐに亡くなってしまったことも、ひどくショックだったのだろうとアルバートは告げた。

とたんにエマは眉を顰《ひそ》め、首を横に振る。

「バルトさんが母を好いていたなんて、そんなの信じられません。母のことを阿婆擦《あばず》れだの恩知らずだの、今まで散々貶《おとし》めてきたのに……」

「可愛さ余って憎さ百倍って言いますでしょう？　お母様が亡くなっている以上、その感情を本人にぶつけることもできず持て余している内に、彼自身収拾がつかなくなっているのではないでしょうか」

アルバートの口から淡々と語られる話は、エマには想像もつかなかったことばかりだった。

昨日アザレヤにやってきたばかりの彼が、何故それらの事情を知っているのだろう。

そんな疑問が顔に出てしまっていたのか、アルバートはテーブルの端に寄せた日誌を指差して言った。

「ダリア女史の日誌には、その日アザレヤの町で起こった出来事、懸案、礼拝堂を訪れた人物の名前、懺悔室《ざんげしつ》を使用した人数と告解の内容など、毎日欠かさず事細かに記されていました」

ダリアの名を聞くと、どうしても気持ちが沈む。エマはお茶を飲むことで、吐き出しそうになったため息を呑み込んだ。

アルバートが続ける。

「ダリア女史は実に敬虔《けいけん》な方なんですね。日誌の中で、彼女自身も頻繁に懺悔《ざんげ》をなさっています。花壇の花を一本うっかり枯らしてしまったとか、洗い物の際に手を滑らせて食器を一つ割ってしまったとかいう些細《ささい》なことから、ご子息の扱いに悩んでいることまで」

ダリアは、バルトがオリーヴを想っていたことも、それが原因でエマに対して辛く当たっているということも、包み隠さず日誌に記していたのだという。その内容から、エマを守りたいと思いつつも、血を分けた実の息子を突き放すこともできないダリアの葛藤《かっとう》が窺《うかが》えたらしい。

「神官職を辞してアザレヤを去るということは、彼女にとって問題を解決する唯一の方法だったのかもしれませんね。彼女がここにいなければ、息子がやってきてエマを傷付ける心配もないですから」

「でも……それにしても、こんなに急に行ってしまわなくたって……」

ダリアが神官を引退することは、そもそもエマも承知していたのだ。納得がいかないのは、後任のアルバートが来た翌朝いきなり出ていくと告げられたこと。まるで、一刻も早く自分から離れたいと思われていたみたいで、エマは悲しくて仕方がない。

今度ばかりは呑み込むのに失敗したため息が、カップに半分ほど残ったお茶の表面に丸い波紋を作った。

一方、中身を飲み終えたカップをテーブルに置いたアルバートは、慰《なぐさ》めるようにエマの頭をぽんぽんと撫《な》でる。そして、「私が思うに」と続けた。

「急に出ていってしまったのは、確かに少々無責任だと思いますが……少しでも早くエマが息子さんと顔を合わせなくていいようにしたかったのではないでしょうか」

「えっ……？」

「ここに残していく私物の所有権を放棄したのも、それの片付けや処分を口実に、息子さんがここを訪ねられないようにするためでしょう。面影《おもかげ》を重ねてでもいるのか——彼はエマのお母様だけではなく、エマ自身にも執着《しゅうちゃく》していたようですからね」

「わ、私っ……!?」

ぎょっとして顔を上げたエマの手から、アルバートが中身が残り少なくなったカップを取り上げる。

それを空《から》になった自分のカップの隣に並べてすぐ、今度はエマの方へと手を伸ばして、彼女自身を椅子から取り上げてしまった。

「わわわわっ……ちょ、ちょっと!?」

「ははは、活きがいいですね」

膝に乗せるのは諦めてくれたと思っていたのに、アルバートはただ単に、揺らして零《こぼ》れる心配がなくなるまで互いのカップの中身が減るのを待っていただけだったらしい。

エマがわたわたと両手で宙を掻《か》いて戻ろうとするも、それまで彼女が座っていた椅子は、アルバートの長い足に蹴られてリビングの隅まで飛んでいった。エリート神職者のくせに随分と足癖が悪い。

「いや、いやいや！　下ろしてくださいっ！」

「まあまあ、落ち着いて。早くこの膝にも座り慣れてくださいね」

エマの抗議も意に介さず、アルバートは彼女に背中から自分の胸に凭《もた》れ掛からせる形で、膝の上に抱き込んだ。そして、腰帯よろしく彼女の腹の前で両手を組む。

ついでに、背後からエマの肩に顎《あご》を乗せようとするものだから、ちょうどそこに止まっていたニケが圧《お》し潰されてはたまらないとパタパタと羽音を立てて飛び退《の》いた。そのままカップの並んだテーブルの上に着地したニケに、アルバートがちらりと視線をやる。

「こちらさん……随分エマに懐いているんですね。先ほどエマの危機に私を起こしてくれただけではなく、昨日の礼拝堂で私を懺悔室《ざんげしつ》に誘導してくれたのもこの子でした。小さいのに頼もしく、そして賢い」

アルバートの称賛に、ニケが当然だと言わんばかりに白いふかふかの羽毛に覆《おお》われた胸を反らす。

愛らしいその姿にほんわかしかけたエマであったが……

「そういえば、昨日懺悔室《ざんげしつ》でエマを口説《くど》いていた不届き者についても、ダリア女史の日誌に記載されていましたね。国民の模範《もはん》となるべき王族——王弟殿下がいたいけな乙女に不貞行為を迫ろうなど、まったく嘆かわしい限りです」

急にトーンの落ちた声で耳元に囁《ささや》かれ、エマの身体はビクリと震える。

「頻繁に教会に訪れるので敬虔《けいけん》な人物だと最初は歓迎していたが、本当の目的はエマに会うことだったのではないか、とダリア女史は日誌の中で懸念《けねん》しておられました」

「あ、あの……」

「それに——どうやら、エマの方もまんざらでもなさそうだ、とも。本当なんですか?」

「……っ!?」

下ろした髪越しに、いっそう低い声が吹き込まれる。なんだか責められているような感じがして居心地が悪くなったエマは、アルバートの腕の中から逃れるため身を捩《よじ》った。

「は、放して……放してください」

「質問に答えなさい。昨日のやり取りを窺《うかが》った限りでは、あなたが王弟殿下の要求に賛同する気配はありませんでしたが……彼のことを憎からず思ってはいたのですか?」

「……」

「……その無言は、肯定と受け取ればよろしいので?」

エマの腹に巻き付いた腕はいまや拘束具《こうそくぐ》、耳元に囁《ささや》かれる低い声は尋問のようだ。

昨日、エマが懺悔室《ざんげしつ》で相対した王弟殿下——アザレヤの駐屯地に国軍中将として赴任しているレナルドに、エマは確かに仄《ほの》かな恋心を抱いていた。そして、昨夜ニケ相手に語った通り、その恋は成就《じょうじゅ》しないものだと最初から心得ていた。その通り、アルバートにも伝えればよかったのだろうが……

「今もまだ、彼を想っているのですか？」

「……」

その問いに、すぐさま否《いな》と答えられなかったことで、エマはまだ自分の心のどこかに昇華し切れない想いが存在することに気付いてしまった。けれども、それを認めてしまうのはなんだか悔しくて、エマはぎゅっと唇を噛み締める。

口を噤《つぐ》むエマと、答えを待つアルバート。朝日の差し込むリビングは、緊張を孕《はら》んだ静寂に支配される。

しばしの後、空気を動かしたのは、エマの耳の横に落とされた小さなため息だった。

「まあ、いいでしょう。どちらにせよ、過去の話です」

過去の話と断定されたことに戸惑いつつ、エマはそっと声の主を仰《あお》ぎ見て……

「ひえええっ」

怖いくらい晴れやかなアルバートの笑顔に出会って、文字通り震え上がった。

そんな彼女をしっかりと膝に抱き直し、アルバートはふふと笑う。

「過去の恋愛に妬《や》くだなんて、野暮《やぼ》な真似はしますまい」

エマはまたジタバタと暴れるが、がっちりと腰に回った腕はびくともしない。

アルバートはさも愉快そうに笑って所信表明よろしく告げた。

「他の男のことなど、私が綺麗さっぱり忘れさせてあげますよ」

どうしよう……やっぱりやばい人だ……

今後が思いやられる状況に、エマは気が遠くなる。

おかげで、ダリアとの突然の別れをいつまでも悲しんではいられなさそうではあった。

第三話　よろしくどうぞ神官様

エマにとっては育ての親との突然の別れから始まった衝撃的な朝。ところが現金なもので、一度落ち着いてしまえば腹も減ってくる。

「神官様は、食べ物の好き嫌いはありますか？」

アザレヤでは、ライ麦のパンが主食となっている。寒冷地の痩《や》せた土地でも育つライ麦は、小麦粉よりも栄養価が高く、パンにすれば日持ちがして腹持ちも良い。

ただ、グルテンを含まないため膨らみにくい上、発酵《はっこう》に使うのが酸味のある酵母菌《こうぼきん》なせいで、パン自体が固くて酸味がある。つまり、少々癖のあるパンに仕上がるのだ。エマの可愛い相棒ニケなどはこれを極端に嫌い、専《もっぱ》ら台所の窓際に置いたプランターからベビーリーフを啄《ついば》んでいる。

一方、ウェステリア王国で最も食べられているのは小麦粉で作ったパンだ。王都から来た人間にとって、ライ麦パンはあまり馴染《なじ》みのないものだろう。

朝食用にパンを切りながら、ふとそのことに気付いたのが、エマがアルバートの食の嗜好《しこう》について尋ねるきっかけだった。

とはいえ、昨夜もライ麦パンを平らげていたし、今もがっつり頬張っている彼の様子を見る限り、ライ麦パンが特別苦手だということはなさそうだ。

アルバートはごくりとそれを呑み下すと、ちょっと待てとでも言うように、エマに向かって片方の掌《てのひら》を掲げた。

「その前に、少しいいですか？　エマ」

「はい？」

「あのですね、私のこと、いい加減名前で呼んでくださいませんか？　いつまでも肩書きでしか呼ばれないのは寂しいです」

「えっ？　ええっと、ええっと……じゃあ、クインス様？」

とたん、アルバートは巨大なため息を吐いて、やれやれとでも言いたげに首を横に振った。

「全然だめです。却下です。やり直しを要求します。どうして家名なんですか。どこまで他人行儀なんですか。近々あなたもクインスを名乗ることになるのに、私をそう呼んでどうするんですか」

「……クインスを名乗る予定は全然ないんですけど」

「ちゃんと名前で呼んでください。それとも、私もあなたを肩書きで呼びましょうか？　――私の可愛い〝未来の奥さん〟？」

「わあ、もおおっ、分かりました！　分かりましたよっ!!　アルバート様、とお呼びすればいいんですねっ!!」

相変わらずこちらの話を聞かない相手に、エマは半《なか》ば自棄《やけ》になって叫んだ。

それでも、アルバートはまだ首を縦に振らない。

「いいえ、そもそも一介の神官に過ぎない私に敬称など必要ありません。〝アル〟と呼び捨ててしてください。それ以外は認めません」

「ううう……ア、アル……アル、さんっ！　アルさんとお呼びします！　昨日の今日で呼び捨ては無理です!!」

これ以上は譲れないし交渉にも応じない。断固としたエマの態度に、さすがのアルバートもひとまず妥協することにしたらしい。いつか呼ばせてみせます、なんて不敵に笑って宣言すると、目の前の皿からパンを一片摘まみ上げた。

薄く切ったライ麦のパンの表面にたっぷりとクリームチーズを塗り、香味の利いたベビーリーフを散らしてレモンを絞ったものだ。アルバートはそれにガブリと齧《かじ》り付きながら、それで？　と首を傾げた。

「先ほどエマはなんとお尋ねでしたっけ？」

「食べ物の好き嫌いをお聞きしたかったんです。すでにお出ししておいてなんですが……」

「ああ、なるほど――それでしたら、エマの作ってくれるものならなんでも好きですよ」

「また、そんな……」

エマが茶化さないでほしいと眉を顰《ひそ》めるも、アルバートは心外なとばかりに片眉を上げる。

「冗談でも社交辞令でもありません。本心から申し上げているんですよ」

なおも疑わしい目をするエマに彼は苦笑して、たとえば、と続けた。

「食べ物に対して、私はさほど執着《しゅうちゃく》がない方なんですよね。とりたてて好きなものも嫌いなものもない。質より量、腹が膨れればだいたい満足できる質《たち》なんです」

「はあ……」

「食事に気を配るのが面倒で、パンだけ大量に買い込んで研究室に籠《こも》っていたこともありますし、肉の塩漬けだけで数週間過ごして、見兼ねた同僚に口に野菜を突っ込まれたこともあります」

「それは……随分、不健康だと思います」

そんな食生活の影響か、アルバートは長身ながらもほっそりとしており、優男《やさおとこ》という印象が強い。目の下にうっすらと隈《くま》が見えるのは、昨夜遅くまで日誌と帳簿を読み耽《ふけ》っていたせいなのか、それともこれまでの不摂生が原因か。

エマがまじまじと見つめる前で、彼は新たに摘まみ上げたパンを眺めている。

「このパン――ライ麦パンの酸味は乳脂肪と一緒に摂取することで抑えられ食べやすくなるという知識はあっても、普段の私ならそのまま齧《かじ》って終わりです。固さも酸味も、腹が満ちるならばさほど気にはしないでしょう。一方、エマはこれを薄く切って手を加えて出してくれた。何故ですか？」

「手を加えたと言っても、そう大したことではないですけど……どうせなら、美味《おい》しく食べてもらいたいんです」

「昨夜の夕食もとても美味でした。メインの肉料理は、口に入れたとたんに蕩《とろ》けるほど時間をかけて煮込まれていましたね。そもそも使われていた豚のすね肉は、あらかじめ塩漬けしたものでしょう。エマにとって私は見ず知らずの相手でしたでしょうに、手間隙《てまひま》を惜しまず作られた料理で迎えられて、嬉しくないはずがありません」

「こんな田舎《いなか》町に赴任してきてくださるんですもの。せめて食事くらい、充実したものにして差し上げたいと思ったんです」

カタリと聞こえた音にエマが顔を上げれば、椅子から下りたアルバートが側に立っていた。

彼はそっとエマの両手を取ると、長身を屈《かが》めて視線を合わせる。

「心を込めて作られた料理というのは格別ですね。ただ腹を膨らますだけでなく、美味《おい》しいからもっと食べたいとエマの料理は思わせてくれました。だから、あなたが作ってくれるものならなんでも食べたい――なんでも好きです、と申し上げた次第です」

納得いきましたか、とアルバートはエマの両手を自分のそれで包み込み、首を傾げる。

エマはそれに、はいともいいえとも答えぬまま、じっと上目遣いにアルバートを見た。

「今後も……私が料理を作ってもいいですか？」

「もちろんです。是非ともお願いします。私にこれからたくさん、あなたの手料理を食べさせてください」

「私、神官の資格も何も持っていませんが……」

「ええ、それは存じておりますよ」

生まれてすぐに天涯孤独となったエマが、このアザレヤの神殿に住まうことができていたのは、偏《ひとえ》に前神官ダリアの厚意のおかげだった。ある程度の年齢に達してそれを理解したエマは、自分も神官の資格を取りたいと考えたことがある。後継者のいなかったダリアを安心させたかったのと、自分の居場所を確固たるものにしたい、という二つの理由からだ。

けれども、それをダリアに話したとたん、エマの計画は頓挫《とんざ》した。母オリーヴが今際《いまわ》の際《きわ》に娘を神官にしないでほしいと頼んだからとか、彼女の二の舞にはなってほしくないとかで、ダリアが猛烈に反対したためだ。

そうして、神殿の小間使い以外の肩書きを得ることができないまま今に至り、今朝にはついにダリアと決別した。神殿の管理権は完全に後任のアルバートに移ってしまったのだ。

アルバートが良しとしなければ、神官の資格も持たないエマが神殿に住み続けることは不可能だ。だから、こう問うことはエマにはとても勇気のいることだった。

「――私……このまま、この神殿にいてもいいんでしょうか？」

とたん、頭上から盛大なため息が降ってくる。

その意味をエマが理解する前に、ため息の主は彼女の前に跪《ひざまず》いた。

王弟レナルドが物語に出てくる王子様ならば、こちらはまるで忠誠を誓う騎士だ。とっさに引っ込めようとしたエマの両手をぐっと握り直し、アルバートは真っ直ぐに彼女を見つめて諭《さと》すような声で言った。

「いいですか、エマ。確かにこの神殿の管理責任は私が引き継ぎましたが、そもそも神殿の本来の主人は守護神ニケです。そのニケに許されているからこそ、あなたは今ここにこうしているのですよ」

嬰児《えいじ》のエマをこの神殿で引き取ることを決めたのはダリアだし、実際育ててくれたのも彼女である。その事実は決して変わらない。だがもしも、神殿の主たるニケが許していなければ、エマはこうして十八の年までここに留まることはできなかっただろう、というのがアルバートの言わんとするところだった。

全ての結果が守護神ニケの意志によるものだというのは、いかにも神官らしい見解だ。しかし、敬虔《けいけん》な人々の住むウェステリア王国では、これほど説得力のある言葉がないのも確かである。

これからの人生に不安を抱えていたエマに、アルバートは厳《おごそ》かな神官の声でもって朗々《ろうろう》と告げた。

「神の臣僕《しんぼく》である神官ではなく、只人《ただびと》でありながらニケの懐《ふところ》に守られてきた毎日を誇りなさい。その恩寵《おんちょう》をあなたから取り上げることなど、誰にもできませんからね」

「はい……」

アルバートが個人としてではなく、神官として口にした言葉には責任が発生する。エマが今後も神殿に住まい続けることを、彼はアザレヤの神官である限り保証しなければならなくなったのだ。

神殿を追い出される心配がなくなったエマはほっとして、アルバートの掌《てのひら》に預けたままだった両手からやっと力を抜いた。

目の前に跪《ひざまず》いているアルバートが頼もしく見え、瞬《またた》く間に自分の憂《うれ》いを取り除いてくれた彼に尊敬の念さえ生まれる。

この後の台詞《せりふ》が続かなければ、もっとよかった。

「とはいえ、そもそも我々は夫婦になるのですから、神官の妻であるエマがここに住み続けるなんて当たり前のことですけどね」

「へ……？」

「妻帯者が地方へ赴任すると、大神殿から配偶者手当が支給されます。ふふふ、いいこと尽くめですね。エマにもたっぷりお小遣いをあげられますよ」

「いや。いやいやいや……」

高尚な神官が一変、俗物根性丸出しだ。いったいどっちが本当の彼なんだろう。

知りたいような知りたくないような、複雑な気分になる。

アルバートはにっこりと微笑みつつ立ち上がると、エマの手を握り直して引っ張った。

「さあさあ。善は急げと言います。さっそく礼拝堂にて神前の誓いをいたしましょう。……ああ、しまった。どうせならダリア女史を引き止めて、立会人になってもらえばよかったですね」

「いえっ、あのっ、待ってください！　結婚なんて、まだ考えられま――」

「出会った翌朝に結ばれるなんて、実にセンセーショナルだと思いません？『月刊神官』に載るかもしれませんね。あそこの編集長とは付き合いが長いんですよ。馴《な》れ初《そ》めを聞かれたら、密室で他の男に迫られているのを助けたのがきっかけだと正直に答えますからね」

「わああっ！　全然っ、話を聞いてくれないっ!!」

ちなみに『月刊神官』とは、ウェステリア王国内で最も読まれている大神殿発行の月刊誌である。大真面目な長老の説法から、ゴシップ紛《まが》いの記事まで幅広く掲載されており、毎月初めにアザレヤの神殿にも届けられる。アルバートも王都にいる時には愛読していたらしい。

ともあれ、エマはなんとかアルバートの手を振り解いて叫んだ。

「アルさんとも、誰とも、まだ結婚するつもりはないですってば！　からかうのはやめてくださいっ!!」

「これはまた心外な。からかってなどおりませんよ。ちゃんと、プロポーズもしましたでしょう？」

「は？　え？　うそっ、うそです！　プロポーズなんてされてませんっ!!」

「何度も申し上げますが、私は決して嘘は吐きません」

振り解かれた両手を組み、アルバートは胸を張って続けた。

「プロポーズは確かにしましたよ。〝私にこれからたくさん、あなたの手料理を食べさせてください〟と。――ねえ、聞いておられたでしょう？　そこの方。証人になってくださいね」

アルバートの言葉の前半はエマに、後半は何故かリビングの窓辺に向けて発せられた。

アルバートにつられて窓辺に視線をやったエマは、思わずあっと声を上げる。

いつからそこにいたのだろう。窓の外には、エマにとって馴染《なじ》み深い人物がぽかんとした顔をして立っていた。

＊＊＊＊＊＊

「いやー悪いねぇ、エマちゃん。僕まで朝ご飯いただいちゃってねぇ」

「いえいえ、遠慮しないでたくさん食べてくださいね」

神殿裏手にある神官用住居。その一階リビングで繰り広げられていたエマとアルバートの攻防を、窓の外からぽかんとした顔で眺めていたのは、ずんぐりむっくりな体形の中年男性だった。

愛嬌《あいきょう》のあるまん丸い目をし、鼻の下には口髭《くちひげ》を生《は》やしている。頭の天辺《てっぺん》で渦《うず》を巻く黒髪は鳥の巣のようだ。そのせいか、彼の頭の上が大のお気に入りのニケが、今もちゃっかり澄まし顔をして乗っかっている。

それを気にする様子もなく、男性はエマが差し出したスープカップを両手で恭《うやうや》しく受け取った。

その中でほかほかと湯気《ゆげ》を立てるのは、かぼちゃの入ったミルクスープ。さらに、クリームチーズとベビーリーフが載った黒パン、キャベツとトマトが入ったココット、厚切りベーコン、フルーツ盛り合わせ——以上の品が、朝食のテーブルに並んでいる。

男性とテーブルを挟んで向かいの席に座っているのはアルバートだ。彼は、ココットの真ん中でぷっくりと盛り上がっている半熟卵の黄身に、プツリとフォークの先を突き立てながら口を開いた。

「それで……ダリア女史から私のことを、どこまでお聞きになりましたか？　——町長さん」

「ふえっ……!?」

ミルクスープで口髭《くちひげ》を白く染めていた中年男性がビクリと肩を撥《は》ねさせる。アルバートが町長と呼び掛けた彼こそが、アザレヤの町民代表——フォルカー・マーティン町長だった。

ウェステリア王国において地方自治体と神殿は、総じて強い結び付きがある。それは、守護神ニケを唯一の神と崇《あが》める敬虔《けいけん》な国民性と、その信仰心により集まる寄付金で神殿が運営されているからだ。

お互いなくてはならない存在であり、双方の責任者である自治体の長《おさ》と神官は持ちつ持たれつ、協力し合う関係であらねばならない。

これまでアザレヤの神殿を治めてきたダリアが去った以上、次に町長フォルカーが連携していかなければならないのは、後任としてやってきたアルバートだ。ところが――

「私が後任になることは、町長さんもご存知だったんですよね？」

「あ、う、うん……うん……」

「では、ダリア女史が早々にアザレヤを去ることも……有《あ》り体《てい》に言えば、私が着任したとたん退散するつもりだったのもご承知だったのですか？」

「えええ!? いやっ、いや、それは……ええっと、ええっとだね……」

肝心のフォルカーはというと、アルバートの問い掛けに対して、しどろもどろ。うろうろと視線をさまよわせ、しまいにはダラダラと大量の汗を掻《か》き始める。

鳥の巣、もといフォルカーの頭の天辺《てっぺん》にもその影響が及んだのか、エマの肩にニケが移動してきた。ちっというニケの舌打ちが聞こえたのは、きっとエマだけだろう。

お人好しで真面目で穏やかな性格のフォルカーは、アザレヤの人々にたいそう慕《した》われている。しかし、町長としてはいささか頼りないのも、自他ともに認めるところだ。

そもそも彼は、自分は町長の器ではない、が口癖の男である。代々町長を務める家の長男に生まれただけで、本人の意思とは関係なしにアザレヤの代表として立たされてしまっているのだ。彼にとって、アルバートのような王都からきたエリートはまったく未知なる存在だろう。

田舎《いなか》の人間というのは総じて排他的な性質が強い。さらにフォルカーの場合は元来の人見知りな性格も災《わざわ》いして、アルバートと打ち解けるのを阻《はば》んでいた。

「どうなんですか、町長さん？」

「ああ、うう……あの、あのねぇ……」

アルバートは容赦なく畳み掛ける。ついにはうるうるし出したフォルカーのまん丸い目が、アルバートの側に立つエマを縋《すが》るみたいに見た。

さすがに気の毒になってきたエマの耳元に、ふうとため息が落ちる。ニケだ。

『埒《らち》が明かんな。エマ、助けてやれ』

「う、うん」

頷いたエマは、さらに言葉を重ねようとするアルバートを遮《さえぎ》る形で口を挟む。

「フォルカーさん、あのね。私はダリアさんがこんなにすぐアザレヤを出ていってしまうなんて知らなかったの。今朝早く、急にバルトさんが迎えにきて……」

「えええっ、エマちゃんも!? 僕も、ダリアちゃんが町を出るのがこんなに早いなんて聞いてなかったんだよー!! っていうか、バ、バルト君が来たのかい!? エマちゃん、大丈夫だったの!?」

とたん、恥じらう乙女のごとくもじもじしていたフォルカーの顔色が蒼白になる。バルトのエマに対する当たりのきつさには彼も昔から心を痛めており、何度か間に入って庇《かば》ってくれたこともあったのだ。

「バルト君ったら、昔からエマちゃんにだけ大人げないんだよねぇ。本当に大丈夫だった？ また、ひどい言葉をぶつけられたんじゃ……」

しきりにエマを案じるフォルカー。その様子をアルバートがじっと見つめているのに、エマはふと気付く。耳元に擦り寄ったニケが、内緒話をするみたいに彼女の耳に囁《ささや》いた。

『町長の人となりを見極めようとしているのだろう。何しろ、あの神官にとってアザレヤはまだ孤立無援の地。味方は慎重に吟味《ぎんみ》しなければならない』

その言葉に、エマははっとする。

「そっか……うん、そうだね……」

「――そうなの⁉　ああ、エマちゃん‼　可哀想にっ‼」

ニケの声が聞こえないフォルカーには、エマが自分の言葉を肯定したように聞こえたのだろう。

ぴょんと椅子から飛び下りると、テーブルを回ってエマの方へわたわたと駆け寄ってきた。

「バルト君の言うことなんて気にしちゃだめだよっ⁉　彼がなんと言おうとも、エマちゃんはアザレヤの大事な子供なんだからね‼」

ぎゅっとエマの両手を握り締め、フォルカーは力強い声で告げる。アルバートの問い掛けにしどろもどろだった先ほどの彼とは雲泥《うんでい》の差だ。

指導者としては確かに頼りないかもしれないし、皆を引っ張っていくカリスマ性もない。けれども、アザレヤの住民一人一人を大事にしてくれるフォルカーの姿勢を、アルバートに見てもらいたい。エマは強くそう思った。

「心配してくれてありがとう、フォルカーさん。でも大丈夫、神官様が――アルさんが庇《かば》ってくださったんです」

「――えっ……⁉」

エマの言葉に、フォルカーは弾かれたようにアルバートを見た。

おそらくはこれが、フォルカーがアルバートと真っ直ぐに向き合った初めての瞬間だっただろう。

自分が彼と、エマを間に挟んだだけの距離まで接近していたことに、ここでようやく気付いたらしい。エマの両手を握り締めていたフォルカーの手がとたんに緊張で強張る。

今すぐにでもここから逃げ出したい。そんな彼の気持ちはその手を通して痛いほど伝わってきたが、エマは敢《あ》えてそれを無視した。

「ダリアさんと別れる心の準備も、まだ完全にできていなかったから……きっと私、あの場に一人残されていたらどうしていいのか分からなかったと思うの」

「エ、エマちゃん……」

フォルカーはエマの両手を握り締め、しばしの間逡巡《しゅんじゅん》する。

やがてエマの両手を解放すると、意を決したように顔を上げる。そうして、緊張に汗ばんだ手をズボンの横で拭《ぬぐ》ってから、アルバートに向かって差し出した。

「あの……エマちゃんを守ってくれて、ありがとう。君がいてくれて、本当によかった」

「はい。私も、お役に立てたようで嬉しいです」

若干固くなったままのフォルカーに対し、アルバートは笑みさえ浮かべて彼の手を取った。

ダリアがアザレヤを早急に去ることは、フォルカーも寝耳に水だったらしい。彼もエマ同様、後任神官への引き継ぎを完了させるまでまだ時間があると思っていたのだ。

ところが今朝、ほとんど着の身着のままバルトの馬車に乗り込んだダリアは、その足でフォルカーの自宅を訪ね、寝ぼけ眼《まなこ》で応対した彼に一方的に別れを告げたのだとか。しばらく茫然《ぼうぜん》と去っていく馬車を見送っていたフォルカーだったが、だんだんと目が覚めてくると、前日到着したはずの新しい神官とエマが一つ屋根の下に残されていることに思い至り、慌てて飛んできたのだという。

「ダリアちゃんを引き止めることもできなかった……情けない町長でごめんなさいねぇ。引き継ぎも満足に済んでいないなら、後任の君には余計な面倒を掛けてしまうかもしれない……本当にごめんなさい」

「いえいえ、町長さんが気になさることはありませんよ。ダリア女史が置いていった日報と帳簿があるので、私が仕事をするのに問題はまったくありません」

「神殿を……アザレヤをどうかよろしくお願いします。僕も、精一杯協力していくつもりなので」

「それは心強いですね。こちらこそ、よろしくお願いします」

町長と新しい神官。二人ががっちりと握手を交わしたことに、エマは言いしれぬ安堵を覚える。

フォルカーもこの町に住む者の例に漏《も》れず排他的なところはあるが、一度懐《ふところ》に入れた相手に対しては親身になる。彼の存在が、単身でアザレヤに赴任してきたアルバートの助けとなるのは間違いないだろう。

またアルバートが、フォルカーの人柄を好意的に捉えてくれた様子なのもエマには嬉しかった。

その後、フォルカーを交えた三人での朝食を和《なご》やかに再開する。ニケも再び、澄まし顔でフォルカーの頭の上に戻った。

そうして食後の紅茶を楽しむ頃、一枚の書類がアルバートからフォルカーに渡る。昨日の夕食の際、ダリアが眺めていたアルバートの履歴書だ。

ダリア同様フォルカーも、アルバートの華々しい経歴に驚き、そんな彼が辺境の地であるアザレヤに赴任したことに首を捻《ひね》る。その理由を、「エマがここにいるから」なんて昨夜と同じ台詞《せりふ》で茶化したアルバートだったが、今朝はそれで終わらなかった。

「実はですね、考古学研究所主査も監督官も、私はまだ現役なんです」

「……えっ？」

「つまり、現在私はアザレヤの神官を含めて三つの役職に就《つ》いている状態なんですね」

「み、みっつ……」

思わずエマとフォルカーは顔を見合わせ、それから二人同時にアルバートの履歴書に視線を落とす。確かに、前二つの役職に関し、就任の記録はあれど退任の文字はどこにも書かれていなかった。

「そういうわけですので、私はこの神殿の神官を務めつつ、監督官としては過去を遡《さかのぼ》って業務運営の監査も行うことになりますので、悪しからずご了承くださいね？」

「う、うーん……か、過去って、どのくらいかなぁ……」

「そうですね……とりあえず、十八年前――エマがこの神殿で生まれて引き取られた頃まで、遡《さかのぼ》ってみましょうか」

「……っ」

アルバートの言葉に、フォルカーが息を呑んだ。その理由が分からないエマは、不思議そうに首を傾げる。

「さっそく、ダリア女史が残した帳簿を精査した上で、町長さんに二、三お話を伺いたいことがございますが……よろしいですか？」

「ひえええ……ぼ、僕、神殿の運営には全然関わってないよう？」

「私が知りたいのは、町から神殿に渡った寄付金についてですよ。こちらは、町長さんがご存知ないはずはありませんよね？」

「はうううう……」

アルバートはテーブルの端に寄せていた帳簿を数冊抱え上げて席を立ち、何故だか盛大に目を泳がせ始めたフォルカーの肩を抱く。そして、引っ張り上げるようにして彼も椅子から立たせると、きょとんとしているエマに向かって微笑んだ。

「町長さんと少々込み入った話をしたいと思いますので、私室としていただいた二階の部屋におりますね。何かありましたら、遠慮せずに呼んでください」

「あっ、はい、分かりました。神殿の雑務はこれまで通り片付けておきますので、お任せください」

ダリアが年を取り、さらに腰痛がひどくなってからは、それこそ日報や帳簿など以外の仕事――神殿の掃除や花壇の世話、来客の応対、食事の用意、ついには昨日も行っていた懺悔室《ざんげしつ》での神官代理まで、エマが全て任されていた。

もちろん強制されたわけではなく、エマが進んで行っていたのだから不満はない。

アルバートは身体的には神官業務を行うのに問題なさそうだが、他に二つの役職を抱えているとのことだ。その負担を減らすため、エマはこれまで通り、できる限りの仕事を代行するつもりだった。

そう告げたエマに、しかしアルバートは痛ましいものを見るような目を向ける。

「ありがとうございます。頼もしいですね。ですが、何もかもエマが一人でしなくてもいいんですよ？」

「えっ……」

「神官としてすべきことは私がしますし……特に、昨日みたいに他人の告解を聞かされるのは、エマには負担が大きいでしょう」

「え、ええっと……でも、あの、できる範囲で……」

仕事を取り上げられたくない、というエマの心中を察したのだろう。アルバートは苦笑を浮かべて言葉を重ねる。

「これから、二人でやっていくんです。私もエマを頼りますから、エマもどうか私のことを頼ってください」

「……はい」

エマがためらいつつもこくりと頷く。それを見届けたアルバートは、フォルカーを伴ってリビングを出ようとした。

ところが、扉の前でふと何かを思い出したように立ち止まると、フォルカーをその場に残してつかつかと戻ってくる。

「エマ」

名を呼ばれてエマが顔を上げる。その頬に、唐突に柔らかな感触が降ってくる。

アルバートの唇が触れたのだとエマが理解したのは、それが離れてからだった。

「ご馳走様。美味《おい》しい朝食をありがとうございました」

「あっ、はい……」

茫然《ぼうぜん》と返事をしたエマに、アルバートは至極満足そうな笑みを浮かべると、今度こそフォルカーを連れてリビングを出ていった。

「えっ？　ちょっと待って、今エマちゃんに何をしたの⁉　えっえっ？　君達どういう関係なのっ⁉」とフォルカーが騒ぐ声に階段を上《のぼ》る足音が重なり、だんだんと遠のいていく。

やがて、扉を開け閉めする音を最後に声は聞こえなくなったが、エマはその場に立ち尽くしたままだった。

一瞬触れただけなのに、ありありと頬に残るキスの感触。

頭の中がひどく混乱している。同時に、わざわざ踵《きびす》を返してまで労《ねぎら》いの言葉を掛けてもらえたことに、胸にじわじわと充実感が広がっていった。

ダリアに感謝されたことがないわけではないのだが、数年前から食事の用意はエマがするのが当たり前になっていて、改めて労《ねぎら》いの言葉をもらうのは随分と久しかったのだ。

頬はだんだんと熱くなっていき、唇の端はゆるゆるになる。それを押し止めようと両手で頬を押さえたが、火照《ほて》りを掌《てのひら》に感染させただけだった。

一向に戻ってこない夫に痺《しび》れを切らし、町長夫人がエプロンとレードル装備でやってきたのは、それからしばらくしてのこと。

キティ・マーティン町長夫人は真っ赤な顔をしてリビングに立ち尽くすエマに驚いた顔をしたが、これまでの経緯を説明すると、とたんに声を立てて笑い出した。

「王都から来たエリートだっていうから、ツンと澄ましたいけ好かない野郎かと思ったけど、なかなかどうして、面白そうな男じゃないかい！　よかったねえ、エマ‼」

「いたいいたい。キティさん、いたい」

背中をバシバシ叩いてくるキティに悲鳴を上げながら、エマは自分の中でダリアとの別れに対する悲しみが薄らいでいることに気付く。

彼女に育ててもらった恩義を忘れるつもりはない。ただ、ダリアがいない未来でも、エマは自分の足で立って生きていける展望が開けた気がした。

その後、エマが淹《い》れた紅茶を飲んだキティは早々に帰っていったが、アルバートとフォルカーが二階から下りてきたのは、正午近くになってからのことだった。

晴れやかな表情のアルバートとは対照的に、フォルカーはどっと疲れた顔をしている。心無しか頬が痩《こ》け、いくらか老け込んだようにさえ感じた。

その頭の天辺《てっぺん》にちょこんと乗っていたのは、青い小鳥。どうやらニケはお気に入りの場所に鎮座《ちんざ》したまま、アルバートとフォルカーの密談にちゃっかり参加してきたらしい。

「ねえ、ニケ。フォルカーさんってば、どうしてあんなに草臥《くたびれ》てしまっているの？」

『さーてね。井蛙《せいあ》には、海千山千の若者の相手は刺激が強過ぎたんじゃないかい』

エマはその答えを理解できなかったが、ニケがとにかく楽しそうなことだけは分かった。

第四話　新しい朝ですよ神官様

薄いカーテンの隙間から差し込む朝日に瞼《まぶた》を撫《な》でられ、エマの意識はゆっくりと浮上する。

ちょうど、壁掛け時計がカチリと音を立てて六時を指し示したところだった。

けたたましい叩扉《こうひ》の音で起こされた前日とは違い、至って穏やかな目覚めに、エマの唇から安堵のため息が漏《も》れる。

『おはよう、エマ』

「……おはよ、ニケ」

いつの間にか枕に座っていたニケに頬を寄せれば、晴れ渡った空と同じ色をした羽毛からは太陽の香りがした。

エマの育ての親であり、長年アザレヤの神殿で神官を務めたダリアが去って、丸一日が経った。

ダリアはエマへ自分が使っていた二階の部屋に移るよう言い残していったが、今、彼女がベッドに仰向《あおむ》けに横たわって見上げるのは、見慣れた三角形の天井だ。エマは結局、これまで通り屋根裏部屋を使い続けることに決めたのだった。

うんしょと上体を起こし、ベッドに乗ったまま窓辺へ手を伸ばしてカーテンを開く。

そうして迎え入れられた朝日は、エマの小さな城の中を暖かな光で一気に照らした。

新しい朝が——新しい日常が始まる。

熱したフライパンの上でバターが緩み、固体から液体へと瞬《またた》く間に変化する。

ふつふつと泡立つバターのプールの中に、レードル一杯分のパンケーキの種を落とせば、ジュウと音を立ててまん丸い形に広がった。

「ニケ、今何時？」

『もう少しで七時になる』

ニケは、台所の窓辺に並べた小さなプランターからベビーリーフを啄《ついば》んで、一足早く朝食をとっていた。エマはパンケーキをひっくり返すタイミングをはかりながら、その薄紅色《うすべにいろ》の嘴《くちばし》の前にヨーグルトに載せる予定のリンゴの甘煮の欠片《かけら》を差し出してやる。

「アルさん……なかなか起きてこないね」

『起きてこないな』

そういえばアルバートは昨日、朝が苦手だと言っていなかっただろうか。それから、本当はエマに起こしてもらって、一番におはようを言いたかった、とも。

「ねえ、ニケ。起こしに行った方がいいと思う？」

『むしろ、行かなきゃいけないと思うよ。おそらくあれは、人に起こされねば一日中でも寝ている』

「えっ、そんなに⁉」

『相当寝穢《いぎた》ないぞ、あの男。昨日も眉間に穴が開くほど突《つつ》いてようやく目を開けたくらいだからな』

呆れたようなニケの言葉に、エマは真っ赤になっていた昨日のアルバートの眉間を思い出した。

そうこうしている間にも、パンケーキが次々と焼き上がる。隣の火口では、同時に別の調理が進んでいた。

合間を縫《ぬ》って、窓辺のプランターからニケに啄《ついば》まれなかったベビーリーフを摘み取りさっと洗う。中でも、軸の部分が赤や黄色とカラフルなスイスチャードは、熱を加えるとせっかくの色が消えてしまうので、サラダとして食べるのがいい。

一通り朝食の用意が整った頃には、リビングの時計の針はいよいよ七時を指そうとしていた。しかしながら、二階の部屋からアルバートが出てくる様子も、階段を下りてリビングにやってくる気配もない。

エマはエプロンに付着した小麦粉を手で払いつつ、しばし二階を見上げて逡巡《しゅんじゅん》していたが、やがて意を決したように階段に足を掛けた。

階段を上《のぼ》り切ると、正面には屋根裏部屋に上がる梯子《はしご》が掛かっている。その梯子《はしご》を中心にして、右の廊下には昨日までダリアが使っていた部屋、左の廊下には元々は客室として使われ、現在はアルバートの私室となった部屋の扉があった。

築七十年を超える家は、ダリアがアザレヤの神官となるよりも前に建てられた物件だ。外壁には一面に蔦《つた》が這《は》い、廊下は歩く度《たび》にギシギシと軋《きし》む。それでもエマにとっては生まれ育った大切な場所だ。

そんな家の一つ屋根の下、王都からやってきた年上の男性と二人っきりで寝起きすることになろうとは、想像もしていなかった。

時代がかっても木目が美しいオーク材の扉を、コンコンとノックする。

しかし部屋の中からは、声はもちろん身じろぐ気配さえ返ってこない。

『早くお入りよ、エマ。扉じゃなくて、直接枕を叩くぐらいしなきゃ起きないよ、あの男』

「う、うう、うーん……」

肩に止まったニケに急《せ》かされて、エマは恐る恐る取っ手に手を掛ける。もしも鍵が掛かっていれば、アルバートを起こすのは諦めようと思ったのだが、幸か不幸か扉は開いた。

古くなった蝶番《ちょうつがい》がキイと耳障りな音を立てるも、やはりアルバートが起きた様子はない。

窓のカーテンはしっかりと閉まっているけれど、朝日が透けて部屋の中は随分と明るくなっていた。窓のすぐ近くには、幅広のヘッドボードとフットボードが付いた、頑丈そうで大きなベッドが置かれている。ベッドの上では生成《きな》り色の上掛けがこんもりと膨らんで、呼吸に合わせて小さく上下を繰り返していた。

エマはそっと部屋の中へ足を踏み入れると、まずは閉じられたままのカーテンを開く。とたん、一気に押し寄せた陽光が部屋の中を蹂躙《じゅうりん》した。

「……う……」

ここでようやく、ベッドの上で身じろぐ気配があった。

アルバートが目を覚ましたならば、朝食の用意ができている旨《むね》を伝えてさっさと部屋から出よう。

そう思ったエマだったが、残念ながらそう上手くはいかなかった。

「おはようございます、アルさん。……アルバートさん？」

「うー……ん……」

明るさから逃れるように、黒髪に覆《おお》われた頭はもぞもぞと上掛けの中に潜《もぐ》り込んでしまう。エマは慌てて彼の身体を揺するけれど、すーすーと規則正しい寝息が聞こえてくる始末。

『手ぬるいよ、エマ。上掛けを引《ひ》っ剝《ぺ》がしてやれ』

「えええ……さすがにそれは失礼じゃない？」

『このままではいつまで経っても起きないよ。今日は予定が立て込んでるんじゃないのかい？』

「う、ううう……あーもう、しょうがないなぁ！」

ニケにせっつかれたエマは、上掛けの端を両手で掴むと、えいやっと一気にそれを引っ張った。

さほどの抵抗もなく剝《は》がれたその下から現れたのは、横向きになって身体を丸めたアルバートの姿。

すやすやと眠りこける彼の表情はいっそ無邪気で、無理矢理起こすのが忍びないほどだった。

そんなエマの躊躇《ちゅうちょ》を察したのだろう。彼女の肩からぴょんと飛び下りたニケが、アルバートの側までベッドの上をテクテクと歩いていったかと思ったら、出し抜けに彼の眉間に嘴《くちばし》を突き立てる。

「わああ、ニケ⁉　乱暴だなぁ！」

「うっ……」

ゴツッと骨を打つような鈍い音がして、丸まっていたアルバートの身体がビクリと撥《は》ねた。それでもまだ瞼《まぶた》を上げようとしない彼に、ニケはさらなる攻撃を加えようとする。エマはとっさにアルバートの眉間を掌《てのひら》で庇《かば》ったのだが、とたんにその手首を強い力でガッと掴まれた。

「ひええっ!? びっくりした!!」

「……うん?」

手首を掴んだのは、ベッドに横になったままのアルバートだ。

エマの掌《てのひら》の向こうでは、いつの間にか彼の両目がうっすらと開いていた。ぼんやりとエマを見上げ、不思議そうに開いたり閉じたりしている。

「……おや、私はいつの間に結婚したんでしょうか。こんな可愛い新妻が起こしてくれるなんて」

「してませんよ。違いますよ。寝ぼけてますよね!?」

「寝ぼけて? ……ああ、そうですか。これは夢……これほど良い夢ならば、もう少し見ていたいですね……」

「――って、わあ! ちょっ、ちょっと!?」

本当に寝ぼけているのか、それとも冗談なのか。掴まれた手首をぐいっと引っ張られ、エマの身体はあえなくベッドの上――もっと言えば仰向《あおむ》けになったアルバートの身体の上へと倒れ込む。

とっさのことで碌《ろく》に受身も取れなかったエマは、アルバートの胸の真ん中にしこたま顔面を打ち付けてしまった。一見すると優男《やさおとこ》なくせに、分厚い胸板は柔らかさの欠片《かけら》もなくて、エマはたまらずうっと呻《うめ》く。

一方、長い両腕で彼女を抱え込んだアルバートはというと、せっかく開いた瞼《まぶた》を再び閉ざしてうっとりと呟いた。

「はあ……柔らかい……温かい……」

「わああっ⁉　ちょっ……起きて起きて！　寝直さないでくださいってばっ‼」

大きな掌《てのひら》が宥《なだ》めるみたいに背中を撫《な》でてくるけれど、どうしてこの状況に甘んじていられようか。

ただ解放されたい一心でがむしゃらに手足をばたつかせるが、エマの身体に絡み付いた腕はびくともしない。

ココココッと頭上から聞こえるのは、ニケの嘴《くちばし》がアルバートの眉間を突《つつ》く音だ。

エマがもう少し冷静だったならば、はてさてニケは本当はキツツキだったのだろうか、と考えただろう激しさだった。

眉間に穴が開いて血が噴き出すのも時間の問題か、と思われたその時――アルバートが、胸の上に抱き込んでいたエマの髪に頬を寄せる。そして、犬のようにくんくんと鼻を鳴らした。

「……う……ん？　バターの……かおり……」

「あっ……」

エマはついさっきまで朝食の用意をしていたのだ。そんな彼女にフライパンで溶かしたバターの香りが付いているのも当然だった。

アルバートはせっかく編んでいたエマの髪を片手で掻《か》き回しつつ、大きな犬が戯《じゃ》れつくみたいにふんふんと鼻を寄せてくる。

一昨日《おととい》の夕刻に初めて顔を合わせ、まだ丸一日と少しの付き合いでしかない。

その中でエマが持つアルバートに対する印象は、言葉遣いは丁寧なのに時々辛辣《しんらつ》で強引――それから食いしん坊で、エマの作ったご飯を美味《おい》しそうにたくさん食べてくれる人だ。その情報が、現状を打開する一条の光明に見えたエマは、アルバートの胸から顔を上げて叫んだ。

「たっぷりのバターで焼いたライ麦入りのパンケーキに、ベーコンとポーチドエッグとオランデーズソースを載せましたっ！」

「ん……パンケーキ……オランデー……？」

「添え物は、ベビーリーフのバルサミコ酢和《あ》え！　ドライフルーツを交ぜたクリームチーズ！　デザートはリンゴの甘煮を載せたヨーグルトです！」

「んん……」

アルバートの喉がゴクリと鳴る。エマは、彼の男らしい喉仏が大きく上下するのを間近で見た。

「朝食、できています。このままだと冷めちゃいますよ？」

「……起きます」

ようやく、アルバートの両目がしっかりと開く。辛うじて眉間から流血するのは免《まぬが》れたようだ。

こうして、無事アルバートの抱き枕役から脱したエマは、彼の扱い方を少しだけ理解した気がしたのだった。

ウェステリア王国の北端に位置するアザレヤは、隣国カリステジア公国との国境沿いにある古い町だ。と言っても、両国の間は深い峡谷《きょうこく》で隔《へだ》てられているため、行き来できないばかりか、国交が途絶えて久しかった。

「何故、ウェステリア王国とカリステジア公国の国交が途絶えたのか……エマはご存知ですか？」

「カリステジア公国が、数十年前に始まった内戦によってもう長い間、無政府状態が続いているから、と教わりました」

「では、アザレヤに国軍が常駐している理由も知っていますね？」

「はい。カリステジア公国からゲリラや難民などが流れ込んでくるのを警戒するため、ですよね」

エマの答えに、アルバートはその通りです、と満足そうに頷いた。

ウェステリア王国軍の駐屯地は、国土の最北端となる峡谷《きょうこく》のすぐ側に置かれている。

そしてエマは今、アザレヤの神官として着任したばかりのアルバートともう一人、町長のフォルカーとともにその駐屯地へ向かっているところだった。

「アザレヤには現在学校はないと聞いていたんですが、エマは誰から勉強を教わったんですか？」

「私が小さい頃……十年くらい前までは、アザレヤにも今よりはもう少し子供がいて、町役場の一角を学校の教室として使っていたんです。先生はアザレヤで唯一教師の資格を持った、とてもお年を召した方でした」

最低限の読み書きと計算、それから一般常識程度のウェステリア王国の歴史。件《くだん》の老教師から学べることは、残念ながらさほど多くなかった。

幸いエマは、王都の神学校で高等教育を履修《りしゅう》したダリアから知識を得ることができたが、他の者は独学か、カリキュラムのしっかりとした大きな町の学校に進む他に学問を深める術《すべ》がなかった。

そのため、優秀な子供はどんどん他の町へ出ていってしまい、アザレヤはもはや取り返しのつかない状態まで過疎化《かそか》が進んでいる。

空き家《あきや》もここ十年の間に急速に増え、現在人が住んでいる家は四十戸ほど。ほとんどが高齢の単身者、もしくは老夫婦の二人暮らしのため、アザレヤの住人数は百人にも満たず、この内未成年はたったの十人。エマの同級生に至っては、現在一人もアザレヤに残っていない。ちなみに、ウェステリア王国の成人は十六歳である。

「エマが師事した教師の方は、今もまだ現役ですか？」

「いえ……先生は五年前に亡くなりました」

「それでは今現在、アザレヤの子供達はどなたから勉強を教わっているんです？」

「ええっと……それはねぇ……」

後者の質問はエマではなく、その隣を歩くフォルカーに向けられたものだった。

国軍の駐屯地まで、神殿からは町で一番の大通りを真っ直ぐなのだが、エマとアルバートは途中にあるフォルカーの自宅に立ち寄ってから向かっている。彼に昼食へ招待されていたためだ。

町長夫人キティの豪勢な手料理で持て成され、アルバートとフォルカーはすっかり打ち解けた様子だった。

そんなフォルカーだが、教育現場の現状を問われると、ひどくばつが悪そうな顔をして頭を掻《か》いた。ちなみに、その鳥の巣のような頭には、今日もニケが鎮座《ちんざ》している。

「えっとねぇ……老先生が亡くなって、アザレヤには教師の資格を持つ人が誰もいなくなってしまってね……一応国に掛け合って、教師を派遣してもらえるよう頼んでみたんだけど……」

「聞き入れられませんでしたか？」

「いやね、それがねぇ。ちょうど駐屯地に教師の資格を持つ人がいるから、その人に頼めーって言われちゃって……軍属の文官さんで、一応引き受けてはもらえたんだけどね」

「なるほど。それでは今、町役場の一角ではその文官の方が教鞭《きょうべん》を執《と》っていらっしゃるわけですか」

納得しかけたアルバートに、エマとフォルカーは揃って首を横に振る。

二人の冴《さ》えない表情に、アルバートはどういうことだと言わんばかりに片眉を上げた。

「町役場は老朽化が激しくて……五年前に天井の一部が崩落したため、現在は使われていません。他に適当な施設がないことと、教師役の方が軍属だということから、国軍が駐屯地の施設の一室を提供してくれようとしたんです。ただ……」

「まだ何か問題が？」

「あの……アザレヤの住民は、国軍に対してあまり良い印象を持っていないんです。他所《よそ》から来た人のことは、どうしても警戒しちゃいますし……」

エマはアザレヤが抱える問題をアルバートに説明する。彼女の言葉を引き継ぐ形で、フォルカーも口を開いた。

「数十年前、カリステジア公国の内戦を警戒してアザレヤに駐屯地を作る際、国軍がかなり強引な地上げをしたんだよ。特に年寄り連中はまだその時のことを根に持っているから、大事な孫やらひ孫やらを駐屯地に行かせるのにめちゃくちゃ反対したんだ」

「……つまりは今現在、子供達の教育は頓挫《とんざ》している、ということですね」

それは由々《ゆゆ》しき事態です、と難しい顔をしたアルバートに、エマとフォルカーも顔を見合わせて眉を下げる。

実はアザレヤは、この他にも問題だらけだった。

普通、軍の駐屯地が置かれた地域は発展する。軍に付随する職人や商人の集落が形成されたり、周辺地域での雇用が増えるからだ。

ところが、フォルカーが語った駐屯地発足時のいざこざによって、完全に心を閉ざしたアザレヤの人々は、国軍に対して一切の技術と労働力の提供を拒否した。こうした場合の田舎《いなか》の団結力というのは凄《すさ》まじい。足並みを揃えなければ、村八分にされてしまうのだから当然だ。

国軍はもちろん困ったが、しかしすぐに開き直った。彼らをそうさせた理由が、今エマ達が歩いているこの大通りの存在だった。

「各主要都市を経《へ》て最終的には王都に繋がる利便性。私も、この大通りを通ってアザレヤまで来ましたからね。駐屯地で必要な物資を隣町から運ぶのも容易《たやす》いでしょう」

「その結果、駐屯地があることによってアザレヤが受けられる恩恵はほぼなしだよぅ……」

アルバートはアザレヤの現状に神妙な顔で頷き、フォルカーはガックリと項垂《うなだ》れる。

国軍と確執があった時代に町長職を担《にな》っていたフォルカーの祖父はもう亡い。フォルカーやその妻キティをはじめとする、エマの親世代以下の住民は、駐屯地に対してさほど負の感情は持っていないのだ。

けれども、アザレヤの人口の大多数を占《し》めているのは高齢者達。発言権の大きい彼らは総じて未来よりも過去ばかり見ている。エマを育てたダリアもまた、その内の一人だった。

国軍の駐屯地は小高い丘の上にあり、そこに続く大通りも上り坂に差し掛かった。坂を上り切れば、目の前には突然切り立った深い峡谷《きょうこく》が現れる。

この峡谷《きょうこく》を挟んだ向こう側が隣国カリステジア公国だが、常に濃い霧《きり》がかかっていて様子を窺《うかが》うことはほとんどできない。それは谷底にも言えることで、いったいどれほどの深さがあるのか、底部の地形がどうなっているのか、霧《きり》に阻《はば》まれて何も見えなかった。

「谷底に下りて調査した者はまだいないのですか？」

「僕の記憶にある限りでは聞いたことがないねぇ。ただ、峡谷《きょうこく》の断面にしか生《は》えない薬草があるとかで、薬師がたまに途中までは下りているよ。昔はダイヤモンドが埋まっていたことがあったらしくて、それを採りに下りたりもしたみたいだけど……」

「へえ、ダイヤモンドですか……それはまた随分とお宝が出ましたね」

「ほんとに大昔の話だよ。今はもう全然っ！」

峡谷《きょうこく》の縁《へり》で中腰になって崖の下を覗き込みつつアルバートが問えば、その後ろでへっぴり腰のフォルカーが震えながら答える。エマもアルバートの肩越しにそっと谷底を窺《うかが》った。

微かにせせらぎらしき音が聞こえるから、谷底には川が流れているのかもしれない。

しかし、時折底の方から響いてくる風の音が、オウオウと人の嘆き声のように聞こえることがあり、アザレヤの人々は気味悪がって普段からあまり峡谷《きょうこく》には近寄ろうとしないのだ。

そもそもここに来るまでの間、エマ達はほとんど人に出会わなかった。

道の両脇には店はおろか民家もまばら。地平線まで続くだだっ広い平野には、ぽつりぽつりと作付けされた緑が見えるものの、多くは手入れをする者がいないのか荒れ地となってしまっている。

その光景は、アザレヤが抱える問題の深刻さを物語っていた。


石造りの立派な門の前で門番に用件を告げると、エマ達はすぐさま応接室へと通された。

「やあ、エマ！　よく来たなぁ!!」

開口一番、大きな声でそう言って笑みを浮かべたのは、軍服を着込んだ初老の男性だった。

ジャン・ホーキンス司令官。彼が、アザレヤに常駐する一中隊の責任者である。

現在この駐屯地には、歩兵、砲兵、騎兵、工兵を合わせて二百人ほどの軍人が配備されている。

発足当初から比べれば随分と縮小されたが、それでもアザレヤの町民の倍以上の人数が、今もまだ深い峡谷《きょうこく》越しに戦火へ備えているのだ。

応接室の中には、長机を囲むようにして四人掛けの大きなソファと一人掛けのソファが、それぞれ向かい合わせに二脚ずつ用意されている。手前の一人掛け用にホーキンスが、彼に近い順でエマ、アルバート、町長と並んで四人掛けに腰を下ろせば、すぐさまそれぞれの前に紅茶の入ったカップが置かれた。

続いて、クッキーやら小さなパイやらが盛り付けられた皿が長机に出されると、ホーキンスはまるで久しぶりに遊びにきた孫を持て成すみたいに、それらをエマに勧めてくる。

「遠慮せずにお食べ、エマ。今朝ちょうど王都の娘から荷物が着いてな。恐ろしいことに、焼き菓子の詰め合わせが山盛り入っていたんだ」

「お嬢様は確か、ご自宅の下の階で焼き菓子のお店をなさっているんでしたよね？　閣下《かっか》が甘い物が苦手でいらっしゃるにもかかわらず……」

「そうなんだ。女房を亡くして娘と住み始めたはいいが、毎日甘ったるい匂いに囲まれるのに耐えられなくなった俺は家を飛び出し、この地に流れ着いたのさ」

「けれども、結局お嬢様に居場所がバレて、焼き菓子の詰め合わせが定期的に送られてくるようになった、と……」

エマが何故、司令官ホーキンスとこれほど親しげなのかといえば、前述した国軍とアザレヤの年配者達の確執に起因する。早い話、ホーキンス以下国軍の関係者が神殿を訪れた際、ダリアに代わってエマが対応する機会が多かったため、自然と親しくなったのだ。

駐屯地は人の入れ替わりが頻繁に行われるが、ホーキンスはエマが幼い頃から司令官をしているので、もう随分と長い付き合いだった。

守護神ニケが全てのウェステリア人に信仰されている手前、神殿も全てのウェステリア人の前に平等であらねばならない。たとえダリアが国軍を嫌っていようとも、他の人々と同様に礼拝堂を開放し、懺悔室《ざんげしつ》では告解に付き合ってやらねばならないのだ。

けれども、特に腰痛が悪化したここ数ヶ月など、ダリアはその役目を完全にエマへ押し付けてしまっていた。

エマはまず、神官が交代になった経緯をホーキンスに説明する。ダリアが引退する予定はもちろん事前に伝えていたが、彼女がすでにアザレヤを出たと事後報告することになろうとは、当時は予想もしなかった。

「……そうか。別れの挨拶《あいさつ》くらいさせてくれてもよかったのになぁ」

ホーキンスも、自分を含めた国軍がダリアに良い印象を持たれていないと気付いていたのだろう。退任の挨拶《あいさつ》もなく去った彼女に対して未練のような言葉を口にしながらも、実際はさほど感慨を抱いてはいない様子だった。それよりも、ホーキンスの意識はエマの隣に向けられている。

「――それで、あなたが新しい神官殿かな？」

「はい、閣下《かっか》、はじめまして。アルバート・クインスと申します。お会いできて光栄です」

にこやかな笑みを浮かべて、アルバートが右手を差し出す。ホーキンスも相好を崩してそれに応《こた》えた。

「やあやあ、こちらこそ！　いやはや、こんなに若くて頼りになりそうな好青年が来てくれて一安心ですなぁ、町長！」

「えええっ、はいっ！　それはもうっ!!」

必要以上に大きいホーキンスの声に、気の小さいフォルカーはビクビクしている。緊張で汗ばむ頭皮が不快になったのか、フォルカーの頭頂部を巣の代わりにしていたニケがエマの肩へと移ってきた。

ここで唐突に、アルバートがホーキンスに問う。

「付かぬことを伺いますが……閣下《かっか》のお嬢様のお店というのは、もしや『フラン焼菓子店』ではありませんか？　王立図書館前駅の裏の路地をずっと奥に入ったところにある」

「おお、そうだそうだ！　その店で間違いない！　いやはやご存知であったか！」

「やはり……ホーキンスという名に覚えがありましたもので。私の実家が、お嬢様のお店が入った建物の三階なんです。フランさんには、小さい頃から父共々よくしていただいておりました」

「おお、そうだったか……いや、俺もあそこに身を寄せている間は親父さんに親しくしてもらってたんだ。そうかぁ……クインスさんちの息子さんかぁ……」

思い掛けずアルバートとホーキンスに繋がりがあったことが判明し、エマとフォルカーは目を丸くして顔を見合わせた。世の中は広いようで狭いものである。

そうこうしていると、エマ達が座るソファの向かいに、先ほどお茶を出してくれた人物が腰を下ろした。町長夫人と同じくらいの年頃の、すらりと背が高く姿勢の美しい女性だ。

身に纏《まと》うのは軍服ではなく、踝《くるぶし》まで隠れる長い灰色のワンピースだった。

彼女――ミランダ・ダータは、ホーキンスの秘書的立場にある軍属の文官である。そして……

「彼女が、さっき話していたアザレヤの子供達の教師役をお願いしている方ですよ」

「そうでしたか。まさか司令官付きの文官とは思いませんでした」

エマが声を潜《ひそ》めて告げれば、アルバートが驚いた顔をする。その向こうで、フォルカーが弾かれたように立ち上がった。

「あ、あのぅ！　ミ、ミランダさんにおかれましては、面倒なお願いを快《こころよ》く引き受けていただいたにもかかわらず、こちらの不手際でお待たせするばかりで……ほ、本当に、申し訳ありませんっ!!」

直立不動になって慣れない言葉遣いで謝罪するフォルカー。体形、表情、言葉遣いと三拍子揃って締まりのないことに定評のある彼も、さすがに礼儀は弁《わきま》えている。特に、厚意を反故《ほご》にする状態になっているミランダに対しては、アザレヤの代表として身の置きどころがない心地なのだろう。

そんな彼を、ミランダは無感動な目で一瞥《いちべつ》して淡々と告げた。

「お気遣いは結構です。どうぞお掛けください」

「……」

たちまちフォルカーはしゅんとして、無言でソファに戻る。

「目を見張るばかりの愛想のなさ……彼女、そもそも子供の相手をするには不向きじゃないですか？」

「――しっ！」

一部始終を眺めていたアルバートの客観的かつ的確な意見を、エマは片手で彼の口を塞ぐことによって揉《も》み消した。

本日こうして、エマとフォルカーがアルバートを国軍駐屯地に案内したのは、新任神官である彼を司令官ホーキンスに紹介するのが目的だった。

しかし、道中話題に上《のぼ》ったアザレヤにおける子供達の教育問題は、神殿にとっても看過も先延ばしもできない重要課題だ。ミランダも同席していることで、ちょうど役者は揃っている。事態を打開すべくさっそく動いたのはアルバートだった。

彼は、向かいに座ったミランダに問う。

「正味のところ、子供達のためにいかほど時間をいただけますでしょうか？」

「……どういう意味でしょうか？」

訝《いぶか》しそうな顔をするミランダに、アルバートは人当たりの良い笑みを浮かべて続けた。

「ミランダ様には、司令官閣下《かっか》の秘書官としての仕事もございますでしょう？　そんな中で教壇に立っていただくのは、やはり時間に限りがあるのではないかと思うんです」

「時間なら心配ないぞ」

アルバートの質問に答えたのは、ミランダではなく彼女の直属の上司であるホーキンスだった。

「よっぽどの有事でなければ、うちの隊の業務はのんびりとしたもんだからな。ミランダは朝と夕にさえいてくれれば、さほど問題なく回るだろう。だから――どうにか彼女に教師役を務めさせてやってくれ」

「か、閣下《かっか》!?　何を……」

「だってなあ、ミランダ。お前さん、本当は教師になりたかったんだろ？　しかし、感情表現がヘタクソで子供受けが悪過ぎて、泣く泣く諦めて文官になったんだろうが。これが最初で最後のチャンスかもしれないぞ？」

「で、ですが……」

嬉々として話を進めるホーキンスに、ミランダはおろおろし始める。そうするとさすがに彼女の無表情は崩れ、どこか弱々しく、けれど先ほどよりずっと親しみやすさを感じられるようになった。

「国軍とアザレヤの住民の間にある確執については伺いました。現状、駐屯地内で子供達を勉強させることが不可能なのは承知しております。ご年配の方々が発言権を持った狭い地域社会で、若い世代がそれに逆らうのはなかなか難しいことでしょう」

「うむ、下手をすれば裏切り者の烙印《らくいん》を押され、一族郎党故郷に住めなくされてしまうからな」

アルバートとホーキンスの会話が続く中、ソファの隅っこで居心地が悪そうに小さくなっているフォルカーに、エマは同情を禁じ得なかった。余所者《よそもの》の口から赤裸々《せきらら》に語られるアザレヤの現状は、町の代表である彼にはさぞ耳が痛いことだろう。

しかし、事実アザレヤの子供達には教育が必要で、教師の確保はできている。ただ、勉強するための場所が保護者達の希望に合わない。いったいどうすればいいのだろう。

考え込んでいたエマは、隣から発せられたアルバートの言葉にはっとする。

「一つご提案したいのですが――神殿で、教鞭《きょうべん》を執《と》っていただくのはどうでしょうか？」

とたん、その場に居合わせた全員の視線がアルバートに集まった。彼は注目されることに慣れているのか、一同の顔をゆっくり見回し、にっこりと微笑んで話を続ける。

「礼拝堂の隣に、一つ部屋がありますよね。子供の数は十人に満たないということですから、机と椅子を運び込んでも狭くはないでしょう」

アルバートが言う部屋というのは、礼拝堂で結婚式を執《と》り行う際に、主に花嫁の着替えやその親族の控え室として使われている部屋だ。外に続く扉と窓もあるし、礼拝堂とも直接行き来できるようになっていた。

「なるほど……神殿なら、町の御老体達も子供を通わせるのに文句はないだろうなぁ」

「はい。それでも心配だと言う声があれば、授業の邪魔をしないことを条件に、保護者に礼拝堂側からこっそり見学させるのも手かと思います」

アルバートの案に、ホーキンスはすぐさま乗り気になった。

肝心のミランダは、突然の展開に付いていけない様子で二人の顔を見比べている。

そして、エマはというと――アルバートの向こうで、まさに目から鱗《うろこ》といった表情のフォルカーと顔を見合わせていた。

神殿はその地域に住まう人々を無条件に受け入れる拠《よ》り所のような存在だ。そして、過疎《かそ》化と高齢化が進んだアザレヤでは結婚式など滅多に行われないため、礼拝堂横の部屋はほぼ空《あ》いていた。

にもかかわらず、アルバートに提案されるまで、誰も神殿で教室を開くことに思い至らなかった。

それには、理由がある。

ずっと神官を務めていたダリアが国軍を嫌い、彼らと関わることを極力避けていたからだ。彼女が管理する神殿に、軍属の文官であるミランダを呼び寄せるなんて考えは、エマやフォルカーにはそもそも思い浮かぶべくもなかった。

「ミランダ様には、都度神殿までご足労いただくことになりますが」

「なに、そのくらい大したことではない。なんなら俺が送り迎えを仕《つかまつ》ろう。なあ、ミランダ。それで構わんな?」

「えっ、あの……私は……」

アルバートとホーキンスの間でどんどん話がまとまっていく。ミランダ本人は急展開に戸惑っているだけで、アルバートの提案自体に反対する気はないようだ。

何はともあれ、アザレヤが抱える問題の一つに関し、活路を開いたかもしれない。

そう感じたエマとフォルカーはもう一度顔を見合わせ、どちらからともなく安堵の笑みを浮かべた。

＊＊＊＊＊＊

満足げなホーキンスと、表情はまだ固いもののどこか嬉しそうなミランダに見送られ、エマ達三人は応接室を退出した。

ホーキンスの言葉通り、特筆すべき案件もない現在、駐屯地を行き交う軍人の歩みはのんびりとしたものだ。そんな中を、応接室まで案内してくれた門番を伴って門まで戻る。

ミランダによる第一回目の授業は、五日後の午後から開かれることになった。

それを伝えるために、この後フォルカーは子供がいる家庭を訪ねる。

エマもアルバートとともにそれに同行し、彼を新しい神官であると紹介しつつ、是非とも子供達を神殿で開かれる教室に通わせてくれるよう口添えするつもりだ。

感情表現が苦手なミランダは、子供受けが良くないことをしきりに気にしていたが、エマがしばらく授業に同席すると申し出たことで幾分前向きになってくれた。

「ただ、授業の間は神殿の仕事ができなくなってしまいますが……」

「心配には及びません。そもそも神殿の仕事は神官である私の責務ですから。けれども、ミランダさんと子供達の仲を取り持つのは、新参者の私には到底不可能なことです。それは、エマにしかできない仕事ですよ」

エマにしかできない仕事。アルバートにそう言ってもらえたことが、なんだかとても誇らしい。

自然と足取りも軽くなり、そのまま門を潜《くぐ》ろうとした——その時だった。

「——エマ？」

「……っ！」

唐突に名を呼ばれ、エマの足はぴたりと止まる。

これまでもダリアの代わりに駐屯地を訪れたことがあるので、顔見知りの軍人は幾人かいる。だから、呼び止められたとしても不思議はない。

ただこの時、声を聞いて相手が誰であるか一瞬で分かってしまったエマは、身を強張らせた。

ポクポクと、馬の蹄《ひづめ》が地面を叩く音が背後から近づいてくる。馬の足音はエマのすぐ後ろで止まり、続いてトンと地面に飛び下りる音が聞こえた。

気付かなかった振りをして、今すぐこの場から立ち去りたい。

そんなエマの気持ちを嘲笑《あざわら》うように、背後から伸びてきた手にぐっと肩を掴まれる。大きくて綺麗だが、女の肩を断りもなく掴む傲慢《ごうまん》な手だ。

エマはようやく観念して、ゆっくりと後ろを振り返った。

「――こんにちは、殿下」

振り返った先に立っていたのは、艶《つや》やかな金髪と緑の目をした身なりの良い青年だった。

彼は、現ウェステリア王国国王の末弟にして、国軍においては中将の位を預かるレナルド・ウェステリア。そう――一昨日《おととい》の夕刻、礼拝堂の懺悔室《ざんげしつ》にて、場違いも甚《はなは》だしくエマを口説《くど》いたあの男だ。

「遠乗りに出掛けていらっしゃったんですか？」

「ああ、うん……国境警備の視察でね……」

レナルドはエマの髪色と似た栗毛の馬の手綱《たづな》を引いていた。少し離れたところには、視察に随行したらしい軍人が数人、それぞれ馬を従えて佇《たたず》んでいる。

手綱《たづな》を持っていない方のレナルドの手は、いまだエマの肩を掴んだままだ。

「エマは、どうしてここに……？」

平静を装《よそお》うエマとは対照的に、レナルドは焦った顔を隠しもしない。

兄王が決めた婚約者との挙式の日が近づく中、彼はエマに愛人になるよう迫った。だが立場を弁《わきま》えているエマは、その要請に応《こた》えるつもりは毛頭ない。

そもそも、全てが秘密にされることが前提の懺悔室《ざんげしつ》での出来事である。思い掛けないアルバートの乱入によってあの場が解散となった時点で、エマの中では終わった話になっていた。

しかし、レナルドはそうは思っていないらしい。自分の留守中に駐屯地にやってきたエマが、懺《ざん》悔室《げしつ》での言動を国軍の誰かにばらしたとでも思ったのか、彼の顔色は冴《さ》えない。

そんなとんでもない誤解を解くべく、エマは極力冷静に口を開いた。

「新しい神官様をお迎えしたので、駐屯地の皆様にもご紹介しようとお連れしたんです」

「ああ、神官……？　新しいって……前のあの、エマの親代わりだと言っていた女性の神官はどうしたんだい？」

「高齢と持病の悪化を理由に退職いたしまして、隣町に移り住みました。何分、慌ただしい異動でしたので、殿下にご挨拶《あいさつ》も侭《まま》ならず申し訳ありません」

「ああ、いや……そうか、彼女はもう、アザレヤにいないのか……」

ダリアの退任に関し、レナルドが何も把握していない様子であるのに、エマは驚いた。

伝わっていなくてはおかしいのだ。現在駐屯地で最も高位の彼に、情報が行かないはずがないのだから。

きっと、半年でアザレヤを去る予定の彼にとっては、一介の神官の行く末など心に留める価値もない情報だったのだろう。

（この人にとっては、アザレヤの人間なんて所詮は有象無象《うぞうむぞう》……）

エマは、かつて彼に抱いていたはずの恋情が、急速に色褪《いろあ》せていくのを感じた。

レナルドの手がやっと肩から離れる。すかさず彼から距離を取ったエマだったが、背中がぽすんと何かにぶつかった。

馬と並んで立ったレナルドが、とたんにはっとした顔をする。

彼にそんな顔をさせた相手を確かめようと、エマが背後を振り返る――よりも早く、頭上で声がした。

「レナルド・ウェステリア王弟殿下とお見受けします。まさか、王都から遠く離れたこの地で、拝顔叶うとは思ってはおりませんでした」

「あ、ああ、うん……ええっと、君は……？」

「申し遅れました。私は、この度《たび》アザレヤの神殿に配属されたアルバート・クインスと申す、しがない一神官にございます」

「ああ、君が……うん、ご苦労様。はじめまして」

ここで、エマはあれっ？　と思った。

一昨日《おととい》の懺悔室《ざんげしつ》に乱入したのがアルバートであると、どうやらレナルドは気付いていないらしい。

確かに、薄暗い上に格子窓《こうしまど》越しであったから、アルバートの顔をとっさには確認できなかったかもしれない。けれど、彼の声は結構な至近距離で聞いたはずなのに、分からないものなのだろうか。

そんな疑問が浮かんだが、エマは敢《あ》えて口にはしなかった。

本当に気付いていないのか、それとも振りかは分からないが、レナルドの「はじめまして」を否定しなかったのだから、アルバートも懺悔室《ざんげしつ》でのことを蒸す返すつもりはないのだと思いたい。

ちょうどその時、レナルドの馬がガツガツと前脚で地面を掻《か》いた。きっと暇を持て余してきたのだろう。

「どうどう」

「それでは、殿下。御前を失礼いたします」

レナルドの注意が馬に逸れたのを機に、エマはさっさとこの場を離れようとする。

門のところではフォルカーがそわそわしながら待っているし、できれば今日中に子供のいる家庭を全部回ってしまいたい。

アルバートも異存はないらしく、エマと並んでレナルドに背を向けた。ところがである。

「――待って！　エマ、ちょっと待ってくれ！」

ひどく焦ったようなレナルドの声に再び呼び止められた。正直言って面倒だが、無視をするには相手の地位が高過ぎる。エマは渋々といった気持ちが顔に出ないよう努めつつ、なんでしょうかと振り返った。

「前任の女性神官が隣町に移り住んで、彼が着任したってことは――もしかして、エマ。あの神官用の家に、彼と二人で住んでいるのかい!?」

「あ、はい。そうですけど……」

とたん、レナルドの顔は真っ青になった。

「なんてことだ……家族でもない若い男女が二人っきりで同居なんて、そんな不道徳が許されるわけがない！」

「え……不道徳……」

レナルドのブーメラン過ぎる発言に、エマは一瞬ぽかんとする。

「お前が言うな」

『お前が言うな』

すかさず、アルバートとニケの口から飛び出た小さな異口同音。エマは思わず噴き出しそうになるのを、唇を噛み締めて必死に堪《こら》えた。その表情をどう受け取ったのか、レナルドが痛ましい顔になる。

「そうか……そうだね、エマはみなしごだから、神殿以外に行く場所がなかったんだね。可哀想に……」

「……」

あからさまな同情に、エマの心は急速に冷えていく。レナルドには他意がないのだから、余計に質《たち》が悪い。

他人の心中など慮《おもんぱか》る甲斐性《かいしょう》もない王弟は、やがて何事か閃《ひらめ》いたのか、無邪気なまでに明るい表情を浮かべた。

「大丈夫、安心しなさい。これからエマは駐屯地で寝起きすればいいんだよ。ここなら女子寮もあるし、なんなら私の部屋を使っても――」

「殿下、それ以上はどうかおっしゃいますな」

嬉々として告げるレナルド。それをぴしゃりと遮《さえぎ》ったのはアルバートだった。

まさに、一昨日《おととい》の懺悔室《ざんげしつ》に響いたような、有無を言わせぬ堂々とした声だ。レナルドが口を開けたまま固まっている。アルバートは機を逃さず畳み掛けた。

「もうお忘れですか？　独善的な考えを悔い改めなさいと申し上げましたでしょう。懺悔室《ざんげしつ》での神官の言葉は守護神ニケの言葉を代弁したものですよ」

「あ、え……？」

「それに、殿下にそれ以上野暮《やぼ》なことを言わせるわけには参りません。ほら、〝人の恋路を邪魔する奴は、馬に蹴られて死んじまえ〟と言いますでしょう？」

「こ、こい……じ……？」

レナルドの緑の目が大きく開かれ、信じられないものを目の当《まあ》たりにしたとばかりに、エマとアルバートを見比べる。

どうやらアルバートが一昨日《おととい》の人物だと本当に分かっていなかったらしい。しかし、懺悔室《ざんげしつ》という単語が出たことで、彼があの時の闖入者《ちんにゅうしゃ》だとさすがに気付いたはず。そして、彼が口にした恋路という言葉によって、おそらくはエマと恋仲だとでも誤解したのだろう。

わざわざ訂正する気にもなれないし、誤解によってレナルドの興味が自分から離れるのならば、それはそれでいいとさえ思えた。だから、そっと肩を抱いてきたアルバートの手をエマは拒《こば》まなかった。

「エマ……」

縋《すが》るようなレナルドの声にどう反応すべきか迷う。

アルバートはそんなエマを自《みずか》らの懐《ふところ》に抱き込み、自分だけレナルドに向き直った。にっこりと人当たりの良い笑みを浮かべると、決定的な言葉を口にする。

「なりません、殿下。殿下が馬に蹴られて死んでしまっては、王都に待たせておいでの可愛い婚約者様が悲しまれますよ？」

「……っ！」

息を呑むレナルドに背を向け、エマとアルバートはようやく門を潜《くぐ》って駐屯地を出た。


現在アザレヤに住む未成年は、三歳が二名と四歳が一名、六歳と七歳がそれぞれ二名ずつ、少し飛んで十歳が三名という内訳になっている。この内、ミランダが教えるのに適しているのは、六歳以上の七名だが、残りの三名がちょうど彼らの弟や妹であったため、結果的には子供達十名全員の保護者へ説明に回ることになった。

エマがアルバートとフォルカーとともに訪ねて回った家は、七軒。もちろん、全員と顔見知りだ。しかし、五日後に神殿で教室が開かれる旨《むね》を告げた直後の反応は、家庭によって様々だった。話を聞いたとたんに喜色を示す親もいれば、提案者である余所者《よそもの》のアルバートに胡乱《うろん》げな目を向ける親もいた。後者には特に、エマとフォルカーが言葉を尽くして説明し、説得した。

授業の際にはエマが同席することと、保護者の見学が可能であるということに安心したのか、最終的には全家庭の了承を得ることができた。

「子供達、学校に通えるとなって嬉しそうでしたね」

「そうですね。勉強を教わるのはもちろんですが、同年代の子供と一緒に過ごすことによって、家庭だけでは得られない人との関わり方を学ぶいい機会になるでしょう」

夕日で赤く染まった神殿に続く一本道を、エマはアルバートと並んで歩いている。

フォルカーとは、今さっき彼の家の前で別れた。その際に、夫人のキティから自家製のマスの燻《くん》製《せい》を持たされている。

さっそく夕食に出すつもりだが、一緒にもらったレモンとハーブを利かせたマリネにしようか、それともほうれん草とともにホワイトソースで和《あ》えてキッシュにしようか。アルバートはどっちの料理が好みだろう。自然とそんなことを考えながら歩く自分に気付き、エマはくすりと笑う。

「なんだか変な感じですね」

「うん？　何がですか？」

「私達、出会ってまだ二日しか経ってないのに、当たり前のように同じ家に帰ろうとしていることがです」

「ふふ、さもありなん。王弟殿下曰《いわ》く、我々は不道徳な関係らしいですからね」

おどけて答えたアルバートの言葉に、少し前のレナルドのブーメラン過ぎる言動が思い出されて、エマはあの時我慢した笑いを吐き出す。くすくすと笑う彼女を、隣を歩くアルバートが優しい目で見守っていた。

すれ違う者もいない一本道。大通りと言えば聞こえはいいが、だだっ広いだけの寂しい道だ。

夕闇迫るこの時間、一人で歩けばさぞ心細いことだろう。

向かう先に自分を待つ者がいなかったら、どれほど虚《むな》しい家路だろう。

それが分かっているからこそ、エマには隣を歩くアルバートの存在がとても有り難く感じられた。

「暗くなってきましたね。手を繋いで帰りましょうか？」

アルバートがまた、本気なのか冗談なのか分からないことを言う。彼の相手にいい加減慣れてきたエマは、くすりと笑って返した。

「いいですよ」

「……え？」

想定外の反応だったのか、アルバートが榛色《はしばみ》の目を丸くする。

エマはそれに笑みを深めると、冗談です、と告げて歩みを速めた。

「え？　エマ？　待って？　いいですって言いましたよね？　手を繋いでくれるんですよね？」

「冗談ですって言いましたでしょう」

「いやいや、そうはいきませんよ？　期待させておいて、冗談では済みませんからね!?　男心を弄《もてあそ》ぶなんてひどいじゃないですか！」

「はーい、ごめんなさーい」

隣に並び直したアルバートがしつこく食い下がる。エマはだんだん相手にするのが面倒になってきて、冗談なんか言うんじゃなかったと思い始めた。

「手を繋ぐのがだめなら、抱っこして帰りましょうか？」

「どうしてそうなるんですか。結構です。アルさんはマスだけしっかり抱っこしていてください。今日の晩ご飯のメインですからね」

「いやいや、エマが持ってくださればいいじゃないですか。そうしたら、エマごと抱っこできますよ」

「無理でーす。私はレモンを抱えるので精一杯です」

もしもすれ違う者がいたら、いちゃいちゃしていると思われるだろうやり取りをしつつ、二人は同じ家を目指す。

太陽は二人が神殿に帰り着くのを待って、ようやく西の山際《やまぎわ》へと消えていった。

第五話　孤立無援の神官様

唯一無二の守護神ニケを掲げるウェステリア王国において、神殿は人々の心の拠《よ》り所となっている。

とはいえ、日常的に神殿を訪れ、礼拝堂で祈りを捧げるという習慣はない。

人生の中で必ず神殿の世話になる場面は、具体的には四つ挙げられる。生まれた時、成人した時、結婚式――最後に、葬式。年間行事としては、新年最初の日と、一年の中ほどにある建国記念日に地域住民が礼拝堂に集まって祝うくらいだ。

しかし本日、それらのどの行事も行われる予定がないはずが、礼拝堂には人が溢れ返っていた。

「アザレヤって、こんなに住民がいたんですね。先日大通りを駐屯地まで歩いた時は、昼間だったにもかかわらずほとんど誰ともすれ違いませんでしたのに」

「住民の大半は高齢者ですもの。皆すごく早起きだから、畑仕事なんかは午前中に全部済ませてしまって、午後はだいたい家でのんびりするんですよ」

エマとアルバートは礼拝堂の隣にある部屋の隅に並んで立ち、室内の状況を眺めながら小声で言葉を交わす。

二人が国軍の駐屯地を訪れた日から五日が経っていた。

今日は、あの時に取り付けた約束通り、ミランダを教師に迎えて第一回目の教室が開かれる。

生徒は、六歳が二名、七歳が二名、十歳が三名の計七名の子供達だが、就学年齢に達していない彼らの弟妹も母親に手を引かれて見学にやってきていた。

加えて、生徒の祖父母に曾祖父母、おじやおば、親類縁者、近隣住民、果ては噂《うわさ》を耳にしただけの野次馬まで集まって、こぢんまりとした礼拝堂の中は満杯状態だ。

教室の扉は礼拝堂へ繋がる方も、外に繋がる方も開け放たれ、窓にもびっしりと大人達の目が張り付いている。

「エマの見立てでは、今日は何割ほどの住民が集まっている感じですか？」

「ほぼ全員参加だと思いますよ。今年の新年のお祭りの時も、礼拝堂の中はこんな感じでした」

「それは重畳《ちょうじょう》。子供達の教育に、大人がちゃんと関心を持っている証拠ですね」

「物珍しくて見に来ただけって人も多いと思いますが……」

生徒となる子供達と近しい者は、軍属の教師の動向を見極めようと考えているようだ。もしもミランダが彼らのお眼鏡に適《かな》わなければ、第二回目の教室が開かれることはないだろう。

初授業が成功するか否《いな》かは、これを提案した新任の神官であるアルバートの評価にも繋がる。

保護者以外の野次馬の目に宿るのはだいたい好奇心だが、今日これからのことがどう進展するかが、余所者《よそもの》であるアルバートを受け入れるかどうかの判断材料になるのは同じだ。その証拠に、まだ教師役のミランダが到着していない中、観衆はアルバートに注目している。

彼の隣に立つエマにはそれがひしひしと感じられ、どうにも居心地が悪かった。

ところが当のアルバートはというと、あちこちから突き刺さる不躾《ぶしつけ》な視線など気にする風もなく悠然《ゆうぜん》と構えている。まったくもって胆力のある人だと感心せざるを得なかった。

「それにしても、全住民を収容するにはこの礼拝堂は少しばかり小さいですね。これまで不便を感じたことはありませんか？」

「こんなに人が集まる機会は年に二回ほどしかないですから、特には……」

エマの答えに、アルバートは片手を顎《あご》に当ててふむと頷く。ちなみにもう片方の手は、さりげなくエマの肩を抱いていた。

「私が赴任するにあたって、環境整備のために少々の予算をもぎ取って参りました。今後、礼拝堂の拡張工事も視野に入れておきましょう。何しろ、私とエマの結婚式には今日以上の参列者があるでしょうし、エマの花嫁姿をできるだけ大勢に見せびらかしたいですし」

「……あのですね。予定にすらないことを決定事項のように言うの、やめてもらえませんか？」

「ああ、でも……あんまりじろじろエマを見られると、嫉妬《しっと》のあまり相手の両目を抉《えぐ》ってしまいたくなるかもしれません」

「いやいや、怖いんですけど！」

物騒な台詞《せりふ》に震え上がったエマは、アルバートの手を叩き落とした。ただし、その程度のことで彼の図太い神経が萎縮《いしゅく》する様子は一切ない。

「礼拝堂にある石像も、もう随分古ぼけてますから新しいのに変えませんか？　次はエマをモデルにして作ってもらいましょう」

「絶対にいやですよ、恥ずかしい！」

「何が恥ずかしいんですか？　裸像でもあるまいし。……ですが考えてみれば、たとえ石像であろうとも、エマの素肌を私以外が見るなんて許せるはずがありません。片っ端から両目を抉《えぐ》ってやりたくなる」

「わあ、もう！　物騒!!　そもそも、あの石像は〝鳥籠の乙女〟の像でしょう？　勝手に私なんかをモデルにしちゃだめなんじゃないですか？」

エマの質問に、アルバートは驚いたような顔をした。

「エマは〝鳥籠の乙女〟をご存知なんですか？」

「え？　えっと、あの……」

実のところ、石像のモデルである〝鳥籠の乙女〟の存在は、絶対に秘密というほどではないが、世間一般に周知されている情報ではない。それでは、何故エマがその存在を知っていたのかというと……

「母の遺品の中に神学校の教本があったんです。私も将来神官になりたいと思っていたので、予習のつもりで小さい時から読んでいて……〝鳥籠の乙女〟についてもその中に書かれていました」

エマは物心ついた頃から、神官用住居の屋根裏部屋を私室としている。元々はエマの母オリーヴが使っていた部屋で、調度も何もかも彼女が使っていたものだった。

オリーヴが亡くなってからは、ダリアが何度か埃《ほこり》を払いに立ち入っていた。エマが神官になることを強く反対した彼女のことだから、教本を見つけていれば黙って処分していたかもしれない。しかし幸い、ダリアはオリーヴの持ち物には一切手を触れなかったらしく、おかげでエマは件《くだん》の教本を読むことができたのだった。

「あの、でも……神官でもない私が教本を持っているのは不相応でしょうか。神学校にお返ししなければいけませんか？」

「いえいえ、異教徒ならいざ知らず、ウェステリア人のエマが教本を持っていようとなんら問題はありませんよ。せっかくお母様が遺してくださったんですから、どうか大事にしてあげてください」

これまでダリアの目を気にして教本を隠していたエマは、アルバートの言葉にほっとする。

母との思い出が何もないエマにとって、重要な部分に線が引かれたり注釈が書き込まれたりしている教本は、母が一生懸命勉強に取り組んでいたのを感じさせる唯一の形見だったのだ。特に、何故か〝鳥籠の乙女〟に関する記述には、とりわけ熟考したような形跡があった。

「なんでしたら、その教本をもとに私が個別指導しましょうか？　エマだけのための特別授業です。手取り足取りじっくりと……ね？」

「……なんだか、とてつもなく大きな代償を支払わされそうなので、結構です」

「ふふふ、お代でしたら身体で払っていただければ結構ですよ。そちらの方も、私が手取り足取りじっくりと教えて……」

「わああ、もおお！　結構ですってば！　神官様が軽率にそういうこと言っていいんですかっ⁉」

相変わらず冗談なのか本気なのか分からないアルバートの言動に、エマは口惜《くちお》しくも真っ赤になる。慌てて距離を取ろうとするが、先ほど叩き落とした手に再び肩を掴まれて、ぐっと抱き寄せられてしまった。

「神官に夢なんか見てはいけませんよ。神に仕えるとは名ばかり、今や権力を持った神官ほど俗物的なものはありませんからね」

「え……？」

内緒話をするみたいにエマの耳元に囁《ささや》かれたのは、随分と皮肉っぽい言葉だった。とっさに声の主を見れば、その端整な顔にはどこか自嘲するような笑みが浮かび——しかしすぐに、不敵な笑みに取って代わる。

「さしずめ私は、いたいけな少女を籠絡《ろうらく》しようと目論《もくろ》む悪徒ですね。拒《こば》まれれば拒《こば》まれるほど——燃える」

「ひええっ、もうちょっと取り繕《つくろ》ってくださいよっ！」

「体裁《ていさい》なんか気にしていては、本当にほしいものは手に入れられないんですよ」

「名言吐きましたみたいな顔、やめてもらっていいです⁉　あと、くっ付き過ぎですっ‼」

エマは毅然《きぜん》と言い放ち、再びアルバートの手を叩き落とそうとする。衆人の目がある場で異性と密着するなんてはしたない、と田舎《いなか》の年長者は特にうるさいからだ。

ところが、エマの肩を包んだ大きな掌《てのひら》は、今度ばかりは頑《がん》として譲らない。どうしたものかと困っていたところ、視界に青い影が割り込んできた。

礼拝堂に通じる扉を、たむろする人々の頭上すれすれを通って潜《くぐ》り抜け、エマの肩——それを抱くアルバートの手に止まったのは青い小鳥、ニケである。

ニケはすかさず尖った嘴《くちばし》の先で、アルバートの手の甲をザクッと突《つつ》いた。

「あいたっ」

「ニケ、ありがとっ！」

幸い穴が開くほどではなかったが、なかなか容赦のない攻撃だった。さしものアルバートもこれには手を引っ込めずにはいられなかったらしい。

「やれやれ、野暮《やぼ》な小鳥ちゃんですね」

『ぬかせ』

不服そうな顔をするアルバートから、鼻息荒く言い返すニケを守るように、エマは慌てて二、三歩距離を取った。

教室の上座には少々色のくすんだ黒板と古びた教卓が置かれ、それらと向かい合うようにして、横長の机が四列と、それぞれに椅子が三つずつ、合計十二の席が用意されている。備品は全て五年前まで実際に使用されていたもので、エマもかつては世話になった。

今は物置と化している元町役場に放置されていたものを、アルバートとフォルカー、それから司令官ホーキンスが寄越した若い軍人達とで、昨日の内にこの部屋へと運び込んだのだ。

正午を回って一時間が過ぎた。

本日が初回ということで、町長のフォルカーがアザレヤの町を代表して教師役のミランダを迎えに行っている。

子供達はすでに教室に入り、授業が始まるのを今か今かと待っていた。じっとしている子もいれば、落ち着きなく机の周りを歩き回っている子もいる。

「――おーい、エマ。ちょっといいかい」

そんな中、礼拝堂に通じる扉に張り付いていた年配の男達が三人、エマに向かって手招きをした。

「エマ、よしなにお願いします」

「了解です」

呼ばれることは想定内だ。エマはアルバートと顔を見合わせてから、ニケを肩に乗せたまま三人の側へと移動する。

彼女を呼んだのは、頭頂部が寂しいのっぽと、厳《いか》つい顔つきのマッチョと、杖をついてプルプルしている最長老。

三人は町議会のメンバーであり、中でも議長を務める最長老は、アザレヤの人々から敬愛の念を込めて〝おじい〟と呼ばれている。実質、町長のフォルカーよりも発言権があるアザレヤの重鎮《じゅうちん》達だ。

やってきたエマを取り囲んだとたん、爺《じい》さん三人衆はアルバートの方をちらちら見ながら声を潜《ひそ》めて今更なことを問うた。

「あの方が、王都から来た新しい神官様かい……？」

ホーキンス司令官に着任の挨拶《あいさつ》をしに国軍駐屯地を訪れたように、エマはアルバートを町議達の家へも案内したのだ。ただ、その時は運悪く三人とも留守だったため、それぞれの家人に言付けを頼んだものの、今日までに誰からも接触はなかった。

アザレヤの人々には排他的な部分があるが、三人の町議はどちらかというとアルバート相手に人見知りを拗《こじ》らせているだけのように感じられる。王都から来たエリートという彼の肩書きに二の足を踏んでいるのだ。

エマはやれやれと肩を竦《すく》めた。その拍子に、エマの肩に止まっていたニケが翼をはためかせ、のっぽの町議の寒々《さむざむ》しい頭頂部に飛び移る。そのまま卵を抱くみたいな恰好で座り込んでしまったものだから、エマは必死に笑いを堪《こら》えつつ、自分を取り囲む町議達をじとりと見上げた。

「そうだよ、おじい達。やっと顔合わせに来てくれたんだよね？　フォルカーさんは、あの方が赴任した翌日にはちゃんと挨拶《あいさつ》に来てくれたんだけどな」

「う……」

義理を欠いた自覚はあるのか、彼らは揃って気まずそうな顔をする。それでも、今日はちゃんとアルバートと向き合う覚悟で神殿にやってきたのだろう。

町議達の視線の先では、アルバートが真っ黒い祭服から取り出した懐中時計を眺めている。まず、頭頂部にニケを座らせたのっぽの町議が、期待と不安が綯《な》い交ぜになった声で問うた。

「なあ、エマ。新しい神官様はどんな方だ？」

エマはアルバートと過ごしたこの七日間を振り返る。

出会いは薄暗闇の懺悔室《ざんげしつ》。王弟レナルドの告解をばっさり断罪した直後、未来の花嫁呼ばわりされた時には、随分やばそうな人が来てしまったものだと戦《おのの》いた。

「アルバートさんは、積極的な方で……」

けれどもその翌朝。いきなり訪れたダリアとの別れに、深い悲しみに沈みそうになったところを掬《すく》い上げられた。エマはその時心底、彼がいてくれてよかったと思った。

町長フォルカーとも、親子ほど年が離れているにもかかわらず気が合うようだ。

「頼もしくて、社交的で……」

着任早々、アザレヤが抱える問題を解決しようと精力的に動いてくれたおかげで、本日こうして五年ぶりに子供達のための授業が再開されようとしている。

「とても、仕事熱心な方だと思うよ」

アルバートが来てから、エマの毎日も変化した。

アザレヤのために積極的に動こうとする彼に、エマも付き合わざるを得なかったからだ。

それでなくても彼は、朝が弱かったり大食らいだったりと、なかなか手のかかる——しかし世話のし甲斐《がい》がある同居人だった。冗談なのか本気なのか分からないことばかり言うし、触れ合いが過剰な時もあるし、たまに言動が物騒だが、以前と今とどちらの方が充実しているかと問われれば、エマは迷わず今だと答えるだろう。

不変を愛するダリアとの生活は穏やかだったけれど、若いエマには単調過ぎた。

「まあなぁ……ダリアは特別保守的だったからなぁ」

「けどそれは、わしらも同じだ。じじいもばばあも、変化に対して臆病だからなぁ」

「このままじゃいけないと、たぶん皆思っていた。だが、どうしたらいいのか分からんかった……」

エマの答えを聞いた町議達はしみじみと呟く。その視線の先で、懐中時計を懐《ふところ》に仕舞ったアルバートが教卓の前に移動した。子供達も全員席に着き、教室を囲む大人達も自然とおしゃべりをやめて静かになった。

それを満足そうに眺めつつ、アルバートが口を開く。

「本日はお集まりいただきありがとうございます。せっかくですので、この場を借りてご挨拶《あいさつ》をさせていただきたく存じます。私は先日アザレヤの神官として着任いたしました、アルバート・クインスと申します」

数多《あまた》の視線に晒《さら》されながらも落ち着き払ったその態度が、彼が人前で演述し慣れていることを知らしめる。謳《うた》うような朗々《ろうろう》とした声は聴衆を惹き付けた。

「アザレヤ出身でもない私は、皆様にとってまだ信用に足る人間ではないでしょう。しかしながら、縁も所縁《ゆかり》もないこの地で私が何かを成し遂げるには、皆様方のお力添えが不可欠です。ひとまず、私を知っていただくためにも、時間が許す限り皆様の疑問に答えていきたいと思いますが――いかがでしょうか？」

アルバートはにっこりと人当たりの良い笑みを浮かべて、聴衆の顔をぐるりと見回した。

大人達は顔を見合わせ、とたんにそわそわし始める。

お前何か聞けよ。いや、お前こそ。とエマを取り囲む町議達も小声で言い合っている。

と、ここで真っ先に動いたのは、教室の中にいる子供達だった。小さな手がすっと天に伸び、無邪気な声が教室内に響く。

「はーい、はいはいはいはい！　しっつもーん!!」

「はい、ラズ君。どうぞ」

教卓から一列目に陣取っていた六歳児の一人、ラズ。彼は、十人の子供達の中でもひときわ元気な男の子だ。子供達の全員の名前を、アルバートはすでにエマから聞いて把握している。

彼に名を呼ばれたラズは椅子から立ち上がり、大きな声で尋ねた。

「あのね、どうしてアザレヤに来たの？　王都の神官様がこーんな田舎《いなか》に来るなんて、きっと何か悪いことしてサセンされたんだよーって、ママとばぁばが話してたけど——そうなの⁉」

「ふふふ……歯に衣《きぬ》着せぬご質問、ありがとうございます」

「あっ、ちょっと……ばか！　およしっ‼」

礼拝堂の方から教室を覗いていたラズの母と祖母が、あわあわし始める。

しかし、アルバートは気を悪くする様子もなく、それどころかにっこりと微笑んで言った。

「気に病《や》まれずとも結構ですよ。きっと他の方々も疑問に思っていらっしゃることでしょうし……」

実際、エマにも初日に聞かれましたし？」

とたんにエマは、視線の集中砲火を浴びることになった。確かに我ながら不躾《ぶしつけ》な発言をしたものだと思うが、ラズの母親と祖母にまで信じられないものを見るような目を向けられるのは心外だ。

「その節は、失礼しました……」

素直に謝罪すれば、アルバートはやっぱり気に病《や》む必要はないと笑った。だったらそもそも蒸し返さないでほしい。そう言いたくなるのをエマはぐっと呑み込む。あの時は笑い飛ばしたくせに、本当は根に持っていたのでは、と思わずにはいられなかった。

「人の道に背く行いをしたことはないとニケに誓って申し上げますので、どうかご安心ください。もちろん、左遷《させん》されてきたわけでもありません。私は、自《みずか》ら希望してアザレヤの神官に就任いたしました」

ラズからの質問に答える形で、アルバートはアザレヤの人々の気掛かりを払拭《ふっしょく》する。するとラズ少年の隣から、新たな疑問を呈《てい》する手が挙がった。

「はい、メアリーさん。どうぞ」

「どうして、アザレヤに来ようと思ったんですか？」

メアリーはラズと同じ六歳児だが、こちらは随分と落ち着いている。

これまで同様の質問をしたエマやフォルカーに対し、アルバートは「ここにエマがいたから」なんて茶化すような答えを口にした。さすがにこんな大勢の前でからかわれるのは御免だと、エマは視線で彼を牽制《けんせい》する。

それが通じたのかどうなのか。含みがありそうな笑みをエマに向けてから、アルバートは「アザレヤを赴任先に希望したのには、いろいろと理由があるのですが……」と答えを濁す。続いて、自分が神官以外にも考古学研究所主査と監督官という二つの肩書きを持つことを告げた。

また新たな手が、はいっと天を差す。

「はい、バリー君。どうぞ」

「考古学研究って、どんなことをするんですか？　アザレヤに何か関係があるんですか？」

大人びた声で問うたのは、三人いる年長組の内の一人、十歳のバリーだ。彼はメアリーの兄であり、子供達のリーダー的存在である。

「ふむ、良い質問ですね」

アルバートは感心したように頷いてから、再び懐中時計を取り出して時間を確認する。

そうして教卓に両手をつくと、聴衆を見回して言った。

「教師が到着するまで今しばらく時間がございます。せっかくですので、考古学者から見たアザレヤの話を少しさせていただこうと思います」

かくして、アザレヤで初めての考古学講義が始まった。


「かつてこの大陸は巨大な帝国が支配しておりました。その頃、ウェステリア王国があるこの地は帝国の末端に過ぎず、我らウェステリア人の祖先は帝国人に虐《しいた》げられる少数民族でしかありませんでした」

アルバートの落ち着いた声は耳に心地よく、人々は口を噤《つぐ》んで聞き入った。

「帝国には数多くの神々が存在し、それぞれの民族を守っておりました。我らが敬愛するニケも、そんな神々の内の一柱《ひとはしら》。ニケは太古の昔から、ウェステリア人を守ってくださっていたのです」

エマは側に立つのっぽの町議――その頭上で、ふかふかの羽毛に覆《おお》われた胸を誇らしげに膨らませている小鳥をちらりと見る。この可愛らしいばかりの存在が、自分達を守ってくれている唯一の神だなんて、いまだに信じられない心地だ。

「ウェステリア人を含め多くの民族を支配していた帝国人は、時が経つにつれてどんどん思い上がるようになりました。彼らは自分達こそがこの世の支配者であると驕《おご》り――やがて、自《みずか》らを守護する神への敬意さえも失ったのです」

ここでふいに、アルバートは聴衆の顔を見回して問う。

「神々の力の源《みなもと》がなんであるか――皆様はご存知でしょうか？」

とたんに、人々は互いに顔を見合わせる。

お前知ってるか？　いや、知らん。といったやり取りが、礼拝堂の方からも窓の外からも聞こえてきた。ざわめきが大きくなる一方、アルバートの質問に答えられる者は誰もいない様子。

そんな中、アルバートの視線がすっとエマに向けられる。

「エマ、分かりますか？」

「あっ、はい。ええっと……」

突然の指名に驚くも、エマはすぐにその理由に思い至る。アルバートの話は、神学校の教本に書かれている内容だったのだ。

「神というのは元々はひどく曖昧な存在で、人間に強く望まれることによって形作られ力を持ったんですよね。だから、人間が信じて敬《うやま》うほどに神の力は強くなりますし、逆に人間からの信仰がなくなれば神は存在意義を失ってしまう……人間の信仰心こそが、神々の力の源《みなもと》です」

「はい、その通り。よくできましたね、エマ」

目を細めてエマを褒めたアルバートは、今度は子供達に向き直る。彼の柔らかな口調に、子供達はすっかり警戒を解いているようだった。

「人間の信仰心こそが神々にとって生きる糧《かて》――つまり、ご飯ですね。信仰を失った帝国人の守護神は、ご飯をもらえなくなったのと一緒です。そうすると、どうなってしまうと思いますか？」

「――あっ、はいっ！」

「はい。モート君、どうぞ」

すかさず手を挙げたのは、年長組の一人モート。彼は、リーダー格であるバリーの隣の席から元気よく答える。

「おなかが空《す》いて、力が出なくなっちゃいます！」

「はいっ」

「はい。ケイトさん、どうぞ」

「ご飯を食べないと、人間は死んでしまいます。神官様、神も死ぬんですか？」

ケイトもバリーやモートと同じく年長組。これで十歳の子は全員発言したことになる。

彼女の質問に、アルバートは穏やかな声で答えた。

「神は死にません。しかし、力を失えば元の曖昧な存在に戻ってしまうでしょう。そうすると、もうそれは守護神ではありません」

「そうしたらどうなるの？　消えてしまう？　死ぬのと、どうちがうの？」

手を挙げずにいきなり問うたのは、七歳児の一人モリスだった。

別段それを咎《とが》めることなく、アルバートは噛んで含めるように答えてやる。

「死んだらそれで終わりです。しかし、死なない神は、たとえ一時は力を失っても、何かをきっかけに復活し、信仰心を糧《かて》に大きく成長し直す可能性もあります」

とにもかくにも、信仰を失った帝国の守護神はどんどんと弱っていき、それまで撥《は》ね除けられていたはずの災いが次々に帝国を脅《おびや》かし始めた。空は荒れ狂い大地は割れ、疫病《えきびょう》が蔓延《まんえん》して見渡す限り死屍累々《ししるいるい》。にわかに起こった大火災によって、それまで帝国人が築いてきた富も文明も何もかもが焼き尽くされて無に帰した。人々の心は荒《すさ》み、やがて多くの民族を巻き込んだ戦争が勃発《ぼっぱつ》する。

「けれどもそんな中、我々ウェステリア人の祖先はあらゆる天災を免《まぬが》れました。それは、どうしてだと思いますか？」

アルバートの問い掛けに、新たな子供がぱっと手を挙げた。

「は、はいっ」

「はい、セーラさん。どうぞ」

セーラはモリスと同じ七歳。これで、本日の生徒全員が発言することになる。

「ニケを、ちゃんと信じていたから……？」

「はい、そうですね。ご先祖様方は帝国人の圧政に苦しみつつも守護神ニケを信じておりました。人々の信仰心で満たされていたニケは、やがて存在意義をなくした帝国の守護神を凌駕《りょうが》します。すでに取り返しがつかないほどに蔓延《まんえん》していた疫病《えきびょう》を避けるため、荒《すさ》んだ帝国からウェステリア人の祖先が住まう大地を切り離したのもニケでした」

アルバートの言葉に、ニケを頭に載せたのっぽの町議が「ええっ!?」と声を上げる。

その声が思い掛けず響いてしまったため、一瞬にして彼に注目が集まった。

進行役であるアルバートにまで視線を向けられたものだから、空気を読んだ町議は小さく挙手をする。

「あ、あの……はい」

「はい、どうぞ。町議さん」

この時点ではまだ直接挨拶《あいさつ》を交わしてはいないが、彼が町議の一人であることはアルバートも把握している。子供達と同じように発言を促《うなが》され、町議はどこか照れくさそうな顔をして口を開いた。

「えぇっと、つまり……ウェステリア王国とカリステジア公国を隔《へだ》てるあの峡谷《きょうこく》を刻んだのは、ニケだということでしょうか？　それで、今もまだカリステジア公国内が乱れているのは、信仰心を失った弊害《へいがい》が続いているからなのでしょうか？」

「前者に関してはその通りです。ただし、後者に関しては一概にそうとは言い切れません」

すかさず、マッチョな町議が疑問符を浮かべた顔で、「と、いいますと？」と口を挟む。

「そもそも守護神とは、個々の人間を守るものではありません。彼らの性質は土地神に近く、自《みずか》らの縄張りを俯瞰《ふかん》し、守っています。未曾有《みぞう》の災害や疫病《えきびょう》などのように影響が多岐に及び、人間の努力ではどうすることもできない災いには対処しますが、人間同士の争い事には一切関与いたしません」

難しい言葉が続き、幼い子供達にはちんぷんかんぷんだろう。けれども、彼らはアルバートの話に熱心に聞き入っていた。

「帝国の末裔《まつえい》であるカリステジア公国の混乱には、確かに守護神を失ったことが関係しているでしょう。ただそれは、彼らが没落した発端に過ぎません。何百年経っても泰平の世を築けないのは人間が不甲斐《ふがい》ないからで、神の不在のせいではないと私は思っています」

ここで、プルプルしながら片手を挙げたのは、最長老の議長だった。

「神官様、お聞きしてもよろしいかな？」

「はい、どうぞ。議長さん」

こつんと杖を鳴らし、覚束無《おぼつかな》い足取りで一歩前へ出た彼を、すかさずエマが支える。

「私はこの町一番の年寄りでございますが、神官様が今語られた話については知らないことがほとんどでした」

一般的に知られているのは、ウェステリア王国がかつて帝国の一部であった史実と、王国を独立に導いたのが守護神ニケだったという漠然とした奇譚《きたん》くらいだ。

エマのように神学校の教本を読んだ者だけが、守護神を神たらしめるのは人々の信仰心であり、それが帝国の衰退《すいたい》に関わっていたと知ることができる。

「国境沿いの峡谷《きょうこく》がニケによって作られたというならば、まさにその舞台であるアザレヤに何も語り継がれていないのは不自然に思えるのですが」

「ええ、それは尤《もっと》もなご意見だと思います」

議長の疑問を即座に肯定したアルバートは、おそらくはと前置きしてから続ける。

「ウェステリアの建国当時、情報統制が敷かれたのではないかと考えられます」

「情報統制……ですか？　それは、いったいどうして……」

「この地が、守護神ニケと縁深いのだと箔付《はくづ》けされることを許せない連中がいたのでしょう」

「なんと……」

アルバートの言葉に、議長の表情が強張る。

「帝国が栄華を誇っていた時代、ウェステリア人の祖先が住まう町で最も豊かだったのは、帝国に近く物資の流通が盛んだったこの地でした。それなのに、ウェステリア王国が建国された際、王都が置かれたのはここではなくプルメリア。それは何故か——答えは明白です。民族内での権力抗争に勝ったのが、現在プルメリアがある地を拠点としていた一族だったからなんです」

帝国人の支配下にあった不遇の時代は、守護神ニケという心の支えのもと、ウェステリア人の祖先達は一丸となって助け合っていた。

しかし、共通の敵がいなくなったとたん、民族間の結束は脆《もろ》くも崩れ去る。

勝者は権力を誇示《こじ》するために城を建て、大神殿を作る一方で、敗者から過去の栄光だけではなくニケにまつわる逸話まで取り上げてしまったのだ。

アルバートの話を聞き終わる頃には、議長や町議のみならず、その場に居合わせた多くの人々が言いしれぬ口惜《くちお》しさに唇を噛み締めていた。

さもありなん。アザレヤの先祖の無念を思うと、のうのうと王都を名乗るプルメリアの人々を憎たらしく感じてしまう。エマだって、まるで自分自身が理不尽を強《し》いられたように錯覚して表情を曇《くも》らせる。異様な雰囲気に、子供達は不安そうに大人達の顔を見回していた。

そんな中、アルバートだけは冷静だった。

「歴史とは、得てして勝者の都合のいいように作られるものです」

淡々としたその声に、そういえば彼は王都から来た人間だ、と思い出した人々の視線が自然と剣呑《けんのん》になる。我に返ったエマは焦った。

アザレヤは、ただでさえ排他的な田舎町《いなかまち》。他所《よそ》の町から来たというだけでも警戒されるのに、アルバートは過去、この地に不利益を被《こうむ》らせたという連中が作った王都の人間だ。

「ア、アルさん……」

地域住民を敵に回してしまっては、これからの毎日は茨《いばら》の道となる。エマ一人では、到底アルバートを庇《かば》い切れない。

周囲の空気はどんどんと不穏さを増す。好々爺《こうこうや》の印象が強い議長まで険しい表情をしているのを目の当《まあ》たりにし、エマはひどく動揺する。

(どうしよう……どうしたらいい!?)

その時だった。

町議の頭に乗っかって傍観していたニケが、青い翼をはためかせて宙へ飛び上がる。

するとどうだろう。

部屋の中に立ち込めた暗雲を払うかのように、一条の光明が差し込んだ。

ただ単に、のっぽの町議の頭上からニケが退《ど》いたことで扉との間に隙間ができ、礼拝堂の窓から入った光がこちらの部屋まで届いただけなのだが、それは人々をはっとさせるには充分なきっかけとなった。

さらに、ガラガラと馬車の車輪が回る音が聞こえてきた。

馬の嘶《いなな》きが響き、近くで車輪の音が止まったことで、フォルカー町長が迎えにいった軍属の教師が到着したのだと、その場にいる誰もが思い至る。

そして人々は、自分がなんのためにここに来たのか——アルバートがしつらえた教室を見学に来たこと、彼がアザレヤの子供達の教育のために尽力してくれたのだということを思い出した。

人々はたちまち穏やかさを取り戻し、それを見計らったみたいに、アルバートの落ち着いた声が再び響く。ニケは、いつの間にか彼の肩に止まっていた。

「勝者によって歪《ゆが》められたり消されたりした、ニケに関わる史実や伝説を掘り起こし、検証する。それが考古学研究者としての私の仕事です。先ほど議長さんがおっしゃった通り、アザレヤはニケが直接活躍した舞台。ニケが刻んだという峡谷《きょうこく》をこの目で見て確かめて、勝者が作った歴史ではなく真実を知りたい——これが、私がアザレヤを赴任先に希望した理由の一つです」

突然、教室の中に元気な声が上がる。

「はーい、はいはいはい！　神官さまー！」

「はい、ラズ君。どうぞ」

小さな手をぴっと挙げたのは、一番最初にアルバートに質問をした六歳児ラズだった。彼の明るい声が、大人達の心に掛かった靄《もや》を吹き飛ばす。

「僕も、もっといろんなことを知りたい！　新しいことが分かったら、僕にも教えてくださいね！」

「承知しました。私がこれからアザレヤで得た情報を論文にした場合は、学会よりも前にこの教室で発表しましょう」

アルバートの言葉に、ラズがやったーと歓喜の声を上げ、両手をパチパチと叩き出した。

他の子供達もそれに倣《なら》う。

この好機、逃すわけにはいかない。そう思ったエマも慌てて両手を打ち鳴らした。

「――エ、エマ⁉」

エマの隣に杖をついて立っていた議長がぎょっとした顔をし、その向こうの町議達が戸惑いでいっぱいの顔で彼女を振り返る。

エマは彼らに向かって殊更《ことさら》にっこりと微笑むと、拍手を続けながら告げた。

「アルさんが辿り着いた真実を、私達は王都のえらーい方々よりも先に知ることができるんですって。これって、すごくない？」

その言葉が決定打になった。

ついに町議達も両手を打ち鳴らし始める。彼らの表情は憑《つ》き物が落ちたかのように穏やかになっていた。

アザレヤの重鎮《じゅうちん》である彼らを懐柔《かいじゅう》できたのは大きかった。その場に集まっていた人々が次々に手を叩き出す。

たちまちそれは割れんばかりの拍手となって、礼拝堂の高い天井にまでわんわんと反響した。

まさに起死回生――余所者《よそもの》のアルバートが、アザレヤの人々に受け入れられた瞬間である。

「教師も到着したようですので、私の話はこの辺で。ご清聴ありがとうございました」

拍手喝采《かっさい》を浴びながらそう締めくくり、アルバートは教卓を離れた。

＊＊＊＊＊＊

この日、神殿で開かれた初めての教室は、大成功だったと言っていいだろう。

場の雰囲気がたいそう盛り上がっている中で教室入りしたミランダは、異様なまでの歓迎を受けた。元来、感情表現が苦手で緊張すればするほど無表情になってしまう彼女は、生徒となる子供達に怖がられはしないかと心配していたが、それも杞憂《きゆう》に終わる。

アルバートと行った問答が上手い具合に予行練習になったのか、子供達は教卓の前に立ったミランダに向かって積極的に挙手をし、無邪気な声で授業を活気付けた。

そんな授業風景を、エマは教室の隅から清々《すがすが》しい気分で見守っていた。

隣には、肩にニケを乗せたままのアルバートが立っている。

ふと、先ほど彼の話を聞いてから気になっていたことを軽い気持ちで尋ねた。

「神は死なないとおっしゃいましたよね。じゃあ、信仰を失ってしまった帝国の神様は、今どうしているのでしょうか……」

その質問に、アルバートはにっこりと笑ってエマを見た。

「それはとても良い質問ですね、エマ。今宵、私のベッドの中でゆっくり教えてさしあげます」

「いえ、そちらのベッドにお邪魔する予定はありませんので、今教えてください」

すげなく一蹴《いっしゅう》したエマに、アルバートはやれやれと肩を竦《すく》める。

その頬に、すかさずニケの嘴《くちばし》による教育的指導が入った。

「あいたっ……乱暴な小鳥ちゃんですね。肩に乗るならいい子にしていなさい。えぇーと……帝国の守護神が今現在どうしているのかは、私にも分かりません。ただ、居場所なら判明しておりますよ。とある伝手《つて》で手に入れたカリステジアの古い文献に、帝国の守護神の最期について書かれておりましたので」

「えっ？　ほんとですか？」

「帝国の守護神は、元の曖昧な存在に戻ってしまうのが嫌だったんでしょうね。最後の最後に足掻《あが》き、我々の祖先の信仰心をニケから横取りしようと目論《もくろ》みました」

「ひぇ……」

「もちろん、その時すでに力関係を逆転させていたニケがそんな暴挙を許すはずもありません。ニケは縄張りに侵入しようとした帝国の守護神を捕まえて、自《みずか》らが刻んだ峡谷《きょうこく》へと投げ捨てたんです」

エマはまん丸に見開いた目を、アルバートの肩の上に向ける。

ふかふかの羽毛に覆《おお》われた胸を誇らしげに膨らませているニケは、どこからどう見ても無害そうな小鳥だ。それなのに、この可愛らしいばかりの存在が、自分達を守ってくれている唯一の神で——しかも、かつての帝国の守護神を打ち負かしただなんて信じられない。

そして、何より衝撃だったのが……

「それってつまり、峡谷《きょうこく》の底には今もまだ帝国の神様がいる……ということですか？」

恐る恐る尋ねたエマに、アルバートはまたにっこりと笑う。

けれども、先ほど質問した時みたいに、「答えは今夜ベッドで」なんて茶化そうとはしなかった。

彼はすっと長身を屈《かが》めてエマの耳元に口を近づけると、ぞっとするような言葉を吹き込んだ。

「いるでしょうね。力を失い、もはや守護神とはいえない有様の何かが――」

第六話　頼りにしてます神官様

壁際に置かれた棚を、エマはぼんやりと眺めている。

滅多に使われることのない客室だったこの部屋の棚には、元々は古いワインボトルだとか年代物の陶器だとかが飾られていた。けれども、それらは先日、礼拝堂の奥にある宝物庫に仕舞われて、今は代わりに分厚い本がぎっしりと詰まっている。

特に一番下の段には、抱え上げるのも苦労しそうな大きい図鑑が、一巻から二十巻まで揃っていた。

「塩漬け樽《だる》の重しに、あれ一冊借りていってもいいかなぁ……」

『現実逃避をしている場合かい、エマ』

「だって、どうやっても自力で抜け出せそうにないんだもん……」

『まったく……毎度困った男だね……』

幅広のヘッドボードでは、朝日を背中に浴びるニケがエマを――いや、彼女を抱き込んでベッドに横たわるアルバートの寝顔を呆れた様子で見下ろしていた。

アルバートは朝が弱い。それは、彼がアザレヤに赴任した翌々朝から毎日目覚まし役を担《にな》っているエマには承知のことだった。

しかも寝覚めがよくないだけではなく、寝ぼけて絡んでくるのだから質《たち》が悪い。

初めて彼を起こした際にベッドの中へ引っ張り込まれたため、エマも重々気を付けてはいたのだが、今日は少々隙があったようだ。

つい先ほど、シーツの上に投げ出されていたアルバートの手をトントンと叩いたとたん、それはまるでトラバサミのようにエマの手を捕らえて引っ張った。バランスを崩したエマはベッドに横たわるアルバートの上に倒れ込み、すかさず腰に回った彼の腕によってがっちりと抱え込まれてしまったのだ。

もちろん、手足をばたつかせたり身を捩《よじ》ったり、なんとか逃れようと頑張ったのだが、エマの身体に絡み付く腕はびくともしなかった。

「アルさーん、ねえ、起きてくださーい。朝ご飯、食べましょう?」

「うー……ん……」

「今朝は、フォルカーさんの家でもらったフレッシュチーズとトマトを載せたライ麦パンのオープンサンド、キノコのクリームスープ……それから、ケークサレを焼いてるんですよ」

「んん……」

アルバートの両目はいまだに閉じられたままだが、朝食のメニューを告げると喉がごくりと鳴ったので、エマの声が聞こえてはいるらしい。

それならば、とエマはリネンの寝衣に包まれた彼の胸をトントンと叩いてさらに訴える。

「ケークサレをオーブンに入れたまま来ちゃったんです。そろそろ焼き上がるはずだから、取り出さないと……」

「うう……」

「野菜とベーコンたっぷりのケークサレ、お好きでしたよね？　このままだと焦《こ》げちゃいますよー、いいんですかー？」

「ぐ……よくない、です……」

ケークサレは、様々な具材を加えて焼いた、甘くないパウンドケーキである。

旬の野菜や残り物の屑《くず》野菜、チーズやハムといった保存食など、その時々で各家庭にある食材を自由に焼き込んで作れるものだ。好物の話題に反応して、アルバートが目を閉じたまま眉を顰《ひそ》める。

『眠気と食気がせめぎ合っているようだ』

「食気、ガンバレガンバレ」

エマとニケが見守る中、アルバートは眉間にきつく皺《しわ》を寄せて激しく葛藤《かっとう》していたが……

結局、両目を開くことはないまま、抱き枕状態のエマの頭頂部に頬を擦り寄せると、またすうすうと寝息を立て始めてしまった。

『残念だったなぁ、エマ。眠気に軍配《ぐんばい》が上がったようだ』

「面白がってないで助けてよ、ニケ」

ニケはやれやれといった様子でヘッドボードから下りてきて、これまでと同様、彼の眉間に嘴《くちばし》を突き立てようとする。

しかし、今回ばかりはそうはいかなかった。アルバートはその行動を読んでいたとばかりに、顔の前に降り立ったニケをむんずと鷲掴《わしづか》みにしたのだ。

彼の片手にすっぽりと収まったニケは、エマ同様、そのままベッドの中に引っ張り込まれてしまう。

『……質《たち》が悪いな。こやつ、本当に起きる気があるのか？』

「ほんと、困った人だねー……あっ、だめだめ！　こっちまで眠くなってきたっ！」

胸元に抱き込まれたエマの耳には、トクトクと規則正しいアルバートの鼓動が聞こえてくる。一定のリズムは眠気を誘い、うとうととしかけたエマは頭を振って必死に抗《あらが》った。

その拍子に、アルバートはエマの髪にピシピシと頬をぶたれて唸《うな》るが、彼女を解放する気配はない。それどころか、さらにぎゅうと抱き締めて肩口にグリグリと頭を擦り寄せてくる。

これがもし、彼の手付きがいやらしかったり、もっと性的なものを感じさせる接触の仕方だったりしたら、エマだって嫌悪感を覚えただろう。アルバート自身はエマのことを〝未来の花嫁〟だなんて豪語しているけれど、実際には二人はまだ恋人同士でさえないのだから。

けれども寝ぼけたアルバートは、言うなれば大きな獣が戯《じゃ》れついているようなものだ。目くじらを立てて騒ぐほどのことではない。

エマはただ、身動きが取れないことに困った顔をしてため息を吐いた。

「この人、アザレヤに来るまでどうしてたんだろうね。毎朝自力で起きていたとは到底思えないんだけど……」

『そうだねぇ……優しく起こしてくれる女でもいたんじゃないかい』

ふと口を衝《つ》いて出た疑問。それに対するニケの推論にエマが反応する前に、頭上から答えが降ってきた。

「神学校時代はルームメイトが。卒業してからも寮住まいだったので誰かしらが起こしてくれました」

「あ、やっと目が覚めました？　王都では随分甘やかされてたんですね」

「ふふ……妬《や》かないでくださいよ。ルームメイトは男性ですし、彼をベッドに引っ張り込んだりしてませんから。私が同衾《どうきん》したいのは、エマだけです」

「いえ、妬《や》いてませんけど。全然、まったく。それより、起きたのなら放してください」

会話が成立したのだからもう大丈夫だろう。ようやく解放されると思ったエマは、ベッドに両手をついて上体を起こそうとする。

ところが、アルバートの腕が腰に巻き付いたまま離れず、ニケもまだ彼の片手に握られたままだ。

「ちょっと、アルさん？　本気で朝ご飯が焦《こ》げちゃいますよ!?」

これでは埒《らち》が明かないと、エマは自分を拘束《こうそく》する腕をべしべしと叩く。

「エマが目覚めのキスをしてくれたら、起きます」

「いや、しませんし。そもそも、そういうサービスは承《うけたまわ》っておりません」

「本心を言えば唇に欲しいところですが、今日のところは頬で手を打ちましょう」

「しませんってば。そんな、いかにも譲歩しましたみたいに言わないでくださいよ」

アルバートのルームメイトがこれまで絡まれずに彼を起こせていたのだとしたら、是非ともコツを教えてもらいたいものだ、とエマは本気で思った。と同時に、ニケが口にした通り〝優しく起こしてくれる女がいた〟と言われなかったことに、何故だかほっとする。

「エマ、エマ……んん、いい匂いがします……」

「なんでしょうね。スープに入れたポルチーニの匂いでしょうか？　森で採れたのを分けてもらったんですよ」

「食べ物ではなく、エマ自身の香りでしょう。あー……頬を食《は》んでいいですか？」

「いいわけないでしょう」

とはいえ、ぐいぐい迫ってくるアルバートに対し、エマは成《な》す術《すべ》もない。

さっきまではただ抱き枕のようにしがみ付かれているだけだったのに、いつの間にか仰向《あおむ》けに転がされ、伸《の》し掛かられる体勢になっていた。

さすがのニケも止めようと、自身を鷲掴《わしづか》みにする手を嘴《くちばし》でザクザクやっているが、痛覚がおかしいのか、それとも実はまだ寝ぼけているのか、アルバートにはまったく応《こた》えた様子がない。

「はあ、エマ……可愛い、食べてしまいたい……」

「あっ？　ちょ……ア、アルさんっ⁉」

それどころか、変なスイッチでも入ってしまったのかどんどん迫ってくる彼に、いよいよ貞操の危機だとエマが思った――その時。

ガラガラガラ、と乾いた土の上を車輪が回る音が聞こえてきて、次いでヒヒンと馬の嘶《いなな》きが響いた。

アルバートの私室となったこの部屋の窓からは、神殿前に横たわる大通りの様子が窺《うかが》える。とっさに首を反らして窓の外を見たエマは、はっと息を呑んだ。

軍人が跨《また》がった二頭の馬が先導するのは、御者台《ぎょしゃ》にまで屋根の付いた黒塗りの立派な馬車だ。その後ろに、大きな荷馬車が三台続く。彼らが下ってきたと思《おぼ》しき小高い丘の上には国軍駐屯地があった。

黒塗りの馬車が、ゆっくりと神殿の前に止まる。そこに乗っているはずの人物の名が、エマの口からぽろりと零《こぼ》れた。

「……レナルド殿下」

この日の朝早く、国軍中将としてアザレヤに滞在していた現国王の末弟レナルド・ウェステリアが、半年間の任期を終えて王都プルメリアへ帰還することをエマは知っていた。

レナルドが懺悔室《ざんげしつ》でエマに迫ってから、今日で十日が経つ。彼はアザレヤの駐屯地に着任してから あの日まで、ほぼ毎日〝鳥籠の乙女〟の像の前で祈りを捧げていたというのに、この十日間、一度も礼拝堂を訪れなかった。エマやアルバートと顔を合わせるのが気まずかったのであろう。

エマがレナルドに対して抱いていたのは、彼がアザレヤに滞在する半年間限定と弁《わきま》えて育《はぐく》んでいた淡い恋心だった。とはいえ、別れの際にはきっと辛く悲しい気持ちになるだろうと思っていたのだが、いざ迎えたこの時、エマの心はいっそ薄情なほどに凪《な》いでいた。

どうせ王都に戻ったレナルドは、アザレヤのような辺境の地――そこに住まうエマのことなんかすぐに忘れてしまうだろうと思えば尚更だ。

窓の外を見れば、レナルドが乗っているであろう馬車は、まだ神殿の前に止まっていた。もしかしたら、エマが気付いて飛び出してくるのを待っているのかもしれないし、彼女に別れの挨拶《あいさつ》をしていくつもりなのかもしれないが……

「行かせませんよ、エマ」

「……行きませんよ」

アルバートの大きな掌《てのひら》がエマの顎《あご》を掴み、窓の外に向けられていた彼女の視線を外させた。

彼はエマに覆《おお》い被さったまま、珍しく不機嫌そうな声で言い放つ。

「未来の夫のベッドで他の男に思いを馳せるなんて……あんまりじゃありませんか、この浮気娘」

「はあ!?」

あまりの言われようにむっとしたエマは、いまだに自分の顎《あご》を掴んでいる彼の手をペチペチと叩いて抗議する。

「言い掛かりです！　レナルド殿下のことはもうなんとも思っていませんし、そもそもアルさんと夫婦になる予定もありませんっ！」

「今更ですよ、エマ。ここに来た翌朝、確かにプロポーズしましたでしょう？　私にこれからたくさん、あなたの手料理を食べさせてくださいってね。エマは恥ずかしがって返事をくれませんでしたが、あれから毎日私のために手料理を作ってくれてます。それってつまり、プロポーズを承諾したということでは？」

「ちーがーいーまーすー！　恥ずかしくて返事をしなかったんじゃなくて、あれがプロポーズだなんて思わなかったんですっ！　毎日料理を提供しているのは、神官でもない私が神殿に住み続けるための代価のつもりですし……それに放っておいたらアルさん、ちゃんとご飯食べないでしょっ!?」

「私の身体を心配してくれていたと……？」

アルバートは榛色《はしばみ》の目をパチパチと瞬《またた》かせたと思ったら、とたんにふにゃりと相好を崩した。

思い掛けず無防備なその表情を目の当《ま》たりにし、面食らったエマは固まってしまう。

その隙に、アルバートは伸《の》し掛かるようにして彼女をぎゅうっと抱き締めた。それほど圧迫感を覚えないのは、彼がベッドに肘をついてエマに掛かる負荷を軽減しているからだ。

「手間をかけている自覚はあるんですよ、少しくらいは。強引過ぎて困らせているのではと思わなくもないですし、ちょっとくらいは」

「……大いに手間がかかりますし、ちょっとどころじゃないほど強引過ぎて困らされてますけど」

「それでも、私はエマに愛想を尽かされてはいない。そう、自惚《うぬぼ》れてもいいですか……？」

「それは、まあ……はい……」

アルバートらしからぬ殊勝な物言いに、エマもさすがに冷たく突き放すのを躊躇《ちゅうちょ》する。

身体全体に被さる男の重みと体温に、彼女の頬は自然と色付いていく。

アルバートの黒髪と、彼が漏《も》らした吐息がエマの赤くなった耳をくすぐった。

とたんに恥ずかしくなってきたエマは、それを誤魔化すためにアルバートの背中をポンポンと叩いて声を掛ける。

「アルさん、ほら、起きましょうよ。オーブンのケークサレ、本当に焦《こ》げちゃいますよ？」

「……私は、ちょっと焦《こ》げて香ばしいくらいのが好きなんです」

「それでも限度がありますよ。焦《こ》げ過ぎたものを人様に食べさせるのは、私は嫌です」

「うう……」

葛藤《かっとう》するアルバートの姿は、まるで寝起きに愚図《ぐず》る幼子《おさなご》だ。それがなんだか可愛く思えてしまったエマは背中を撫《な》でてやりながら、すぐ横にあった彼の耳元に囁《ささや》く。

「元々、人のお世話をするのは好きな方なんです。アルさんを朝起こすのも、料理を作るのも、別に嫌いじゃないですよ。もう少し自重してもらえれば……」

嬉しいんですが、と続けようとしたエマの言葉は、次の瞬間――

「やっぱり結婚しましょう、エマ！　今すぐにっ!!」

感極まったアルバートの声に掻《か》き消された。

先ほどまでの気遣いはどこへやら。今度は背骨が軋《きし》むくらいぎゅうと強く抱き竦《すく》められ、エマはぐえっとカエルが潰れたような声を上げた。

いつの間にか解放されていたニケが、アルバートの眉間に嘴《くちばし》による会心の一撃を加えてくれる。おかげで、なんとかその腕の中から這《は》い出たエマは、涙目になりながら上擦《うわず》った声で叫んだ。

「だから、自重してくださいってば！　私の話聞いてました!?」

「もちろん、聞いていましたよ。私をお世話するのが大好きだなんて……まったく、エマは可愛いことしか言わないですね！」

「言ってないですしっ！　そもそも〝嫌いじゃない〟と〝大好き〟は同義語じゃないですからね⁉」

「おやおや、照れているんですか？　可愛いお顔が真っ赤ですよ」

つい先ほどのしおらしい態度はどこへやら。

その徹底したプラス思考には、もはや呆れを通り越して感心する。

「アルさんって……全然悩みがなさそうで羨《うらや》ましい。毎日幸せそうでいいですね」

「ふふふ、おかげ様で」

エマの渾身《こんしん》の嫌味にさえ、アルバートは蕩《とろ》けるような笑みで応《こた》えた。

彼女が黒塗りの馬車の存在を思い出し、すでにそれが神殿の前から消えていることに気付いたのは、アルバートと一緒に朝食を取った後のことだった。

＊＊＊＊＊＊

国境沿いの峡谷《きょうこく》はずっとずっと大昔、帝国に蔓延《まんえん》していた禍害《かがい》からウェステリアを守るため、守護神ニケが大地を切り離したことによってできたものであるという。

アルバートが教壇に立ち、アザレヤの人々に向かってその話をしたのは二日前のこと。

その後の、軍属の文官ミランダが教鞭《きょうべん》を執《と》った授業も盛況の内に終わり、次の開催は明日の午前中となっている。

この日、夕食の仕込みを終えたエマは、翌日の開講に備えて教室となる礼拝堂横の控え室を掃除した。次いで、大通りから礼拝堂の正面扉に続く石畳を掃《は》いていく。

ダリアと二人っきりだった頃のエマは、毎日多忙を極めていた。腰を悪くした彼女の代わりに、家事一切はもちろん来客の応対や各所へのお使いまで、神殿の経理以外のあらゆる仕事を請け負っていたからだ。

それに不満があったわけではないが、アルバートが着任して家事以外のほとんどを引き受けてくれた今、随分と肩の荷が下りた気分なのも事実である。彼のおかげで手の込んだ料理を作る時間もできたし、ゆっくりお菓子を焼いてお茶を楽しむ余裕もできた。

今日なんて、明日の教室でミランダと子供達に振る舞うクッキーを焼いたし、お茶の時間にはスコーンを用意して、リビングで過去の帳簿の山を捌《さば》いていたアルバートを喜ばせた。

彼がなんでも美味《おい》しいと言って食べてくれるおかげで料理のし甲斐があり、エマの毎日はなかなか充実したものになっている。

「……ん？　なんだろう」

ふと、遠くで誰かが叫んでいる声が聞こえた気がした。不思議に思ったエマは箒《ほうき》を礼拝堂の壁に立て掛けて大通りに顔を出す。

すると、エマを見つけたらしい小さな人影が、渡りに船とばかりに彼女の名を叫んだ。

「エ、エマ！　エマエマエマー!!」

「——えっ、ラズ!?　何ごと!?」

緩やかな下り坂となっている大通りを転がるようにして駆けてきたのは、アザレヤの子供達の中でも一際元気な男の子ラズ。一昨日《おととい》、教壇の前に立ったアルバートに対し、真っ先に手を挙げて場の雰囲気を盛り上げてくれた、あの六歳児である。

びっくりしてその場に立ち止まったエマに向かい、どういうわけだか涙で顔中ぐちゃぐちゃにした彼が、勢いを殺さぬまま突っ込んできた。

「たいへんたいへん、たいへんなのー!!」

「——うぶっ！」

鳩尾《みぞおち》にまともに頭突きを食らったエマは、腹にしがみ付いたラズごと後ろにひっくり返る。ゴチーン、と後頭部をしこたま石畳に叩き付け、一瞬目の前に星が飛んだ。

土埃《つちぼこり》を掃《は》いたばかりで、石畳が綺麗だったことだけが救いだろう。

「うわーん、エーマー！　寝てないで助けてよぉー!!」

「うう……まずは、私を、助けて……」

仰向《あおむ》けに倒れたエマの腹の上では、恐慌をきたした様子のラズが両手をジタバタさせていた。

そんな彼の重みがふと消えたかと思うと、石畳と肩の間に滑り込んだ腕によってエマも抱き起こされる。ジンジンと痛む後頭部に顔を顰《しか》めつつ目を開けば、心配そうな顔をしてこちらを覗き込むアルバートがいた。その片腕にはラズが抱えられている。

「大丈夫ですか、エマ。怪我は？　すみません、駆け付けるのが一足遅かったですね」

「い、いえ……私は平気ですよ」

ラズの叫び声は神官用住居のリビングにいたアルバートにも届いたらしい。慌てて外に飛び出してきた彼は、石畳に折り重なってひっくり返っているエマとラズにさぞ驚いたことだろう。

エマを助け起こし、背中に付いた汚れを払ってくれた彼は、腕の中でグズグズと鼻を啜《すす》っているラズに向き直った。

「少しは落ち着きましたか、ラズ君。慌てていたのは分かりますが、危うくエマに怪我をさせてしまうところでしたよ。あなたはエマに痛い思いをさせたかったわけではないでしょう？」

「う、うん……エマ、ごめんなさい～……」

アルバートにやんわりと窘《たしな》められて謝ったラズに、エマは気にしないでと告げた。

ようやく涙が止まったラズを立たせたアルバートは、彼の前に膝をつき、事の経緯を尋ねる。

すると、ラズははっとした顔をして、アルバートに縋《すが》り付いて叫んだ。

「たすけて、神官様！　おばあが、谷に落っこちちゃったんだよお‼」

神殿から真っ直ぐ大通りを上《のぼ》っていった先にある目的の場所までは、幼いラズの足でも走れば十分と掛からなかった。

国軍駐屯地のすぐ側に、隣国カリステジア公国との国境となる深い峡谷《きょうこく》が横たわっている。峡谷《きょうこく》には常に濃い霧《きり》が掛かっていて、いったいどれほどの深さがあるのか、底部の地形がどうなっているのかも分からない。

「――おやおや、ご覧なさい、エマ。あんな崖の途中に魔女が引っ掛かっていますよ」

ラズに請われて峡谷《きょうこく》までやってきたアルバートは、その縁《ふち》で中腰になって崖の下を覗き込み、大真面目な顔でそう告げた。エマは慌てて彼の口を塞ぐ。

「魔女っぽいのは確かですけど、本人に聞こえたらぶっ飛ばされますよ。あの人がラズの言うおばあ——薬師のリタです」

〝おばあ〟の愛称で慕《した》われるリタは、議長と並ぶアザレヤの最高齢にして唯一の薬師である。診療所を兼ねた自宅の広い庭で様々な薬草を育て、それを煎《せん》じて患者に処方している。腰痛に悩まされていたダリアに痛み止めを処方してくれていたのも彼女だ。

赤子を取り上げる産婆もリタが担《にな》っていて、何を隠そうエマも彼女に産湯《うぶゆ》に入れてもらった一人だった。

顔には重ねた年の分だけ皺《しわ》が刻まれ、眼光鋭いぎょろりとした目玉と大きく湾曲《わんきょく》した鷲鼻《わしばな》のせいで、見た目は確かにアルバートの言う通り魔女っぽい。古い鍋で薬草を煮込んでいる姿なんて絵本に出てくる魔女そのもので、小さい頃のエマはリタが魔法を使えるのだと本気で信じていたほどだ。

「賢くて物知りで……歴代の議長や町長も、何かあったらまず彼女に相談するくらい、アザレヤでは敬《うやま》われている人物です」

「なるほど、さしずめアザレヤの裏番長。魔女ではなく魔王でしたか」

「ほんと、ぶっ飛ばされますよ！」

「もがが」

エマは余計なことを言うアルバートの口を再び塞ぐと、峡谷《きょうこく》を覗き込む。

相変わらず濃い霧《きり》のせいで谷底の様子は見えないが、サラサラと水がせせらぐ音が微かに聞こえてくる。今日は風が穏やかなのか、人の嘆き声のような不気味な音はしていない。

そんな中、リタは崖の途中に突き出た大きな岩の上に腰を下ろしていた。

「――おばあ！　大丈夫⁉」

「おお、エマかい。まったく、わしとしたことがしくじっちまったよ。そこのトウキを採ろうと思ったんだけどね」

トウキというのは白い花をつけるセリ科の多年草で、根に鎮静や強壮作用があり薬用植物として重宝されている。もともと山地に自生している植物で、アザレヤではこの峡谷《きょうこく》の崖でのみ採取が可能だった。峡谷《きょうこく》の断面の土には特殊な成分が含まれているのか、トウキの他にも何種類か薬草が生《は》えていて、リタにとっては自宅の畑と並ぶ、薬の原料の大事な調達場所なのだ。

ところが今日はトウキ採集の最中に足を滑らせてしまったらしい。谷底まで転がり落ちていなかったのは不幸中の幸いだった。たまたま同行していたラズが、子供の自分では手に負えないと考え、すぐさま助けを呼びに駆け出したのは賢明な判断だっただろう。ちなみに、ラズの祖父がリタの弟にあたる。

「父ちゃんもじいちゃんも、今日は森に行ってて夜まで帰ってこないの。町長さんも留守だったし……」

「フォルカーさんは、たぶんおじいと一緒にミランダ先生を訪ねているよ。明日の授業に関する打ち合わせとかで……そもそも、駐屯地に助けを求めれば早かったのに」

峡谷《きょうこく》のすぐ側には国軍駐屯地があり、屈強な軍人がゴロゴロしているのだ。彼らに掛かればリタのような小柄な老女一人、引っ張り上げるのはわけないだろう。

どうして駐屯地に真っ先に助けを求めなかったのか。そう問うエマに、ラズは唇を尖らせた。

「だって、おばあが……」

「嫌だ、嫌だよ！　国軍の連中に頼るなんて真っ平御免さ！　奴らに恩を売られるくらいなら、このままおっ死《ち》んじまった方がましだっ!!」

リタも、アザレヤに国軍駐屯地が設置されることになった数十年前、強引な地上げによって先祖代々の土地の一部を奪われた内の一人である。もしも本人の意思を無視して軍人を助けに呼ぼうものならば、自《みずか》ら谷底へ飛び下りてしまいそうな毛嫌いぶりである。

とはいえ、ラズの祖父や父親が戻るまでリタを崖の下で待たせるのは忍びない。今は足場となっている岩だって、いつまでも彼女を支えてくれるとは限らないのだ。

それに、先日アルバートに聞いた話によれば、かつてこの峡谷《きょうこく》には帝国の守護神の成れの果てがニケによって投げ捨てられたのだという。しかも、人々の信仰心を失い、もはや守護神とは言えないものに成り下がったそれは、今もまだこの谷底に存在しているらしい。

もしかすると、そんな神の成れの果てが崖の途中で立ち往生しているリタのことや、彼女を見下ろして慌てているエマ達のことを、濃い霧《きり》の向こうからじっと見つめているかもしれない——そう思うと、背筋がぞっとする。

一刻も早くリタを引き上げたい。焦りを濃くしたエマの手が、余計なことを言うアルバートの口から剥《は》がれた。

するとこ彼はこほんと一つ咳払いをし、居住まいを正して崖の下へと声を掛ける。

「はじめまして、リタ先生。ご機嫌いかがですか」

「……お前さん、それは嫌味かい？　ご機嫌は見ての通り最悪だよ」

「ふふ、でしょうね。ご挨拶《あいさつ》が遅れましたが、私はこの度《たび》アザレヤの神殿に赴任しましたアルバート・クインスと申します」

「ああ、知っているさ。碌《ろく》に挨拶《あいさつ》もないままこの町を出ていった、あの薄情な女の後任だろう。そのラズから聞いたよ」

この発言からも分かるように、エマの育ての親であるダリアとリタの関係はあまり良いものではなかった。

リタが処方した薬に対し、ダリアの息子バルトが薬草なんて時代遅れだなんだとケチを付けていた上、結局は隣町の大病院に頼ったことが彼女の薬師としてのプライドを大きく傷付けたのだ。

親が憎けりゃ子も憎いとばかりにエマのことまで忌避《きひ》することはなかったが、その代わりリタの足は神殿から遠のいて久しかった。今回のことがなければ、アルバートが彼女と顔を合わせるのも、もっとずっと先のことになっていたかもしれない。

「とりあえず、私がお迎えに参りますのでそのままじっとしてお待ちください」

「いいや、結構。余所者《よそもの》の手なんて借りたくないね」

アルバートの申し出を、リタはぴしゃりと拒絶した。彼女の頑《かたく》なな態度に、「おばあ～」とラズが涙ぐむ。その頭をよしよしと撫《な》でてやりながら、アルバートは至極落ち着いた声で続けた。

「余所者《よそもの》とは心外ですね。私は正式にアザレヤの神官に着任したんです。今はもう、この町の一員のつもりですが？」

「……ふん、王都で生まれ育ったエリートが、こんな辺境の地で何をしようって言うんだい。どうせ、休暇気分で適当に暇を潰しにきただけだろう？　——半年間、フラフラしていた王弟殿下のようにさ」

　国軍に良い印象を持っていないのと同様に、今朝まで国軍駐屯地に滞在していた王弟レナルドに対しても、リタはまったくもって好感を抱けなかったらしい。それも仕方がないことではあるのだ。レナルドは、アザレヤへの赴任を国軍大将に昇進する前のワンクッションくらいにしか考えていなかったし、この半年間で地位に見合うだけの働きをしたわけでもない。

　リタからしてみれば、王都からやってきたというだけで、アルバートもレナルドと同類に見えるのだろう。

　けれどもそんなリタの認識は、アルバートがアザレヤに赴任してからの十日間ずっと一緒にいるエマからすれば大間違いだ。すぐさま否定しようとしたエマだったが、先に声を発したのは隣にいたラズだった。

「ちがうよ、おばあ！　神官様は、なまけ者殿下とはちがう！」

〝なまけ者殿下〟とは、レナルドのことだろうか。随分不名誉な渾名《あだな》を付けられたものである。

　とはいえ、今朝すでにアザレヤを去った彼に対する不敬を咎《とが》める者はここにはいない。自分が王族を扱《こ》き下ろした意識なんてないラズは、崖の縁《ふち》から身を乗り出さんばかりの勢いで続けた。

「神官様が教室を用意してくれたから、僕らは他所《よそ》の町の子みたいに勉強ができるようになったんだ！　今まで町の大人達がなんとかするって言いながら全然やってくれなかったことを、神官様は本当にやってくれたんだよ！」

「うっ……」

これまで子供達に学校が用意されなかったのは、軍属のミランダを教師に迎え駐屯地内に教室を構えることを、国軍を毛嫌いするリタのような高齢者達が強く反対したからだ。意地っ張りな彼らのせいで、ラズ達は本来なら与えられるはずの教育の機会を奪われていたと言っても過言ではない。ラズの言葉は、リタにとっては耳の痛いものだっただろう。ばつが悪そうな顔をして黙り込んだ彼女に、ラズは畳み掛ける。

「父ちゃんもじいちゃんも町長さんもいなくって……でも僕、神官様ならきっとおばあを助けてくれるって思ったから、だから神殿まで呼びに行ったんだからねっ！」

「ラ、ラズ……」

リタが助けを求めるような視線を、エマによこしてくる。

ともすれば、崖から落っこちそうになるほど身を乗り出して訴えるラズを抱き留めながら、エマは苦笑した。

「ラズが信じているアルさんのことを、おばあも信じてあげてよ。少なくとも、おばあをいつまでもそんな危ないところにいさせたくないのは、ラズも私も、アルさんだって同じなんだからね？」

「う、うむ……」

エマにやんわりと諭《さと》された上、その隣からラズが涙目で睨《にら》んでくる。さしものリタも、これ以上意地を張り続けられはしまい。

そうこうしている内に、端《はな》から自分が助けに行くつもりだったらしいアルバートが、持ってきていた麻のロープの端を近くの木の根元に括《くく》り付けていた。

「アルさん、大丈夫ですか？　やっぱり念のため、駐屯地から助っ人を呼んできた方がよくないですか？」

「いいえ、リタ先生の意に沿わぬことはよしましょう。引き上げの途中で軍人さんがいるのに気付いて暴れられても困りますからね」

「でも……」

「大丈夫ですよ。エマとラズ君の信頼にきっと応《こた》えてみせますので、私を信じていてください」

アルバートはそう言って、エマとラズを安心させるように微笑んだ。

彼は真っ黒い神官の祭服を脱いでエマに預けると、白いシャツの上から自《みずか》らの胴にロープを巻き付ける。

リタが留まっている岩場までは、だいたい建物二階分くらいだろうか。上から手を伸ばしても到底届く距離ではないので、崖を降りて迎えにいくしかない。

よくよく見れば、所々に足場になりそうな出っ張りがあるが、トウキが生《は》えている岩場の手前一カ所だけ抉《えぐ》れている。おそらくはそこにあった足場が突然崩れたため、リタはトウキに辿り着けずに崖を滑り落ちてしまったのだろう。

つまり、今残っている他の足場だって、いつ崩れてもおかしくないということだ。

それなのに、アルバートはまったく臆《おく》する様子もなく、さっさと崖を下っていく。麻のロープという命綱があるにせよ、上から見ているしかないエマは気が気ではなかった。

「ああ……気を付けて、アルさん……おばあ……」

「神官様、かっこいいなぁ……」

アルバートから預かった祭服をぎゅうと抱き締めて、エマはハラハラしながら崖の下を覗き込む。その隣では、涙を引っ込めたラズの瞳が憧憬《どうけい》を宿してキラキラと輝いていた。

幸い、残った足場が崩れることはないまま、アルバートはさほど時間を掛けずにリタが待つ岩場まで辿り着いた。

相変わらずばつが悪そうな顔をしているリタに微笑みかけ、自分の胴に結んだ麻のロープの端を彼女にも括《くく》り付ける。これで二人がいる岩場が万が一崩れても、一息に谷底に転げ落ちる危険だけは免《まぬが》れた。

崖の上からそれを見守っていたエマとラズが安堵の表情を浮かべて顔を見合わせた時、背後から声が掛かる。振り返ると、フォルカーと杖をついた議長が二人して不思議そうな顔でこちらを窺《うかが》っていた。ミランダとの打ち合わせが終わり、駐屯地から帰ろうと大通りに出てきたところで、ちょうどエマ達を見つけたのだろう。

「町長さん！　おじいっ!!」

ぱっと顔を輝かせたラズが二人のもとに飛んでいって、矢継ぎ早《やつぎばや》に事情を説明した。とたんに顔を青くした彼らの手を引っ張って、ラズがこちらに戻ってこようとする。それを確認し、エマは視線を崖の下に戻した。崖の下では、ロープで互いの身体を繋いだアルバートがリタを背負って、来た道を辿るようにして上《のぼ》り始めたところだった。

小柄な老女とはいえ人を一人背負っての崖上りは骨が折れるだろうし、底の見えない断崖に恐怖を覚えてしかるべきだろう。だが、アルバートの表情から余裕が失われる様子はない。

おかげで崖の上で待つエマも、辛うじて冷静に二人が上《のぼ》ってくるのを見守ることができた。

リタが踏み抜いて崩れたらしき凹《へこ》みを、アルバートが長い脚を駆使して踏み越える。

そうして、彼の手が崖の上に届くあと一歩の距離まで近づき、エマがようやく緊張を緩めた——その時だった。

「えっ……？」

突然、峡谷《きょうこく》を覆《おお》っていた霧《きり》がすっと薄くなり、それまで決して窺《うかが》えなかった谷底の様子が垣間見《かいまみ》えた。

フォルカーと足下が覚束《おぼつか》無い議長を引っ張っているラズは、いまだエマの背後にいる。崖を上《のぼ》っているアルバートとその背に負ぶわれたリタも手元しか見ていない。そのためこの時、峡谷《きょうこく》の底を覗き込んでいたのは、エマただ一人であった。

ひっ、と喉の奥から悲鳴がこみ上げてきた。

谷底には小川が流れているだろうと言われていたが、薄くなった霧《きり》の向こうに現れたのはそんな清麗《せいれい》な光景とはほど遠い――一面に墨をまき散らしたような、どす黒い澱《よど》み。それを目にしたとたん、エマは頭から氷水を浴びせられた心地になった。全身に鳥肌が立つ。

激しい嫌悪感と恐怖に戦《おのの》く彼女の視線の先で、風でも吹いたのか澱《よど》みの表面が波打つ。そこからひゅっと真っ黒い手が一本飛び出してきて、崖を上《のぼ》っているアルバートに向かって伸びていくのが見えた瞬間――エマはもうだめだった。

「――っ、早く！　お願い、早く上がってっ‼」

木とアルバート達を繋ぐ命綱を両手で握り、エマは渾身《こんしん》の力を込めて引っ張る。

とっさにアルバートの祭服を後ろに放り投げたせいか、ラズ達の慌てた声が聞こえてきた。

予想外のエマの行動に、当然ながらアルバートは驚き、一瞬バランスを崩しかけたものの、なんとか持ち直して無事地上に戻ってくる。

「おばあっ……‼」

アルバートの背中から下ろされたリタに、真っ先にラズが飛び付いた。

エマもロープを放り出し、ぶつかるようにしてアルバートにしがみ付く。

物問いたげな周囲の視線を感じたけれど、この時のエマはそれに構っている余裕はなかった。

「エマ？　そんなに不安にさせてしまいましたか？　熱烈に迎えていただいて、私としては嬉しい限りですが……」

不思議そうにしながらも、エマを抱き返したアルバートがゆっくりと背中を撫《な》でてくれる。

ぎゅっと顔を押し付けた彼の胸元、白いシャツ越しにトクトクと鼓動の音が聞こえた。

規則正しく穏やかなそれにいくらか宥《なだ》められたエマは、アルバートにしがみ付いたまま、もう一度恐る恐る崖の下に目をやる。残念なことに、いやむしろ幸いと言うべきか、峡谷《きょうこく》はすでに真っ白い霧《きり》に覆《おお》われた従来の姿に戻っていた。

エマが見たどす黒い澱《よど》み——あれが、アルバートが話して聞かせてくれた帝国の守護神の成れの果てだったのだろうか。

そこから伸びてきた真っ黒い腕は、アルバート達を捕まえようとしていたのだろうか。捕まえて、彼らをどうするつもりだったのだろうか。

いや——エマが見たあの光景は、そもそも現実だったのだろうか。

「……」

霧《きり》に覆《おお》われた崖の下を見つめていても、今は何も感じない。エマの全身に鳥肌を立てさせたあの嫌悪感も恐怖も、もう湧いてこなかった。時間が経つに連れて、もしかしたら自分が見たと思ったものは錯覚だったのかもしれない、とどんどん自信がなくなってくる。

「エマ、何かありましたか？」

だから、アルバートにそう問われても、エマはなんでもないと首を横に振った。

本当になんでもなかったことにしたくて、崖の下から視線を逸らし、再びアルバートの胸元に顔を埋《うず》める。

あんな禍々《まがまが》しい光景、できることならもう思い出したくない。錯覚だったのだと思っていた方が、ずっと気が楽だろう。

そんなエマの気持ちを知ってか知らずか、アルバートはそれ以上問いただすことはなかった。

その代わり、顎《あご》の下にあったエマの頭に唇を寄せて囁《ささや》く。

「まあ、何があったとしても安心してください。私が側におりますので」

頼もしい彼の言葉は、今度こそエマに心の底からの安堵をもたらした。

エマはほうっと息を吐き出して小さく頷く。

と、ここにきてようやく、周囲に何人もの顔見知りがいたことを思い出し、ひどく気まずくなった。

アルバートの胸元から顔を上げ辛くなった彼女の側に、とことことラズが近寄ってくる。彼はエマとアルバートをまじまじと眺めると、期待の籠《こも》った眼差しをして問うた。

「ねえねえ、エマと神官様って——もしかして、お付き合いしてるの？」

「しっ、してないっ!!」

エマはとたんに真っ赤になって、ぱっとアルバートから離れる。

刹那《せつな》、ちっと頭上から舌打ちが聞こえたような気がしたが、エマはそれも幻聴だと思うことにした。

第七話　一方通行ではない神官様

変化というのは突然起こるものである。

アルバートがアザレヤにやってきて以来、エマはそれを痛感していた。

そしてまた新たな変化が、彼女の日常を掻《か》き乱そうとしている。

「──エマ、久しぶり！　元気そうね！」

第二回目の学校が開かれていたその日。家事を一通り終えて礼拝堂に顔を出したエマを、元気な声が呼び止めた。

振り返った先にいたのは、エマと同じ年頃の、随分と華やかな印象の女性だった。

「えっ、サイラ？　いつ帰ってきてたの!?」

「昨日の夕方だよー。ラズが学校に行くっていうから、ついてきちゃった！」

サイラはエマと同じ年の幼馴染《おさななじみ》で、かつては町役場の教室で机を並べて一緒に学んだ仲である。

もともと裁縫が得意だった彼女が、隣町の大きな仕立て物屋にお針子として住み込みで働き出したのが昨年の今頃のこと。忙しさを理由に年末年始にも戻ってこなかったものだから、こうして顔を合わせるのはほぼ一年ぶりだ。

元々お洒落《しゃれ》だったサイラは、アザレヤよりもずっと栄えた隣町で暮らしたことでさらに垢抜《あかぬ》けたように見えた。

「大きなショー用の仕立てが一段落ついてさ。やっとまとまった休みをもらえたから、姉さんちの手伝いをしようと思って帰ってきたのよ」

「あっ、そっか。お姉さん、そろそろ臨月だもんね」

サイラの姉は、あの一際元気な六歳児ラズの母親である。現在第二子を妊娠中で、間もなく生まれる弟か妹を、ラズが今か今かと心待ちにしている姿は、見ていてとても微笑ましい。それはサイラも同じようで、わざわざもぎ取った久々の休みを身重の姉のために使うくらい、彼女達は昔から仲のいい姉妹だった。

礼拝堂の隣の部屋では、すでにミランダの授業が始まっていて、子供達が発表や質問をする元気な声が聞こえてくる。前回は教室の周りに見学者がたむろしていたけれど、今日は授業を受けている子供達の保護者の姿がちらほらあるだけだ。

ラズの付き添いとして来ていたサイラも、教室に張り付いて見張っている必要はないと思ったのか、エマがお茶に誘うと二つ返事で乗ってきた。

ちなみに、アルバートはフォルカー町長と連れ立ってどこかに出掛けたため留守にしている。年齢も見た目も凸凹《でこぼこ》な二人だが、なんだかんだ言ってよくつるんでいるようだ。

エマは一階のリビングにサイラを通し、隣の台所で湯を沸かし始めた。

すると、換気のために開けていた窓から、青い羽根をはためかせてニケが入ってくる。ニケは確か、鳥の巣のようなフォルカーの頭に乗っかったまま、アルバートについていったはずだったのだが……

「どうしたの、ニケ。アルさん達のご用、もう終わったの？」

『いいや、あれらは荒れ地になっている農地を見て回っているが、見ていて気分のいいものではないから付き合うのはやめた』

著《いちじる》しい高齢化と過疎《かそ》化の影響で、アザレヤには作付けも侭《まま》ならない農地が数多く存在する。土地の守り神であるニケとしては、自分の縄張りが荒れている光景は見るに忍びないらしい。

口直しだとでも言わんばかりに、窓辺のプランターからルッコラのベビーリーフを啄《ついば》んでいる。

そうしていると、ただの可愛い小鳥にしか見えなかった。

エマがお茶の用意をしてリビングに戻ったところ、椅子に座ったサイラは興味深そうに部屋の中を見回していた。

「私がエマの家にお邪魔するのって……もしかしてこれが初めてじゃない？」

「言われてみれば……私がサイラの家に寄らせてもらうばかりだったよね」

ダリアは何故か、エマの交友関係が広がることにあまり良い顔をしなかった。

過保護というのとは違う。どちらかというと、自分の目の届かないところでエマに余計な知識を吹き込まれたくない、といった風だった。

そのため当初は、町役場で開かれていた学校に通うのも反対されたものだ。

さすがに平等に与えられるべき教育の機会を奪うのは看過できないと、町長夫妻や議長をはじめとした町議達がダリアを説得してくれたため、エマはどうにか学校へ通うことも、サイラのような友達を得ることもできたのだった。

しかし、やはり友達を家に呼べる雰囲気ではなかったため、学校帰りにこっそり誰かの家に寄り道するくらいしかなかった。エマの置かれた当時の状況に、当人よりも不満を口にしていたサイラは、ダリアに対してあまり良い感情を持っていなかった。

「離れている内に、エマもいろいろあったみたいね。神官様、最近交代したんだよね？　この前、あっちの病院でダリアさんを見つけてびっくりしちゃった」

「えっ、ダリアさんと会ったの⁉」

サイラの話によれば、ギックリ腰になったお針子の先輩に付き添って病院に行った際、ダリアを見かけたのだという。時期は今から半月ほど前――ちょうど、ダリアがアザレヤを出ていった頃と合致する。あの時すぐに手術をすると言ったのは、本当だったらしい。

「会ったっていうか、見かけただけだよ。話はしてないし。ダリアさんはともかく、あの人の息子……隣町じゃちょっとした有名人なのよ。言っちゃあ悪いけど、あんまり良くない方でね」

「そ、そうなんだ……」

隣町で商売に成功していたダリアの息子バルトは、金遣いの荒さや部下への当たりの強さで随分と評判が悪いのだとか。

「まあでも、裸一貫から伸《の》し上がろうと思ったら、綺麗事ばかり言ってられないもんね。母親のことは大事にしているみたいだから、救いようのないクズじゃないのかも？」

「それで、えっと……ダリアさん、どんな具合だった？　腰の手術をしたはずなんだけど」

「成功したんじゃないかな。ゆっくりだけど、杖もなしに自力で歩いてたよ」

「そっか……よかった」

ダリアに対して思うところがないわけではないが、アザレヤにいた時よりも具合がよくなっていて、今後も彼女が元気に生活していけるのならば、もうそれでいい。

「ねえねえ、そんなことよりもさ！　さっき、町長さんと歩いてるの見たんだけど！」

しんみりとしたエマの気持ちを切り替えさせようとしてか、サイラが突然パンと両手を打ち鳴らし、明るい声で続けた。

「お馴染《なじ》みの祭服を着てたから、たぶん後任の神官様だよね？　あの人って、ちょっと格好良くない？」

「えっ、いきなり何……？」

「っていうか、エマは今あの神官様と二人っきりで生活してるんだよね？　――もしかして、やっちゃった？」

「や？　――はあっ!?」

あまりに唐突なサイラの問い掛けに、エマは一瞬ポカンとした。

けれど、言葉の意味するところに気付いたとたん、顔を真っ赤にして口をパクパクさせる。いかにも初心《うぶ》なその反応は、エマがアルバートと深い関係には至っていないとサイラに判断させるのに充分だった。

「やってないとしても、付き合っちゃってんじゃないの？」

「つ、付き合ってなんか、ないよっ‼」

先日峡谷《きょうこく》の側でラズに問われた時と同様に、全力で否定する。

それが、まさかこの後の展開に繋がるとは——思ってもみなかった。

「ふーん……そっか、付き合ってないんだ。じゃあ私、狙ってみようかなー」

「……え？」

「だって、新しい神官様って元々王都に住んでたエリートなんでしょ？　姉さんと母さんが言ってたよ。もしかしてもしかすると、あの人が将来的にもっと出世したら、玉《たま》の輿《こし》に乗れるかもしれないじゃない？」

「はあ⁉」

サイラが顔の前で両手を組んでうっとりと告げた言葉に、エマは素《す》っ頓狂《とんきょう》な声を上げる。

とはいえ、アルバートを恋愛対象と見る女性は、実のところサイラが初めてではない。最初は余《よ》所者《そもの》だからと遠巻きにしていた者達も、エマやフォルカーが彼と親しく接する姿を見ている内にだんだんと警戒を解いていき、今では彼に秋波を送る女性もちらほら見かけるようになっていた。ただし、サイラほどあけすけに宣言した者は初めてだ。

「玉《たま》の輿《こし》って……でもサイラは仕立て物屋さんになりたかったんじゃないの？」

「お針子しながらでも神官の嫁はできるわよー。いつかは独立して自分の店を持ちたいし。辺境生まれの私なんかが王都に店を出そうなんてよっぽどの伝手《つて》がないと無理だけど、旦那さんの出身地なら何かいい縁があるかもしれないじゃない？」

「それはちょっと、下心があり過ぎるんじゃ……」

「神官様のこと、素敵だと思ったのは本当だもん。一目惚れかも。王都生まれとか玉《たま》の輿《こし》とかは、単なる付加価値だよ。付き合う上での利点は、多い方がいいでしょ？」

そう言って可愛らしく小首を傾げてみせるサイラは、まるで小悪魔だった。自分の魅力を分かっているからこそできる、男受けを計算したあざとい仕草だ。

こんな彼女を前にした時、アルバートはいったいどういう反応をするのだろうか。

今は何故だかエマにばかりちょっかいを掛けてくるが、つれない態度の彼女よりも、愛想のいいサイラに目移りするかもしれない。

そうなれば、きっとエマは心静かに神殿の雑務や家事に専念できるし、寝起きの悪い彼を毎朝苦労して起こさなくてもよくなる。悪いことは何もない――そのはずなのに。

なんとも名状し難いもやもやとしたものが、エマの心の奥に蟠《わだかま》っていた。

＊＊＊＊＊＊

アルバートがアザレヤにやってきて、もうすぐ一月《ひとつき》が経とうという頃のことだ。

その日、午後のお茶の時間に合わせ、神官用住居のリビングにはアザレヤの重鎮《じゅうちん》達が顔を揃えていた。フォルカー町長と、三人の町議――そして、アザレヤの薬師リタである。

一方、彼らに対峙するのは、それぞれの半分の年齢にも満たない若い神官アルバート。

彼からお茶の用意を頼まれたエマが、一同が囲むテーブルの上にカップを並べる。どう見ても和《なご》やかなお茶会という雰囲気ではないので戸惑ったものの、小さく焼いたフィナンシェをお茶請けに出してみた。真っ先にそれに手を伸ばしたのは、錚々《そうそう》たるメンバーを前にしても余裕の表情をしているアルバートだった。

「ありがとうございます、エマ。いただきますね。――皆さんも、お一ついかがですか？」

「あっ、うん。僕もいただきます。エマちゃんありがとうね」

アルバートの勧めに、フォルカーが応じる。三人の町議とリタも彼に倣《なら》い、お菓子を挟んで場の雰囲気は少しだけ和《なご》んだ。

「――それで、農地の貸与をご希望とのことでよろしかったでしょうか？」

先日アルバートとフォルカーが、町中を歩き回って調査したところによると、現在アザレヤでは農地の半分以上が手入れが行き届かず荒れ地になっているらしい。理由は、著《いちじる》しい高齢化と過疎《かそ》化《か》にある。

土地が荒れれば景観が乱れ、やがて人の心まで錆《さ》びさせてしまう。

アザレヤの土は決して豊かではないが、全盛期には一面に黄金色のライ麦畑が広がっていたのだ。その頃は小麦の代用品という扱いだったライ麦も、昨今は健康志向の高まりにより、主に都市部での需要が伸びている。そのため、ライ麦の栽培に適したアザレヤの農地を利用したいという隣町の農業者からの打診が、少し前よりちらほらとあったのだ。

「このままではいけないのは皆分かっていたんだ。若者が次々と町を出ていってしまった今、アザレヤにはライ麦を栽培するための人手が圧倒的に足りない。もはや、町の力だけでは荒れた土地を復活させることは不可能だ」

「アザレヤ内での生産力を上げるには、業者に土地を貸して作付けを代行してもらうのが一番手っ取り早い。人手は業者が用意するだろうし、土地を提供している者は定期的に賃料を得ることができるのだから、悪い話ではないはずだ」

「業者に雇われた人間は、ライ麦の世話をするためにアザレヤに住むだろう。若者なら、この町の娘と夫婦になって子を生《な》すかもしれない。そうすれば、アザレヤの人口も少しずつ回復していくはずだ」

順々にそう述べたのは、議長を筆頭とする町議達だった。

「農地を貸し出した場合の利点は充分理解していらっしゃるのですね。それでも、いまいち踏み切れない理由はなんなのでしょう？」

二つ目のフィナンシェを口に放り込みながらアルバートが問う。

同じくフィナンシェを齧《かじ》ったのに、苦々しい顔をして口を開いたのはリタだった。

「わしらはかつて、国軍によって辛酸《しんさん》を嘗《な》めさせられた。先祖代々守ってきた土地を理不尽に奪われたあの時の屈辱が忘れられないのさ」

もしも余所者《よそもの》に騙《だま》されて、再び土地を奪われでもしたら……。そんな思いが先に立ってしまい、どうしても踏ん切りがつかなかったのだという。

けれども最初に議長が言った通り、このままではいけないのは彼らも分かっている。

「少し前までは、我々はどこか諦めていた……アザレヤが廃《すた》れてしまうのは、運命なんだと」

「若者がこの町を出ていくのも仕方がない。引き止められるわけがない、と投げやりになっていた」

「でも、学校に通い始めた子供達の生き生きとした顔を見ていて思ったんだ。どうにかして、あの子達が誇れるような故郷にしたい、と」

町議達が思い詰めた表情で言い募る。そこに、リタも私心を呟いた。

「わしは将来、孫のために病院を建ててやりたいと思っている。しかし、今のままではアザレヤに建てる意味はない」

リタの孫は、王都の医学校を首席で卒業した優秀な医者で、行く行くはアザレヤでの開院を希望しているらしい。

現在百人にも満たないアザレヤの住人の半数以上が六十五歳以上の高齢者で、成人した若者のほとんどが仕事を求めて別の町へと移っていってしまう。長年黙認されてきた人口流出に今こそ歯止めをかけないと、町そのものがそう遠くない未来に機能しなくなるだろう。

悩んだ末に、アルバートに相談してみようと提案したのはフォルカーだった。

「アルバート君なら、僕達よりもウェステリア王国全体の状況を把握しているだろうし、第三者的立場から意見をもらえるんじゃないかって……」

「あいにく、私は土地を扱う専門家ではないのですが……」

アルバートはそう断った上で、顎《あご》の下で両手の指を組んで続けた。

「一つ提案するとしたら、皆様と業者の間に神殿が入るというのはいかがでしょうか？」

「神殿が？　君が仲介人になってくれるのかい？」

「私個人ではなく、アザレヤの神殿として貸借契約に加わるのです。各地の神殿の背後には王都の大神殿が控えていますからね。ウェステリア王国の国民に、まさか大神殿を謀《はか》ろうという者はいないでしょう」

「なるほど……確かに神殿にならば、我々も安心して土地を預けることができるな」

議長がうんうんと頷き、フォルカーと他の町議二人も同意する。

しかし、リタだけはアルバートを見据えて鋭い質問を繰り出した。

「そうすることによって、神殿に――お前さん自身に何か得はあるのかい？」

「神の名のもとに行う社会奉仕――と言いたいところですが、結局は神殿の運営もその地域の人々の寄付に頼っている部分が大きいので、これ以上アザレヤが廃《すた》れるのは神殿としても私個人としても困るんですよ」

さらに、アルバートは三つ目のフィナンシェを齧《かじ》りつつ、にこりと笑って続けた。

「もっと俗っぽいことを申し上げればですね。神官にとって赴任した地域の衰微《すいび》を放置することは、勤務評定で減点に繋がる行為なんですよ。逆を言えば、アザレヤの人口数や生産力が少しでも向上すれば、私の評価は加点されるわけです」

率直なアルバートの言葉に、次の瞬間、笑い声が弾けた。

「あっはっはっ！　あけすけだねぇ、お前さん！　だが、空々《そらぞら》しい美辞麗句を並べ立てられるよりもよっぽど信用が置けるわ！」

「ふふ、それは重畳《ちょうじょう》」

リタが大口を開けて笑うところなんて、エマは生まれて初めて見た。フォルカーや町議達にとっても希有《けう》なことらしく、揃って目を丸くしている。

そんな周囲の戸惑いに構わず気が済むまで笑ってから、リタはお茶をぐびっと一気に飲み干すと、空《から》になったカップをエマに向かって差し出した。

「エマ、お茶のおかわりをおくれ。それと、お茶請けはまだあるかい？」

「えっ⁉　あ、はい……用意してきます」

フィナンシェの大半はすでにアルバートの腹に収まってしまっていた。

エマは慌てて台所に駆け戻り、戸棚から多めに焼いていたライ麦パンを取り出す。薄く切って焦《こ》げないように気を付けながらオーブンでカリッと焼き、砂糖、バター、蜂蜜をフライパンで温めて絡めれば、ライ麦パンのラスクの出来上がりだ。

エマが台所で奮闘している隙に、話し合いの主導権は、すっかり町議達からリタへと移っていた。アルバート曰《いわ》く、アザレヤの裏番長。誰も頭が上がらないそんな彼女と対等に渡り合うアルバートに対し、エマは尊敬の念さえ覚える。

「こうなったら腹を割って話そうじゃないかい、アルバートさんよ。実際に農地を余所者《よそもの》に貸し出すとして、我々が被《こうむ》る不利益はあると、お前さんは思うかい？」

「そうですね……不利益、とは少し違いますが、皆様が覚悟しなければならないことはあるでしょうね」

「ほほう、覚悟？　いったい何をだい？」

「まず、町内の不文律は外から入ってくる人間には通じないのだということを肝に銘じておかなければなりません。これまでなかったような諍《いさか》いも起きてくるはずです。アザレヤは、良くも悪くも変化していくでしょう。その覚悟が必要です」

アルバートがそう淡々と語った後、リビングが一瞬沈黙する。

エマは一人台所でハラハラしたが、すぐに聞こえてきたリタの声は存外落ち着いたものだった。

「……確かに、わしらは腹を括《くく》らねばならんな。変化を恐れては得られるものは何もないだろう」

町議達が弱々しく同意する声も続き、エマはそっと胸を撫《な》で下ろした。

「一つ心配なのは実際に揉《も》め事が起こった場合、誰がそれを仲裁するかだよ。今現在、アザレヤの治安の維持は、有志からなる自警団に任されている。当然、全員がこの町の古参だ」

「新参者が揉《も》め事を起こした際、公平な判断ができかねると案じていらっしゃるわけですか。それでしたら、治安維持を国軍に一任すればよろしいんですよ。そもそも駐留地域の治安維持も国軍の仕事ですからね」

「なんだと？　国軍は今までそんなことをする素振りもなかったぞ？」

「駐屯地建設の際に随分揉《も》めたんでしょう？　当時の責任者同士がどういう話し合いをなさったのかは存じませんが、国軍からは治安部隊を町中に巡回させるなどの申し出は必ずあったはずです。それをアザレヤ側は拒否したのでしょう。住民側のあまりにも強い不信感を目の当《ま》たり《あ》にした国軍は、さらなる関係悪化を避けるために町の自治には極力関わらない方針をとった、というのが事の顛末《てんまつ》ではないでしょうか」

当時の国軍と交渉したアザレヤ側の責任者は、先々代の町長を務めていたフォルカーの祖父だった。

エマが生まれた時にはすでに亡かった先々代の町長は、随分と気性の激しい人物で、死ぬ間際まで国軍に対する恨み言を吐いていたという。

けれども代を重ねた現在、若者の多くは国軍に対する蟠《わだかま》りを持っていない。

さらに、軍属の文官ミランダ・ダータを子供達の教師として迎えたことで、ここ最近アザレヤの住民と国軍との関係はいくらか軟化している。ミランダは口調や表情こそ固いものの、教え方が丁寧で分かりやすい、と生徒となった子供達にはすこぶる評判がいいのだ。

また、彼女の直属の上司である司令官ジャン・ホーキンスも、教室を整える際に部下を派遣してくれるなど協力を惜しまない。彼はもちろん、フォルカーの祖父とやり合った当時の司令官とは別人だ。国軍に対していまだ反感を覚えているアザレヤのお年寄り達も、ホーキンス個人に対しては別段悪感情を抱いてはいない。

「アザレヤに駐留する国軍の目的は、峡谷《きょうこく》を挟んだ対岸にあるカリステジア公国の動向を見守り警戒することです。もしもあちらに不穏な動きがあれば、国軍は直《ただ》ちにアザレヤ中に部隊を展開しなければなりません」

「随分物騒な話をするじゃないかい。内輪揉《も》めに飽いたカリステジアが、峡谷《きょうこく》を飛び越えて侵略に来るとでも？」

「万が一の話ですよ。ただそうなったら、この町は対カリステジア公国戦の最前線となるわけです。その時、町の人々の命や財産を守ってくれるのは国軍しかいません。それならば、日頃から町内の治安維持を彼らに担《にな》ってもらう方が、有事の際には円滑に事が運ぶでしょう」

「ふむ……」

アルバートの一連の話は、おそらくは誰が聞いても筋が通っている。

それでも、リタが先ほどまでのようにぱぱっと同意を口にしないのは、やはり先祖代々の土地を買い叩かれた屈辱が忘れられないからだろう。当時、リタはまだうら若き乙女で、彼女と同じ年の議長も当事者だった。他の町議二人も思うところはあるだろう。

彼らの無言の葛藤《かっとう》が、リビングに背を向けていたエマにもひしひしと伝わってきた。焼き上がったラスクを皿に移した際のカラカラという音が、やけに大きく響く。

けれども、結局リタからも町議達からも、否定の声は上がらなかった。それが彼らの出した答えだ。

「異存がないようですので、町長さんと私で後日ホーキンス司令官に話を持っていきましょう。ねえ、町長さん？」

「うんうん、アルバート君が一緒に行ってくれるなら大丈夫だよね」

「神殿が農地を一括して借り上げるとなった場合、相当の大金が動きますので、さすがに私の一存では決められません。一度大神殿の専門部署に問い合わせて指示を仰《あお》ぐため、少々お時間をいただきます。あと、現在のアザレヤの地価も算出してもらって賃貸料の相場を探りましょう」

「うんうん、面倒を掛けてごめんねぇ」

アザレヤの問題が上手く解決に向かいそうな雰囲気に、アルバートを相談相手に推《お》したフォルカーは心底ほっとした様子である。ふにゃふにゃと顔を緩めているのが、声の調子から窺《うかが》い知れた。

「私が関わるからには、少なくとも金銭的には皆様に理不尽な思いをさせないとお約束しますよ。私、自分に対しても身内に対しても、なめた真似をされるのは大嫌いなんで」

「アルバート君って、敵に回したら厄介だけど、味方だったらこの上なく心強いよねー」

どこまでも暢気《のんき》なフォルカーの返答に、リタの呆れたような声が上がる。

「フォルカー……お前さん、さすがに彼を頼り過ぎなんじゃないかい？　町長だろう。しっかりおし」

「いやでも、だってねぇ、おばあ。アルバート君ってばすごいんだよ？　口達者で、なんでも誰でも思い通りに頷かせちゃうんだよ」

「買い被りですよ。実際、なかなか思うように頷いてくれない方もおられますし——ねえ、エマ？」

ちょうど、お茶のおかわりとライ麦パンのラスクを持ってリビングに戻ってきたところだったエマは、アルバートの意味深な流し目を受けてビクリと竦《すく》み上がる。

「ひえっ、なんですか？　そんなにお腹空《す》いてるんですか？」

「うん？　私は今、物欲しそうな顔してますか？」

「してますよ。すっごく」

「ふふふ、こんなに美味《おい》しそうなんだから仕方がないですね」

そう言うアルバートの榛《はしばみ》色の目は、ラスクではなくエマの顔を凝視していた。

危機感を覚えたエマは、最大限に警戒しつつポットとラスクの皿をテーブルに置くと、アルバートの手が伸びてくる前にぴゃっと台所まで逃げ帰る。するとまた、彼とリタの会話が聞こえてきた。

「お前さん、随分エマに惚れ込んでいるみたいだね。見る目があるじゃないか」

「そうでしょう？　エマとなら、私もアザレヤの人口増と出生率の引き上げに貢献できると思っているんですが……何しろ彼女、初心《うぶ》なもので。そこがまた可愛いんですが」

「ふん……精々その滑《なめ》らかな弁舌で口説《くど》けばいいさ。エマが子を産む時にはわしが取り上げてやろう」

「これは頼もしい。その時がきたら、よろしくお願いしますね」

どんどんと外堀が埋められていくようで、エマはなんとも言えない焦燥感を覚えた。

＊＊＊＊＊＊

フォルカー町長をはじめとするアザレヤの重鎮《じゅうちん》達は、お茶を三回おかわりした後、上機嫌で帰っていった。

エマはそのまま台所で夕食の下拵《したごしら》えを終え、礼拝堂から少し離れた場所にある花壇の雑草を抜き始めた。抜いても抜いても生《は》えてくる彼らとの戦いは、ダリアが腰を痛めて以来ずっとエマの役目となっている。単純作業は嫌いではない。黙々と無心で草を毟《むし》っていると、いつも時間を忘れた。

キイ……

ふと、近くで扉を開く音がして我に返る。

どれくらい草毟《むし》りに夢中になっていたのだろう。いつの間にかエマの影はずっと長くなっていた。大きな太陽は西の山際《やまぎわ》に半身を隠し、礼拝堂の白い壁が茜色《あかねいろ》に染まっている。開いたのは、その礼拝堂の正面扉だったようだ。

するりと扉の中に滑り込んだ人影。その後ろ姿に見覚えがあったエマは、毟《むし》ったばかりの雑草を握ったままその場に立ち上がった。

「サイラ……？」

礼拝堂に入っていったのは、長期休暇を利用して隣町から帰ってきていたエマの旧友、サイラだ。臨月だった彼女の姉は、三日前に無事男の子を出産していた。取り上げたのは、もちろんリタだ。

礼拝堂は日没とともに施錠することになっている。以前はエマの役目だったが、現在は本来の神殿の管理人であるアルバートが鍵を持つ。

彼が礼拝堂の中を確かめずに施錠するはずはないから、サイラが閉じ込められる心配はないだろう。しかし、中に入っていく姿を見てしまった以上、一応は声だけでも掛けておこうと、エマは土に汚れた手袋を外して礼拝堂へ向かった。

ただし、その足取りは心無しか重い。

サイラはエマの前で宣言した通り、ここ数日アルバートに対して積極的に粉をかけている。甥《おい》っ子のラズの付き添いという名目で神殿にやってきては、通りすがりのアルバートを捕まえて熱心に自身の存在をアピールしているのだ。

大人っぽくて垢抜《あかぬ》けたサイラは、すらりと背の高いアルバートと並ぶとお似合いのカップルに見えた。

そもそも身重の姉の手伝いをするためにアザレヤに戻った彼女も暇ではなかったので、四六時中アルバートを追い掛けていたわけではないが、それでも立ち話をする二人の姿は頻繁にエマの視界に入ってきた。エマはその度《たび》に、何故だかもやもやとした気持ちになってしまうのが煩《わずら》わしくて、極力サイラを——彼女と一緒にいる時のアルバートを見ないよう努めた。

静寂が支配する礼拝堂の中。正面扉の上の窓から西日が差し込み、人気《ひとけ》のない堂内を神秘的に照らし出す。エマはそっと声を掛けた。

「……サイラ？　いるの？　もうすぐ礼拝堂閉まっちゃうよ？」

返事はない。確かに中に入っていくのを見たのだから、サイラが堂内にいないはずはないのだが……

エマは不思議に思いながら、正面扉から祭壇《さいだん》に向かって真っ直ぐに伸びる通路を、サイラの姿を探しつつゆっくりと歩く。

しかし、結局サイラを見つけられないまま、エマは祭壇《さいだん》に辿り着いてしまった。

祭壇《さいだん》の後ろには、若い女性——守護神ニケに仕える侍女〝鳥籠の乙女〟を象《かたど》った石像が置かれている。そのたおやかな右手の指先には、青い小鳥が止まっていた。

「――ニケ、ここにいたの？」

ニケは今日、ずっとフォルカー町長の鳥の巣のような頭に鎮座《ちんざ》していた。そしてアザレヤの重鎮《じゅうちん》達とアルバートの会談の後は、頭に乗っかったまま帰宅するフォルカーについていってしまったのだ。

暗くなるまでに神殿に戻ってきていたことにはほっとしたが、礼拝堂でいったい何をしているのか。

ともあれ、サイラの行方《ゆくえ》を尋ねようと口を開きかけたエマを、ニケは鋭く制した。

『しっ、エマ。静かにおし。告解の最中だ』

「えっ……」

ニケの言葉に、エマはとっさに耳をそばだてる。

本来なら、秘密が保たれるべき懺悔室《ざんげしつ》の声に聞き耳を立てるなど、あってはならないことだ。エマもそれは重々承知しているし、すぐに我に返ってその場を離れようとした。

けれども――できなかった。

「――私には、夢があるんです。いつか王都に仕立て物屋を開いて、たくさんの人に自分が作った服を着てもらいたいっていう、大きな夢が」

懺悔室《ざんげしつ》から漏《も》れ聞こえてきたのが、エマが探していたサイラの声だったからだ。

ニケは告解の最中だと言った。ということは、懺悔室《ざんげしつ》で格子窓《こうしまど》越しにサイラの話を聞いているのは……

「夢を大きく持つのはいいことです。それを叶えるためにあなたがする努力を、ニケはきっと見守っているでしょう」

耳慣れたアルバートの声が、エマの耳に届く。

この瞬間、エマは己を律する心をかなぐり捨てて、懺悔室《ざんげしつ》から漏《も》れる音に全神経を集中させた。

アルバートもサイラも、エマが礼拝堂に入ってきたことには気付いていないのだろうか。声の調子を変えぬまま、再びサイラが言葉を発する。

「けれども、神官様。私は欲張りな人間です。夢を追うだけではなく、好きな人と一緒に幸せにもなりたいんです」

「人とはそもそも欲張りな生き物ですよ。それを承知しているニケは、正直なあなたを咎《とが》めはしないでしょう」

サイラに答えるアルバートの声は凪《な》いでいて、まさしく神の言葉の代弁者といった威厳に満ち溢れていた。そしてついに、サイラの口から決定的な言葉が飛び出す。

「神官様――私の好きな人は、あなたです。あなたが好きなんです」

その瞬間、ひゅっと息を呑んだのが、自分なのかアルバートなのか、エマには分からなかった。

「神官様を、お慕《した》いしております。この想いを、お許しいただけますか……？」

媚《こ》びるようなサイラの声に、エマはひどい嫌悪感を覚えた。しかしそれ以上に、友達にそんな感情を抱いてしまった自分自身を、胸を掻《か》き毟《むし》りたくなるほど嫌悪した。

やめて、と叫びたかった。もう、サイラの言葉を聞きたくなかった。

ましてや、彼女の告白に対するアルバートの答えなんて、聞いていいはずがなかった。それなのに――

「人を想うことは自由です。あなたの想いは許されるでしょう」

穏やかに答えたアルバートの声に、サイラの「嬉しい」という弾んだ声が重なった。

それから自分がどうしたのか、エマはよく覚えていない。

気が付けば礼拝堂の裏にある神官用住居の玄関扉の前に立っており、辺りはすっかり闇に包まれていた。腕には封筒を二つ抱えている。朧《おぼろ》げながら、それらを郵便集配人から受け取ったのだけは覚えていた。

宛名《あてな》は、一つはダリア、もう一つはアルバートになっている。

中身が何かはこの際どうでもいい。今はただ、アルバートの名前を見るのさえ辛かった。

懺悔室《ざんげしつ》でのサイラの告白を、アルバートは受け入れた。二人は晴れて想いを通じ合わせたのだ。

エマにはそれが受け入れられない。友達の恋が実ったというのに、微塵《みじん》も祝福してあげられない。

「だって……だって、アルさん。私のこと、未来の花嫁だってしつこく言ってたじゃない。今日だって、おばあに私が産む子供を取り上げてって、頼んでいたのに……」

出会ったその日からアルバートがエマに囁《ささや》き続けた甘い言葉の数々――あれは全部嘘だったのか。

ひどく裏切られたような気持ちになって、悲しいやら悔しいやら、じわじわと視界が滲《にじ》んでいく。

しかし何より、エマは自分自身が惨《みじ》めで仕方がなかった。本当は分かっているのだ。アルバートに裏切られたと思うのはお門違《かどちが》いだということを。

「私は、アルさんの言葉を拒絶してばかりだったじゃない。それなのに、他の人の方を向いたとたんに失いたくないと思うなんて……なんて身勝手なんだろう」

アルバートが誰を想おうと、エマに口出しする権利はない。

サイラに関してもそうだ。アルバートとは付き合ってはいないと、エマは彼女の前で断言したのだ。だから、サイラがアルバートに告白しようとも、二人が恋仲になろうとも――そのまま夫婦になったとしても、エマには何も言えるはずがない。

激しく痛みを訴える胸に押し付けるように、二つの封筒をぎゅっと抱き締める。ガサリ、と乾いた音を立てたそれらは、どちらもエマから離れていった人に宛《あ》てて届いたものだ。

そんなものを自分が抱えていることさえ烏滸《おこ》がましい気がしてきて、早くどこかに置いてしまわなければと思ったエマは、震える手で玄関の扉を開こうとした――その時だった。

「……っ！」

扉の取っ手を握ったエマの手が、背後から伸びてきた大きな掌《てのひら》に包み込まれた。

驚いた拍子に腕の中から滑り落ちそうになった二つの封筒は、素早く前に回った腕によってエマの身体ごと抱き留められる。その力強さと背中に押し付けられた体温に、悲鳴を上げそうになった彼女の耳元を吐息が掠《かす》めた。

「――エマ」

エマの身体が大きくびくりと震える。

エマの名を紡《つむ》いだ声は――背後から彼女を抱き締めたのは、アルバートだった。

アルバートは硬直したエマを片腕に抱いたまま、扉を開いて家の中に入ると、二つの封筒を玄関脇に置かれた戸棚の上に乱雑に放り投げる。

そして流れるような動作で身体を反転させ、エマの背中を玄関扉に凭《もた》れ掛けさせた。

さらには、自《みずか》らも扉に両手をつき、エマを自分の腕の間に閉じ込める。

「ア、アルさん、あの……」

灯りがついていない玄関は真っ暗で、すぐ目の前にあるはずのアルバートの表情も分からない。

何も言わない相手に不安になって、思わず縋《すが》るような声で彼の名を呼んでしまった。

ふっ、と小さく笑う気配がして、柔らかな吐息がエマの前髪を掠《かす》める。次いで、前髪越しにこつりとぶつかってきたのは、アルバートの額《ひたい》だろう。

彼は、互いの鼻先がくっ付くほど間近でエマの両目を覗き込みながら言った。

「――懺悔室《ざんげしつ》の話を立ち聞きするいけない子は、どなたでしょう」

エマはひゅっと息を呑んだ。

己の犯した過《あやま》ちを思い出し、たちまち全身がぶるぶると震え出す。

悩みを抱えた人々は、いかなる告白も秘密にされることを前提に懺悔室《ざんげしつ》に赴くのだ。それなのに、盗み聞きを許したとあっては神殿の信用は瞬《また》く間に失墜《しっつい》してしまうだろう。

それはすなわち神官であるアルバートの責任となり、せっかくアザレヤの重鎮《じゅうちん》から相談事を持ち掛けられるまでになった彼の努力も水の泡だ。

「ごめん、なさい……ごめんなさい……っ」

エマは己の罪深さに愕然《がくぜん》とし、両手で顔を覆《おお》ってひたすら謝罪を繰り返した。

アルバートの顔なんて、もう見られなかった。いつだってエマに対して甘やかだった彼の眼差しが、軽蔑《けいべつ》に変わるのを見たくなかった。

自分はもうここにはいられない。エマはそう覚悟する。

母は亡く、父は不明。生まれてすぐに天涯孤独となったエマは、前任の神官ダリアのお情けで神殿に置いてもらっていただけの身の上だ。

新しく神官となったアルバートの厚意がなければ、ダリアが神殿を去るのを機に追い出されていても文句は言えなかっただろう。

それなのに、厚意の上に胡座《あぐら》をかいて、恩を仇《あだ》で返すような真似をしてしまった。

「申し訳ありません……」

謝罪を口にしたところで意味はないのかもしれない。けれども、他に何を言えばいいのかエマには分からなかった。

顔を覆《おお》った掌《てのひら》が濡《ぬ》れていく。

アルバートの心が自分から離れてしまったのが悲しいのか、自分の愚かな行いが恐ろしくて泣いているのか、それとも行き場を失った自分の身の上を嘆いているのか。

ただ一つはっきりとしているのは、エマの頬を伝うのがひどく自分勝手な涙だという事実だ。せめて醜《みにく》いこの顔を、アルバートの目に晒《さら》したくなかった。

ところが、そんなエマの願いも虚《むな》しく、有無を言わさぬ力で両手を顔から引き剥《は》がされてしまう。

かと思ったら、今度は自分のものよりもずっと大きな両手に濡《ぬ》れた頬を包み込まれた。

「泣かないで、エマ。大丈夫、叱ったりしませんよ。盗み聞きしようと礼拝堂に入ってきたのではないことは、ちゃんと分かっています」

「……っ、うっ……」

「ああ、よしよし。もう泣かなくていいんですよ。こんなに後悔しているあなたを、いったい誰が責めることができましょうか」

「アルさん……わたし、私……」

思い掛けず降ってきた優しい声に、エマの涙はますます溢れ出す。アルバートは彼女の両頬を掌《てのひら》で包んだまま、親指の腹でそれを拭《ぬぐ》った。

「とっさに聞こえてきた声に耳をそばだててしまうのは自然なことですし、それが知り合いの声だったなら尚更でしょう。……サイラさんは、エマのご友人でしたよね？」

「……っ」

アルバートの口からサイラの名が出たことで、エマは二人が想いを通じ合わせたことを思い出した。

アルバートは、エマが他人の告解を盗み聞きしてしまったことを許してくれた。これで当事者であるサイラが気付いていない、あるいは気付いていても他言しないでくれたなら、少なくともアルバートとアザレヤの人々の関係が損なわれることはないだろう。

エマはこれ以上の罪を重ねないよう己を律し、アルバートとサイラの仲を祝福するべきなのだが……

「懺悔室《ざんげしつ》でのやり取りを聞いた上での、その涙……私は自惚《うぬぼ》れてもいいですか？」

「……っ、ふっ……うっ……」

「私がサイラさんの想いに応《こた》えたと思いました？　私の好意を、惜しんでくださっていると考えてよろしいんでしょうか？」

「っ、……はい」

エマが涙を止められないまま必死に頷けば、とたんにアルバートが破顔した。

突然の笑顔の意味を理解できずに立ち尽くすエマを、彼は感極まった様子でぎゅうと抱き竦《すく》める。

エマは全身を包み込む温もりに安堵し――けれど、すぐに焦り出す。

恋人となったはずのアルバートとエマが抱き合っている姿をもしもサイラが見てしまったら、きっと気分がよくないだろう。エマは幼馴染《おさななじみ》を裏切りたくないし、悲しませたくない。

「アルバートさんっ……だめ、だめっ……！」

いっそ身を委《ゆだ》ねてしまいたくなる誘惑に、エマは必死に抗《あらが》った。それなのに、アルバートはエマの抵抗など物ともせず、彼女を腕の中にきつく閉じ込めつつその耳元に囁《ささや》く。

「そもそも誤解が生じているようですが――私は、サイラさんのお気持ちに応《こた》えるつもりはありませんよ」

「……え？」

アルバートが好きだと。この想いを許してほしいと告げたサイラに、彼は懺悔室《ざんげしつ》でこう答えた。

——人を想うことは自由です。あなたの想いは許されるでしょう。

それはつまり、アルバートがサイラの好意を受け入れたのだと思っていたのだが、当人は違うと言う。

「人を想うことは自由ですよ。サイラさんが私を想うのも自由ですし、ニケにだって許されるでしょう。けれど、私がその想いに応《こた》えるかどうかはまた別の問題です。そもそも懺悔室《ざんげしつ》で聞き役を務める神官は、あくまでニケの代理。個人的なやり取りをする場所ではありませんからね」

「でも、サイラは〝嬉しい〟って……」

「うん、そこまで聞いたのでしたら、どうせなら最後まで聞いていってほしかったですね。彼女もエマと同様の誤解をなさったようでしたので、きっぱりと訂正してお断りしましたよ。私はエマに夢中なので、他の方を構う余裕など露《つゆ》ほどもございません、と」

「えっ……」

抗《あらが》うのをやめたエマは、アルバートの腕の中で顔を上げる。とたんに眉間に柔らかなものが押し当てられた。彼の唇だと気付いた時には、それは笑みの形に綻《ほころ》んでいた。

「そしたら彼女、なんと言ったと思いますか？」

「わ、分からないです……サイラは、なんと？」

「〝やっぱり〟ですって。ここ数日、熱心に私を追い回していらしたあの方は、私がエマに傾倒していることも、自分は脈なしだということも、薄々勘付いていたんだそうです」

「じゃあ、サイラは思い詰めた末に、アルさんに想いを告げたんでしょうか……」

アルバートの言葉通りならば、サイラは彼に失恋したことになる。そしてエマこそが、その原因だ。

サイラはどう思ったのだろう。恋路の邪魔となったエマを、疎《うと》ましく感じただろうか。

「今夜の内に隣町の下宿先に戻るんだそうです。最後にだめで元々くらいの気持ちで、私に告白したんですって。いやはや、最近の子は実に強《したた》かですね」

「アザレヤを発《た》つのは明日の午後だって聞いていたのに……」

「もしも私への告白が成功したなら、その時間まで残るつもりだったようですよ。結果はお話した通りですので、今頃はもう馬車の中でしょう。確か、郵便集配人に便乗させてもらうとか」

「そう……でした、か……」

アザレヤの郵便物は、隣町にある大きな中継所で一括して管理されている。三日に一回隣町から集配人がやってきて、郵便物を配ったり回収したりするために町内を回るのだ。今日がちょうど集配の日で、エマが受け取った二つの封筒もそうして届けられた。

さよならも言えないままの別れは、ダリアとの最後を彷彿《ほうふつ》とさせる。

自分はサイラに嫌われてしまったのだろうか？

もう、顔も見たくないと思われたのだろうか？

愕然《がくぜん》としたエマに、アルバートは苦笑いを浮かべて続けた。

「エマがあまりに初心《うぶ》なので、ついつい悪戯《いたずら》に煽った部分もあったと後悔なさっていましたよ。それがどうにも気まずいので、今回は顔を合わせないまま帰るそうですが、次にまとまった休暇をもらったら一番にエマに会いにいくと伝言を頼まれました」

「本当に？　本当に、サイラはまた私に会いにきてくれると？　私、この神殿で、彼女が帰ってくるのを待っていてもいいですか？」

「以前にも申し上げました通り、エマがこの神殿に住まうことを許しているのは他でもないニケですよ。あなたの住処を脅《おびや》かすような者はウェステリア王国にはおりませんし——もしいたとしても、そんな輩《やから》は私が許しません」

「……っ、はい……」

胸に満ちる安堵に、エマの涙腺が再び緩む。目の前の身体に両腕を回してしがみ付いたのは、ほとんど無意識だった。

だから、頭上ではっと息を呑む気配がした直後、今までにないほど強い力で抱き締められたエマは、何がなんだか分からなくて目を白黒させた。

「エマ……エマ、ねえ、お願いです。教えてください。私のこの想いは、いまだ一方通行でしょうか？　こんなにあなたに夢中な私を、どう思っているんですか？」

「私……私は、アルさんのこと……」

着任直後からアザレヤのために粉骨砕身して尽くす彼を、エマは深く尊敬している。博識で、饒《じょう》舌《ぜっ》で、それでいて気取らない彼に、アザレヤの人々がどんどん心を開いていくのを感じて嬉しかった。

エマ個人に対しては、どうして初対面からあんなに好感度が高かったのか、いまだに分からない。

それに寝起きは最悪だし、人の話を聞かないし、とにかく強引で——

「正直、やばい人だと思ってます」

「――待ってください。え？　この期に及んでその答え？　現在進行形でやばい奴だと思ってます⁉」

エマはすかさずこくこくと頷く。するとアルバートは、はあーっという盛大なため息とともに、エマの肩に額《ひたい》をくっ付けて項垂《うなだ》れた。

そうすると、である。

彼の耳が、ちょうどエマの顔の横にくるのだ。

エマはそれにそっと唇を寄せると、万感の思いを込めて囁《ささや》いた。


「でも――好き、です」


「――今日はもう、告解の立会を求められようとも死人が出ようとも、この扉は開けません」

そう宣言したアルバートは、神官用住居の玄関扉に鍵を掛けた。

続いて有無を言わさず抱き上げられたエマは、彼が階段を上《のぼ》り始めたとたん身を強張らせる。二階にあるのは、今は使われていない客室と、寝室としてしか機能していないアルバートの部屋だ。

夕食もとらぬまま、自分を抱いてそこに向かおうとする彼の意図を――彼が目指しているのがベッドだということは、初心《うぶ》なエマでさえ察するのは難しくなかった。

部屋に着くと、エマは何度となく引っ張り込まれたことのある、けれどもこれまで色っぽい展開は起こらなかったベッドに仰向《あおむ》けに横たわらされる。

そんな彼女の上に、祭服を脱いで近くの椅子の背に放り投げたアルバートが、シャツの襟元《えりもと》を緩めながら覆《おお》い被さってきた。

「すみません、エマ。先に申し上げておきます。この後、あなたがいかなる拒絶を口にしようとも、絶対聞いてあげられませんので覚悟してください」

「……アルさんが私の話を聞かないのなんて、いつものことじゃないですか」

緊張で微かに声を震わせつつもそう言い返したエマに、アルバートはくすりと笑う。

「おや、そうでしたっけ？」

「そうですよ。いつだって、ご自分の思い通りにしてしまうんですもの」

拗《す》ねたように言うエマに、アルバートはますます笑みを深める。かと思うと、ぐっと身を屈《かが》ませて、ちょんと尖っていたエマの唇をいきなり食《は》んだ。

「んうっ……!?」

エマにとっては、生まれて初めてのキス。唐突に迎えた初体験に硬直し、瞼《まぶた》を閉じることも侭《まま》ならなかった彼女の目の前で、アルバートの榛《はしばみ》色の瞳がとろりと蕩《とろ》けた。

時を経《へ》ずして、瞼《まぶた》と同様に閉じる余裕のなかった唇の隙間にぬるりと舌を押し込まれる。すぐに口内を弄《いじ》り始めたそれに、どう対処していいのか分からないエマの舌はひたすら逃げ惑った。けれどもすぐに捕まえられ絡められ、とっさに上げた拒絶の声さえ宣言通り取り合ってもらえず、アルバートの口の中に呑み込まれてしまう。

そうして濃厚なキスに溺れている隙に、アルバートの手は彼女の身体から巧みに衣服を剥《は》ぎ取っていく。エマが生まれたままの姿になるのに、そう時間はかからなかった。

晒《さら》された素肌の上を、アルバートの掌《てのひら》がゆっくりと這《は》う。大きさも、皮膚の硬さも、体温だって何もかも自分と異なるその感触に、エマの緊張はいよいよ高まっていった。楽にして、なんて優しい声で耳元に囁《ささや》かれても土台無理な話だ。

にもかかわらず、今度はアルバートの舌が身体中を這《は》い回る。首筋から淡く色付く両胸の先端、無防備な臍《へそ》を経《へ》て、ついには最も秘めたる部分を丹念に舐め上げられたエマは、そこから生まれるえも言われぬ感覚と熱にただただ翻弄《ほんろう》されるばかりだった。

自分の口が発する信じられないほど甘ったるい声が羞恥《しゅうち》を煽る。心臓は、胸を突き破って身体の外に飛び出さんばかりに激しく拍動を繰り返していた。

そうしてついにアルバートを身の内に受け入れ――エマは確かにこの時、生まれて初めて想いを交わした人と一つになった。その瞬間の衝撃をエマはきっと一生忘れないだろう。

意外だったのは、彼女よりもずっと年上で経験豊富そうなアルバートまで、感極まったような表情をしていたことだ。

彼は繋がったままのエマをぎゅうぎゅうと抱き締めて、ああ、と声を震わせた。

「どうしましょう、エマ。幸せ過ぎて怖い。エマのハジメテを手に入れたこの感動……是非とも詩にしたためて『月刊神官』に投稿したいです」

「ううう……やだやだっ、絶対にやめてくださいっ！」

第八話　王都で生まれ育った神官様

　この日の夕食のメインはシチューだった。たっぷりの香味野菜とミートボールを入れ、赤ワインでじっくりと煮込んだのだ。

　それを温め直している間、エマは台所ではなく隣のリビングで、椅子に座ったアルバートの膝の上に乗せられていた。

「ああエマ、可哀想に……こんなに両目を真っ赤にして。誰があなたを泣かせたのでしょう」

「アルさんですね」

「おや、それは申し訳ありません。お詫びに、今日から毎晩添い寝いたしましょうね」

「結構です」

　膝の上で身じろぐエマを、アルバートは両腕を回して抱き締める。

　つい先ほど、エマとアルバートはようやく身も心も結ばれた。おかげで、彼らの関係は〝神殿の小間使いと神官〟から〝恋人同士〟に進化したわけだが、エマとしては後者となった今の方が、一つ屋根の下で二人っきりという事実が照れくさい。変に相手を意識してしまうせいだろうか。

「私がエマの抱き枕になるのと、エマが私の抱き枕になるのと、どちらがいいですか？」

「どっちもなしです。そもそも、添い寝はしませんってば」

「添い寝がだめなら、同衾《どうきん》しましょう」

「同じじゃないですか」

エマの心情を知ってか知らずか、アルバートはこの通り通常運転である。

コトコトコト……と台所の方からシチューが煮込まれる音が聞こえてくる。それを掻《か》き消すみたいに、ビリビリビリッと紙を引き裂くような大きな音も上がっていた。

テーブルの上で、ニケが盛大に封筒を破いている音だ。

礼拝堂の鳥籠の乙女の石像に止まってサイラの告解を聞いていたニケは、いつの間にかこちらに戻ってきていた。扉も窓も開いていなくても、いつもどこからか入ってくる。こんな時エマは、ニケは本当に神様なんだなと思うのだ。

とはいえ、夢中になって封筒を引き裂いている今のニケは、やっぱり可愛い小鳥にしか見えなかった。

犠牲《ぎせい》になっているのは、今日届いたばかりの封筒だ。荒ぶるニケを苦笑いを浮かべて眺めていたアルバートが、ふとエマに向き直った。

「ご存知ですか、エマ。鳥類のずっと遠い先祖は、巨大なトカゲに似た姿だったそうですよ」

「えっ、トカゲ？　爬虫類《はちゅうるい》だったってことですか？」

「いえ、爬虫類《はちゅうるい》とは別物ですが、馬鹿でかくて凶暴なトカゲっぽい生物が進化して、今の鳥の姿になったと言われています」

「そんな、劇的な進化があるんですねぇ……」

感慨深くため息を吐くエマの視線の先で、無惨な姿になったアルバート宛《あ》ての封筒からついに中身が転げ出す。なんということもない。封筒の中身は、毎月初めに定期的に届けられる月刊誌だった。

一月《ひとつき》に一度大神殿から発行される、ウェステリア王国全神官の愛読書『月刊神官』。

大神殿監修と聞くとお固い雑誌かと思われるだろうが、意外や意外、内容はどちらかというと大衆誌寄りだ。

ちなみに、ダリア宛《あ》ての封筒も中身は同じだった。神官の交代は大神殿も把握しているはずなのに、なんの手違いかいまだにダリアの名前でも届いているのだ。

「私、実は占いのページが好きなんです。これ、意外に当たるんですよね……」

パラパラとページを捲《めく》りながら、アルバートが呟く。

彼の膝からようやく隣の椅子に移ったエマも、ニケが続いて引き裂いたダリア宛《あ》ての封筒から飛び出した雑誌を手に取った。

「アルさんが占いを信じるっていうのが一番意外です。明確な根拠を示せって、占い師さんに詰め寄りそうなのに。そもそも、他人の意見なんて聞くことがあるんですか？」

「こらこら、エマ。可愛い顔して辛辣《しんらつ》な言葉を吐くのはおよしなさい。私が何を言っても傷付かないとでも思っているんですか？」

「傷付かないですよね？」

「傷付かないですけどね」

二人が茶番を繰り広げる背景では、ニケが破った封筒をさらに細かく千切っている。

「私は占いを統計学だと思って見ていますので、割と肯定的なんですよ。ですが、絶対に信じようとしない者も周りにいましたね——ああ、噂《うわさ》をすれば」

そう言って、アルバートは『月刊神官』の最後のページを開いてエマに見せる。そこには編集者の名前が連なり、最後に編集長のコラムが載っていた。

アルバートの指先が、その編集長のコラムをトントンと叩く。

「こちらの編集長さんは、占い全否定派なんですよ。それなのに、占いページは読者には人気なのでやめられないと、よく愚痴《ぐち》っていらっしゃいます。……ちなみに彼が、神学校時代の私のルームメイトです」

「えっ？　毎朝、アルさんを起こしていたという？」

「そうです。六年間、彼はよくやってくれました」

「ひええ、六年も……師匠……」

ここで、エマの目がアルバートの指の下に見え隠れする編集長の名前を捉えた。

「ロベルト・ウェステリア——って、え!?　ウェステリアって……」

「この国で、その姓を名乗れる家は一つしかありませんね。お察しの通り、ロベルトさんは王族——しかも、現国王陛下の上の弟君です」

「上の王弟殿下ということは……えっと、レナ……」

「——エマ」

アルバートの元ルームメイトだというロベルトは、少し前までアザレヤの国軍駐屯地に滞在していたレナルドの兄だった。その事実を呟こうとしたエマの唇に、アルバートの人差し指がぴっと押し当てられる。

「私はね、エマ。どうしようもなく嫉妬《しっと》深い男なんですよ。その可愛い口が、あなたに懸想《けそう》していた男の名を紡《つむ》ぐのは堪《た》え難い」

「……」

びっくりするほどの真顔でそう告げられては、エマは黙ってこくこくと頷くほかなかった。

ロベルト・ウェステリアは、アルバートと同じく現在二十六歳。十四の年、父王の反対を押し切って神学校に入学し、一般の生徒と同様に寮生活を送ったのは王族として異例のことだった。神官となった今も王族には違いないが、本来なら第二位であった王位継承権はすでに放棄している。

大神殿の広報部に所属し、『月刊神官』発行の他、様々な機関誌にも携《たずさ》わる非常に顔の広い人物だという。

「そういえば、サイラさんに玉《たま》の輿《こし》に乗れそうな男を紹介してくれって言われたんですが、私としては是非とも彼を推《お》したいと思います」

「ひええ……私だってサイラは魅力的な子だと思いますよ？　でも、いくらなんでも王族の方のお相手は……」

「サイラさんは仕事柄お洒落《しゃれ》に精通していらっしゃるでしょう。それを見込んでのことです。ロベルトさんは……言ってはなんですが、服装のセンスが最悪ですので」

「そんなにですか」

常に祭服を着用する神官は、服装のセンスが最悪だろうとそうそう困りはしないし、王族として公《おおやけ》の場に出る際は侍従が全て用意してくれる。だが、問題はお忍びで町中を歩こうとなった時だ。

「横縞《よこじま》のシャツに縦縞《たてじま》のズボンを合わせて歩いている彼を見た時、私は他人の振りをしてそっとその場を去りました」

「やばいですね」

その時、カタカタと鍋の蓋が震える音が聞こえてきて、エマは慌てて台所へ飛んでいった。

出来上がったシチューを皿によそい、丁寧に裏ごししてきめ細かく滑《なめ》らかになったマッシュポテトを添える。キノコと赤ピーマンのマリネは、アザレヤの重鎮《じゅうちん》達を連れてアルバートに相談に来たフォルカーが差し入れてくれた、彼の妻キティ作の逸品だ。

『ダリアのはやたら尖った酸っぱさだったが、キティのは優しい』

「……分かる」

すかさず台所に飛んできてマリネをつまみ食いしたニケの意見に、エマは控えめながら賛同する。今だから言うが、エマが好むマリネ液の酸味と甘味の比率は、ダリアよりもキティの方に近かった。

お馴染《なじ》みのライ麦パンも皿に並べて、夕食の準備は完了である。

エマが皿をリビングに運んでいくと、テーブルの上には二冊の『月刊神官』とともに、一般的な大きさの白い封筒が置かれていて、アルバートは手紙らしき紙を広げて読んでいるところだった。

「あれ？　大きい封筒二つしか受け取らなかったと思ってましたけど、お手紙が交ざっていました？」

「私宛《あ》てに送られてきた『月刊神官』に挟まってました」

ダリア宛《あ》てのものは広報部からの定期便だが、アルバートに宛《あ》てられたものは編集長ロベルトから直々《じきじき》に送られてきたようだ。手紙も、彼が書いたものだった。

アルバートとロベルトは十数年来の親友だそうなので、積もる話もあるのだろう。熱心に手紙を読むアルバートをそっとしておいて、エマはテーブルの上に夕食を並べていく。

そうして、彼女が向かいの席に着いた時、ようやく手紙から顔を上げたアルバートが口を開いた。

「――エマ、王都に行きましょうか」

「……え？」

＊＊＊＊＊＊

ウェステリア王国の中央に位置する王都プルメリアには、特徴的な二つの巨大建造物が存在する。

一つは王都の西側、政治を担《にな》う国王の居城だ。国防の要《かなめ》たる国軍総司令部もここに拠点を置いている。

そしてもう一つは王都の東側、守護神ニケを祀《まつ》る大神殿である。各地に点在する数多《あまた》の神殿の中枢であり、神官達の居住区とともに、彼らを育てる神学校も併設されている。

ウェステリア王国の国民を物理的に守っているのが国軍を有する王家であるのに対し、精神的に守っているのが守護神が住まうとされる大神殿だ。

王家と大神殿が互いを敬《うやま》い尊重し、力を合わせて国民のために尽くす——それが国家の理想である。

しかしながら、現実はそう簡単にはいかないものだ。

国民の長《おさ》たるは君主であるウェステリア国王であり、いかに徳を積んだ神官であっても一国民に過ぎないというのが王家の持論。

一方、そもそもはニケこそがウェステリア王国の主《あるじ》であり、国王はただ統治権を与えられた一信徒に過ぎない、というのが大神殿の考え方だ。

守護神に対して敬虔《けいけん》な民族性も手伝い、国民の心はどうしても大神殿の方に寄り添いやすい。

国王やその周辺を固める大臣達が世襲制の特権階級であるのに対し、大神殿に仕える神官に関しては神学校を卒業した者であれば身分家柄にかかわらず門戸が開かれるというのも、国民感情に大きく影響している。実際、大神殿の最高責任者であり、ウェステリア王国中の神官の長《おさ》である現神官長は、王都の外れにある大衆食堂の三男坊として生を受け、そこから成り上がった人物だった。

加えて、王家はつい先頃国王が急逝《きゅうせい》したばかりだ。跡を継いだ若い国王はどうしても求心力に乏《とぼ》しい。

王家と大神殿という二大権力の均衡《きんこう》は、自然と後者に傾きつつあるのが現状であった。

「つまりは今現在、王家と大神殿は仲が悪いんですね」

「王家と大神殿そのものというよりは、双方を牛耳《ぎゅうじ》っている古い連中が、ですね」

車窓の向こうを流れていく景色を眺めながら、エマとアルバートは小声で会話する。というのも、二人の両隣にも向かいにも、見ず知らずの人間が座っているからだ。

木造の車両には、両側面の壁を背もたれにして座る形式の座席が二列向かい合っている。定員は立ち乗りを含めると十八名だが、この時は一方の座席にエマ達の他に三名、向かいの座席に五名の乗客が座っているだけだった。

進行方向に目を向ければ、乗降用扉を塞ぐように立つ人の背中が見える。濃紺《のうこん》の外套《がいとう》を羽織《はお》り、制帽を被った、すこぶる無愛想な御者《ぎょしゃ》だ。客車に乗り込む際、エマは肩に止まったニケを見咎められばしないかとハラハラしたが、幸い何も言われなかった。

御者《ぎょしゃ》の向こうで右へ左へと大きく揺れている白い毛束は、車両を引く馬の尻尾。

大都市にて、より多くの客をスムーズに運べるようにと考案されたのが、この馬車鉄道である。ぱっと見ると一頭だけで引くには客車が大き過ぎるが、地面に敷いたレールの上を車輪が滑っていくので、一頭で充分なのだ。そして、通常の馬車よりも揺れが少なくずっと乗り心地がいい。現在、王都プルメリアをはじめ、ウェステリア王国内の幾つかの主要都市で運用されている。

「――ああ、ここで降ります。おいで、エマ」

「はい」

馬車鉄道は王都をぐるりと一周しており、要所要所に駅が設《もう》けられている。その内の一つ、王立図書館前駅で、エマはアルバートに手を引かれて客車を降りた。

石畳の道路を挟んだ向こう側には、駅名の由来である巨大な王立図書館が立っている。一方、エマ達が降り立った沿道には、びっしりと家々が立ち並んでいた。どの家も競い合うように背が高く、窓がたくさん付いている。

エマは肩に止まったニケの青い羽毛を撫《な》でながら、ぽかんとした表情でそれらを見回した。

「大きな家ばかり……王都は皆さん大家族なんでしょうか」

「いえ、この辺りは単身者も多いですし、多くても夫婦と子供が二、三人ほどの家族がほとんどではないでしょうか。窓の一つ一つに、まったく無関係の家庭があると思っていいでしょう」

「同じ家の中に赤の他人がいっぱい住んでいるんですか？　それって、大丈夫なんですか？」

「同じ建物の中ではありますが、それぞれの家は一応独立しているのでプライバシーは守られますよ。まあ、壁が薄くて、聞こえてはいけない声なんかが聞こえてしまったりはしますけど」

アザレヤにはそもそも集合住宅というものが存在しないので、エマにとってはただの家でさえ珍しい。

『まるで、鶏小屋《とりごや》だな』

耳元で聞こえたニケの呟きに、エマは黙って頷いた。

アザレヤと王都プルメリアでは、建物の様式も随分と違っている。壁の色一つとっても、白い家の隣に薄茶色の家があると思ったらその向こうは黄色だったりと、まったくもって統一性がない。

そのくせ上に載っているのはお揃いの褐色《かっしょく》の三角屋根だ。

そんな家々の玄関からは、一人、また一人と住人が出てきて石畳の道をどこかへ歩いていく。

当然ながらエマが見たことのある顔は一つもなく、アルバートに声を掛ける者も誰もいなかった。

多くの人々が行き交う中で、エマを知っているのは、アルバートただ一人だけ。

そう思うと、とたんに心細くなって、馬車を降りる時から繋いだままだった彼の左手をぎゅっと握り締めた。


エマを連れて王都プルメリアに行く。

そうアルバートが告げた時のフォルカー町長の反応は、エマにとっては意外なものだった。

大通りを馬車で走ればすぐなので、アザレヤの人々は比較的気軽に隣町へ出掛けていく。しかし、エマは生まれてこの方、一度もアザレヤから出たことがなかった。ダリアと先代の町長——フォルカーの父親が、頑《かたく》なにそれを許さなかったのだ。

理由をはっきりと聞いたことはない。物心ついた頃には、自分はダリアとアザレヤの町の厚意で置いてもらっている身なのだから、彼らの言うことに逆らってはいけないと思うようになっていた。

そういった事情もあって、前町長の息子であるフォルカーもエマがアザレヤから出るのを反対するかもしれない。そう覚悟していたのだが……

『そうか、王都か……よかったねえ、エマちゃん。気を付けて行っておいで』

フォルカーは涙ぐんでエマを抱き締めると、アルバートに向かって頭を下げて言った。

『よかったら、エマちゃんに大神殿や神学校を見せてあげてもらえないかなぁ。お母さんとの記憶がないこの子に、少しでも彼女の通った軌跡《きせき》を見せてあげてほしいんだ』

そもそもアルバートが王都に行く理由は、先日フォルカー達と話し合った農地の借り上げの件を大神殿の専門部署と相談するため、というのが一つ。

もう一つの理由は同日の夕刻届いた手紙の内容にあり、今回わざわざエマを伴ってきたことにはこちらが関係していた。

「人がいっぱいですね。アザレヤとは大違いです」

「ええ、王都はどこもこんな感じで人間だらけです。はぐれてはいけませんから、このまま手を繋いでおきましょうね」

「はい」

「……っ、素直過ぎだし可愛過ぎる！　そのワンピース、本当によくお似合いですね！」

神官の祭服に外套《がいとう》を羽織《はお》れば立派な外出着になるアルバートとは違い、エマは着ていくものに困った。アザレヤにいる分には着飾る機会などそうそうないものだから、畏《かしこ》まった服を持っていなかったのだ。

ところが幸いなことに、お針子のサイラが練習がてらに縫《ぬ》ったと言って置いていってくれた服の中に、余所《よそ》行きにできそうなものが何着か混ざっていた。今エマが着ているのもそんな一着――生成《きな》り色の生地を使った九分袖のフレアワンピースだ。

アシンメトリーに作られた大きな襟《えり》と袖口を赤いサテンで縁取《ふちど》り、それと同じ生地のリボンを襟《えり》元《もと》と腰に結んでいる。足もとは、リボンと同系色のエナメルパンプス。エレガントなワンピースの雰囲気に合わせて下ろした栗色の髪は、エマがきょろきょろと辺りを見回す度《たび》にふわふわと揺れた。

見知らぬ王都の人々は、やはりエマ達には見向きもせずに、どこかを目指して歩いていく。

ふと、誰も彼もが同じ方向に進んでいるのを疑問に思い、彼らの足の向く先に目を凝《こ》らしてみる。するると、馬車鉄道のレールが敷かれた広い道から区画を三つ隔《へだ》てたところに、さらに広そうな道が通っていて、人々は皆その沿道に集まっているようだった。

「皆さん、何を見に行っているんでしょう。今日はお祭りでもあるんですか？」

「まあ、ある意味お祭りですね。今日の午前中、とある要人が結婚式を挙げたんですよ。その祝賀パレードが、午後からあちらの大通りを通ることになっています」

「わあ、パレード？　これから始まるんですか？」

「見たいですか？」

エマがこれまで見たことのあるパレードといえば、年に一度の収穫祭の夜、その年最初に採れたライ麦の穂を礼拝堂の祭壇《さいだん》に奉納するために、松明《たいまつ》を持ったアザレヤの農民が大通りを練り歩く行列だけ。

過疎の進行に伴い年々寂しくなるそれに比べれば、王都の――しかも要人の結婚式を祝うパレードは、さぞかし見応えがあるだろう。

「見てみたいです」

この時ばかりは王都に来た理由も忘れ、素直にこくこくと頷いたエマに、アルバートはにっこりと笑って言った。

「では、後ほど一緒に見に行きましょうか――レナルド・ウェステリア王弟殿下のご成婚パレードをね」

「……っ」

レナルド・ウェステリア。

少し前までアザレヤにある国軍駐屯地に滞在していた、現国王の二番目の弟で、懺悔室《ざんげしつ》においてあろうことかエマを愛人にしたいと宣《のたま》った人物である。

アザレヤでの半年間の任務が終わったら、王都に戻って政略結婚をするとは聞いていたけれど、それがまさか今日だったとは。思わず絶句したエマを、いい笑顔のアルバートが抱き寄せる。

こんな往来で何をとも思ったが、二人の脇を擦り抜けていく見知らぬ人々は、誰も彼もがエマ達に無関心だった。

「……もしかして、この日に私を王都に連れてきたのは、わざとですか？」

「当然でしょう。エマを腕に抱いて、エマに振られた男の人生の門出《かどで》を祝ってやろうと思いましてね」

「……アルさんって……根性悪い」

「ふふ、よく言われます。褒め言葉だと思ってますよ」

かつてエマが抱いていたレナルドに対する憧憬《どうけい》は、今はもう片鱗《へんりん》もない。そのため、今日彼が他の女性と結婚すると知っても、感傷に溺れることはなかった。

そんなエマの髪を撫《な》でながら、アルバートは満面の笑みを浮かべた。

馬車鉄道の駅の裏にある路地を、アルバートに手を引かれて奥へと進む。

道が細くなるにつれて、沿道に立つのもこぢんまりとした建物に変わっていった。

二階の窓から洗濯物が吊り下げられている家も多く、表通りの集合住宅よりもずっと生活感がある。

住人が育てているのだろうか、沿道のあちこちには鉢植えの花がたくさん置かれていた。壁一面、蔦《つた》が這《は》った古い家屋も見受けられる。アザレヤの自然に囲まれて育ったエマは、視界に入る緑が多ければ多いほどほっとした。

「アルさんは、この辺りで育ったんですか？」

「ええ、十四歳で神学校に入学するまでは。神官になってからは、大神殿の寮で生活していたんですがね」

「神学校を卒業して、ご実家には戻らなかったんですか？」

「寮の方が職場に近かったもので」

朝はギリギリまで寝ていたかった、と笑うアルバートに、彼の寝起きの悪さを嫌というほど知っているエマは黙って頷いた。

その時だった。ふと、彼女の足首の辺りを柔らかなものが掠《かす》める。

「あ、猫……」

「うん？　おや……」

エマの足もとにいたのは、真っ白い毛並みに、耳の先と尻尾の先と背中に少しだけ茶色が混ざった大きな猫だ。

思わず立ち止まったエマに合わせ、アルバートも足を止めた。

猫はこれ幸いと、しきりにエマの足もとに身体を擦り付け、「ぬあーん」と濁声《だみごえ》で鳴く。

随分と人懐っこいものだとエマが腰を屈《かが》めて撫《な》でようとしたその時、猫が顔を上げた。

そのまま見つめ合うかのように思われたが、何故だか微妙に視線が合わない。

それもそのはず。猫の視線はエマではなく、彼女の右肩に止まっているニケに向けられていたのだ。

空色の瞳いっぱいに瞳孔《どうこう》が開いて、まさに獲物を狩らんという形相。ぐっと上体を沈ませた次の瞬間、猫の身体は強靭《きょうじん》なバネのようにびょーんと跳ね上がり、ニケ目がけて飛んできた。

「わわっ、だめだめっ……!!」

それに驚いたエマはとっさに右肩を後ろに引いてニケを庇《かば》う。

ぎゅっと両目を瞑《つむ》り、良くて猫パンチ、最悪尖った爪の洗礼を受ける覚悟を固めた。

「……？」

ところがである。

せっかく身構えたのに、プニッとした肉球の感触も、ガリッという爪の痛みも一向に訪れない。

不思議に思ったエマが、恐る恐る目を開けると……

「にゃっ、みゃっ、にゃにゃっ」

ピンク色の肉球を持つ猫の前足が、エマの鼻先寸前で必死に宙を掻《か》いていた。

「いけません、ミツさん。いくらあなたでも許しません。エマに戯《じゃ》れ付いていいのは私だけですよ」

「……ミツ、さん？　あの、お知り合いですか？」

「驚かせてすみません、エマ。ミツさんは、うちの猫です」

「猫……飼ってらしたんですか……」

クインス家の飼い猫と判明したミツは、エマに飛び付こうとしたものの、すんでのところでアルバートに首根っこを掴まれて阻止されていた。

アルバートは雄猫だという彼を右手でブラブラさせたまま、目的地はもうすぐそこだと言って歩き出す。もちろん、左手でしっかりとエマの手を引いて。

やがて、アルバートの足は小さな看板が出た店の前で止まった。

やたら甘い香りが漂《ただよ》ってくると思ったら、扉が開け放たれている。看板には『フラン焼菓子店』と書かれていた。

アザレヤ国軍駐屯地の現責任者、ジャン・ホーキンス司令官の一人娘であるフランは、偶然にもアルバートの実家の下の階で焼菓子店を営《いとな》んでいる。

エマがその事実を知ったのは、アルバートをホーキンスに引き合わせるために国軍駐屯地を訪れた時のことだ。

「ここが……司令官閣下《かっか》のお嬢様のお店ですか」

「はい。私は早くに母を亡くしまして、フランさんには随分お世話になったものです。父の方なんて、いまだに——おっと、噂《うわさ》をすれば」

アルバートが言葉を切って開け放たれた扉に顔を向ける。彼の右手にぶら下がったままの猫のミツが、「ぬあー」とお世辞にも可愛いとは言い難い声で鳴いた。

そうして、レースのカーテンを捲《まく》り上げて店内から顔を出したのは……

「——おお、お帰り。早かったな」

店主であるホーキンスの娘——ではなく、黒髪で眼鏡をかけた中年の男性だった。

シンプルなシャツとズボンの上に生成《きな》りのエプロンをしている。アルバートは相手の上から下までじっくり眺めてから、口を開いた。

「ちょっと会わない間に、焼菓子屋に転職したんですか——お父さん」

「いやいや、今日は学校は休みさ。王弟殿下の結婚式で授業どころじゃないだろう？　暇だから、フランの手伝いをしてたんだ」

エマ達を出迎えた男性は、アルバートの父スペンサー・クインスだった。

スペンサーは元々神官だったが、今は最寄りの馬車鉄道の駅名にもなっている王立図書館内に設《もう》けられた教室で教鞭《きょうべん》を執《と》っている、という話をエマは道中アルバートから聞いていた。

しかし、彼が『フラン焼菓子店』の名前が入ったエプロンをしていることよりも、もっとずっと気になることがエマにはあった。

彼女はわけが分からない、といった表情でアルバートを見上げる。

「あの……お父様は、家に帰ってくるなり玄関で倒れて、ベッドから起き上がれなくなったのでは……？」

エマが王都を訪れることになったそもそもの発端は、『月刊神官』の新刊に挟まれていた手紙だった。手紙を書いたのは、アルバートの旧友ロベルト・ウェステリア。

一通りそれに目を通したアルバートは、唐突にエマを王都に誘い、その理由をこう告げた。

――父が……私の唯一の肉親である父が、家に帰ってくるなり玄関で倒れて、ベッドから起き上がれなくなったそうです。父は……もうだめかもしれません。せめて一目、エマに会わせてやりたい……。

二人の話を聞き、スペンサーが割り込んでくる。

「待て待て待て、待てぃ！　それ違うから！　正しくは、〝（酒をしこたま飲んで）家に帰ってくるなり玄関で倒れて、（翌朝二日酔いで）ベッドから起き上がれなくなった〟っていう、よくあるお酒の失敗談だから！　大事《おおごと》のように歪曲《わいきょく》するんじゃないっ!!」

「歪曲《わいきょく》だなんて人聞きの悪い。気が動転して、少々言葉を端折《はしょ》ったのは認めますが」

「いや、絶対誤解させようとしただろう？　確信犯だろう!?　そもそも〝父はもうだめかもしれません〟って、何がだめなんだよっ！」

「男性機能的な話です。いたいけな少女の耳に入れたくなかったので濁しました」

「しっつれーな!!　お父さんはまだまだ現役だぞ！　なんだったら、年の離れた兄弟の一人や二人、今からでも……」

「やめてください。今すぐその破廉恥《はれんち》な口を閉じてください。目の前にエマがいるのが見えないんですか？」

そのとたん、スペンサーがぐりんっと音がしそうなほど勢い良くエマへと向き直り、彼女の片手を両手で掴んだ。ちなみに、エマのもう片方の手は、いまだアルバートに握られたままだ。

「エマ……エマちゃんか。そうかそうか、君が……」

「あ、あの、はじめまして。ええっと……結局、お身体は大丈夫なんです、ね？」

「心配してくれてありがとう。この通りピンピンしているよ。息子が大袈裟《おおげさ》なことを言って、すまなかったね」

「いえ、それは……でも、お元気そうでよかったです」

どうやらエマは、アルバートに謀《たばか》られたらしい。父親の体調が思わしくないのを理由に誘えば、王都行きを断らないとでも思ったのだろうか。

確かに、ただ王都に行こうと誘われていれば、エマは断っていたかもしれない。生まれてこの方アザレヤを一歩も出たことがない彼女にとって、王都なんて異国にも等しい。

特に、神学校への進学をダリアに猛反対されて諦めてからは、いっそう遠い存在になっていたのだ。

(だからって……騙《だま》すみたいにして連れてきたのは、やっぱりひどい)

そうまでしてエマを父親に会わせたかったのだと思うと、さほど目くじらを立てることもないかもしれない。ただ、彼の言葉を真に受けたエマは本気でスペンサーの体調を心配していたので、その間の心痛をどうしてくれると詰め寄りたい気分だった。

「よく来てくれたね。ゆっくりしていっておくれ」

「あ、はい。ありがとうございます……」

明らかに歓迎してくれているスペンサーの前でアルバートを詰《なじ》るのは気が引ける。しかし、いいようにアルバートの掌《てのひら》の上で転がされていたことを知って、憤懣遣《ふんまんや》る方無い気持ちも置きどころがない。

なのでエマは、こっそり報復することを決めた。標的は、いまだ繋いでいるアルバートの左手だ。エマはスペンサーには愛想笑いを向けたまま、右手でその掌《てのひら》にぎゅーと爪を立てた。惜しむらくは前日に爪を切ってしまったことだ。こんなことなら、やすりなんてかけなければよかった。そうしたら、もう少し攻撃力が上がっていたかもしれないのに。

「……っん、ふふふふふ」

「うわっ、どうしたアル、いきなり笑い出して気持ち悪い。気でも触れたか？」

「いえ、お父さん。私の可愛い猫が一生懸命爪を立ててくるものだから、つい」

「猫？　ああ、ミツのことか？　……可愛いかぁ、これ？」

とたん、アルバートに首根っこを掴まれたままだったミツから強烈な猫パンチが繰り出され、胡《う》乱《ろん》な目で彼を覗き込んでいたスペンサーの頬に会心の一撃が決まった。

ここでやっと、店先が騒がしいのに気付いた店主のフランが奥の厨房《ちゅうぼう》から出てくる。

ちょうどその時、どこか遠くの方で、カーンカーンと正午を知らせる鐘が鳴った。

蔓《つた》の這《は》った外階段を三階まで上がれば、シンプルな木の扉が現れた。クインス家の玄関扉である。

この建物は、一階に『フラン焼菓子店』、二階がフランの自宅、三階がクインス家となっていた。四階には数年前まで家主の老夫婦が住んでいたが、現在は空き家《あや》となっているらしい。

スペンサーが玄関の扉を開けると、ようやくアルバートの右手から解放された猫のミツが、真っ先に家の中に入っていった。それを見て、スペンサーとフランが顔を見合わす。

「ミツのやつ、今日の見回りはもう終わりか？　あいつ、アルがこの家を出てからは夜しか戻らなくなっていたのに」

「飼い主が帰ってきて嬉しいのね、きっと。ミツさんは、元々アルちゃんが拾ってきた子だもの」

ホーキンス司令官の一人娘フラン・ホーキンスは、四十手前の優しげな印象の女性だった。豪傑《ごうけつ》を絵に描いたような父親とはまったく似ていない。

彼女は二十歳になる前に一度結婚したが、夫婦仲が上手くいかなくなって別れたのだと、エマは以前ホーキンスから聞かされたことがあった。

スペンサーも早くに妻を亡くし、再婚はせずにアルバートを育てたらしい。

そんな二人は、ただのご近所さんと言うにはかなり親密で、お互いを支え合うパートナーみたいな関係に見えた。

「……〝アルちゃん〟」

「エマもそう呼びますか？　構いませんよ？」

「いえ……結構です……」

「おや、遠慮しなくていいのに」

アルバートにとっても、フランは母親、あるいは姉のような存在なのだとか。スペンサーは料理がからっきしだったので、見兼ねたフランが食事を提供したのが彼らの関係の始まりだという。

ミツは、アルバートが神学校に入学する直前に拾った猫らしい。その時生まれたばかりだったとして、少なくとも十二歳——人間に換算すると六十も半《なか》ば。どうりで貫禄《かんろく》があるわけだ。

真っ先に家の中へ飛び込んでいったミツはというと、一直線にリビングの窓辺へ向かい、ガラス戸を前足でしきりに掻《か》いてにゃあにゃあと鳴く。スペンサーが窓を開けてやると、ミツは満足した様子で窓辺に座り込んだ。

するとその隣に、青い小鳥がふわりと舞い下りる。ニケである。

路地でミツに飛びかかられそうになった際にどこかへ飛び立っていたが、ちゃんとエマの側まで戻ってきたようだ。

しかし、降り立った場所が悪い。ニケの目と鼻の先には、数倍大きな体躯のミツが鎮座《ちんざ》しているのだ。

エマはおろおろし始めるが、アルバートは彼女をリビングの椅子に座らせながら窓辺を見て笑った。

「大丈夫ですよ、エマ。ミツは分別のある猫ですから、無礼な真似はいたしません」

「でも、さっき飛び掛かりそうに……」

「あれは、エマに戯《じゃ》れ付こうとしていただけですよ。あなたを気に入ったんでしょう」

「私とは目を合わせませんでしたよ？」

首を傾げるエマに、アルバートは外套《がいとう》と祭服を脱ぎつつ続ける。

「猫が目を合わせないのは、〝あなたに敵意はありませんよ〟という意思表示です——ほら、あっちはもっと力関係がはっきりしております」

そう言われて窓辺を見れば、ニケの前で真っ白い腹を晒《さら》して猫撫《な》で声を上げているミツの姿があった。

彼らが陣取った窓は、エマ達が通ってきた路地に面していた。

リビングの隣には台所があって、今はフランがそこで昼食の準備を整えている。

エマも手伝うと申し出たのだが、お客さんなのだからゆっくりしていてと言われてしまえば仕方がない。少々手持ち無沙汰《ぶさた》ながら、大人しくリビングの椅子に座っていた。

今はスペンサーしか住んでいないはずの家なのに、男やもめの一人暮らしといった雰囲気はない。きっとフランが普段から甲斐甲斐《かいがい》しく世話を焼いているのだろう。ちなみに、客扱いされないアルバートは、スペンサーと一緒に二階のフランの自宅へ荷物を取りにいかされていた。

「まさかこんなに早く、噂《うわさ》のエマちゃんと一緒にランチを食べる機会があるとは思わなかったわぁ」

「え？　えっと……噂《うわさ》の、とは？」

両目を瞬《しばたた》かせるエマの前に、今し方切り分けてきたバゲットのサンドイッチを置いたフランが、にこりと笑う。

「うちの父は、ああ見えて結構筆まめなのよ。お菓子を送る度《たび》に、お礼と近況を手紙に書いて送ってくれるの。エマちゃんの名前もちょくちょく手紙の中に出てきたわ。よく気が付くいい子だって」

「そうなんですか……光栄です」

まさか、ホーキンス司令官が自分のことまで手紙に書いているなんて思わなかったエマは、なんだか少し照れくさい。自然と頬を赤らめたエマを見守るフランの目は、とても優しいものだった。

「父は、あちらで上手くやっているかしら。甘いものが嫌いなのに、娘が頻繁にお菓子を送ってくるって愚痴《ぐち》ってるんじゃない？」

「司令官閣下《かっか》には、いつも本当にお世話になっています……って、え？　閣下《かっか》が甘いものが苦手だって、ご存知だったんですか？」

エマの言葉を肯定するように、フランはにっこりと笑みを深める。

知っていながら、どうしてわざわざ嫌いなものを頻繁に送ってくるのだろうか。エマがよほど腑《ふ》に落ちない顔をしていたらしく、フランはクスクスと笑いながらも事情を説明してくれた。

「どんなに苦手でも、父はきっと私が作ったものを無下《むげ》にはしないはずよ。そういう人だもの。食べられないけど捨てられない……困った父はそれを周囲の人達に分け与えるでしょう。あんな厳《いか》つい人が甘いお菓子を配ってるのって、ちょっと可愛いと思わない？　親近感が湧くでしょう？」

「そういえば……私も初めて閣下《かっか》にお会いした時にお菓子をいただいて、気持ちが解《ほぐ》れたのを覚えています。その後も訪ねていく度《たび》にお茶に誘ってくださるので、閣下《かっか》の前でも全然緊張しなくなりました」

「それはよかった！　ふふ、作戦成功ね！　……あ、このことは、父には内緒にしていてね。私が勝手にしていることだから」

「はい、分かりました。内緒にして、今後もちゃっかりおこぼれに与《あずか》ろうと思います」

離れて暮らす父親のことをフランがとても大切に思っているのがよく分かり、エマは胸の奥が温かくなった。同時に、ふと考える。

ホーキンスは娘の家を出てきた理由を、焼菓子の甘い匂いに耐えられなかったからと言っていたが、本当のところは、フランとスペンサーの仲を邪魔しないためだったのではなかろうか。

そして、神学校を卒業したアルバートがこの家に戻らず寮住まいを続けたのも、同じ理由だったのかもしれない。

この日、四人で囲んだ昼の食卓には、サーモンやチキンソテーに、バジルやラディッシュ、キュウリやレタスを合わせたバゲットのサンドイッチと、数種類のチーズ、それからエビやトマトが入ったサラダが上《のぼ》った。

さすがに王都ともなれば、全国各地から様々な食材が集まってくる。アザレヤでは滅多に手に入らない海の幸も、市場に行けば豊富に取り揃えられているそうだ。

バゲットの内側の白ささえ、ライ麦パンが主食のエマには珍しい。

また、サラダに入っていたアボカドなる果実はずっと南の温暖な地域で育てられているらしく、エマは初めてその存在を知った。まったりとした口当たりで癖のない味わいをたちまち気に入り、その大きな種を記念にもらった彼女は、アザレヤに帰ったら鉢に植えてみることにした。

スペンサーは昼間からワインを開けている。彼は酒は好きだがさほど強くないのだとか。また酔っぱらってひっくり返っても知らないわよ、とフランに窘《たしな》められる姿は、すでに夫婦のようだった。

昼食が終わると、エマはまたアルバートに手を引かれて外へと連れ出された。

狭い路地から午前中に降り立った馬車鉄道の駅を経《へ》て、王立図書館の脇を抜けて大通りへと出る。西の王城と東の大神殿を繋ぐこの大通りは、王都プルメリアで最も栄えた地域でもあった。

時刻は午後二時を回った頃。沿道には、パレードを待つ人々が溢れている。

あちこちで飛び交う会話を要約すれば、半時間前に大神殿を出発したパレードの先頭が、もうそろそろこちらにやってくるらしい。

王都を訪れた目的である〝アルバートの父の見舞い〟の必要がなくなったため、エマもこうして気兼ねなくパレードを見に来られたわけだが、その主役が自分に不義の関係を迫ってきた男だと思うと少々複雑ではあった。

しかしながら、王族の成婚祝賀パレードなんてそうそう見られるものではない。辺境の地アザレヤに住まうエマにとっては、二度とない機会だろう。せっかくなので、ショーだと思って楽しむことにした。

「そういえば、殿下のお相手の方って有名なんですか？」

「有名なのは、その方のおじい様ですね。前国王時代の重鎮《じゅうちん》で、現国王としてはなんとしても後ろ盾に欲しい人物です。噂《うわさ》では、隣国カリステジア公国の大公家とも独自に繋がりを持っているらしいですよ」

「カリステジアとは国交がないのにですか？　しかも今あちらは無政府状態だと聞いていますが、大公家は存続できてるんですね」

「存続していたようですよ。それで王弟妃殿下のおじい様は、姪《めい》だったか妾《めかけ》の子だったか……とりあえず、一族の娘をあちらに嫁入りさせたらしいです。表向きは、恋愛結婚という名目で」

王弟妃の祖父は大神殿とも浅からぬ関係にあり、帝国の守護神の最期が記された古い文献も彼の伝手《つて》によって考古学研究所にもたらされたものだという。

アルバートの説明により、王弟妃の祖父が相当の権力者で、レナルドがどうしてもこの結婚を拒否できなかったというのがよく分かった。

と、その時。周囲の人々がにわかにどよめいた。ついにパレードがやってきたのだ。

先頭を行くのは、真っ白い馬に跨《また》がった二名の近衛騎兵。続いて、同じく近衛騎兵が三名、等間隔に並んで進む。

その後に、ようやく本日の主役を乗せた馬車が現れた。黒塗りの車体と真っ赤なシートのランドー馬車を、四頭の白馬が引いている。馬車の上で沿道の人々に笑顔で手を振るのは、大神殿で結婚式を挙げてきたばかりの初々《ういうい》しい王弟夫妻だ。

アザレヤでの半年間の任務を終えて王都に帰還したレナルドは、予定通り国軍第二位に当たる大将に就任していた。淡い金髪にエメラルドのような緑の瞳、真っ白い軍服を着た彼の姿に、沿道から若い女性の黄色い声が上がる。

そんなレナルドの隣で微笑むのは、純白のウェディングドレスを纏《まと》った妙齢の女性だ。レースのベールから覗く髪はレナルドよりも少し濃い金色で、透き通るような白い肌が印象的な美女だった。

その彼女がふと、隣に座るレナルドの耳元に唇を寄せる。ちょうど、エマとアルバートの目の前を通り過ぎる時だ。

花嫁が何事か囁《ささや》いたのだろう。レナルドはとたんに破顔し、彼女の頬にキスをした。

わっ、と沿道の観客達が盛り上がる。

馬上の二人は、誰が見ても仲睦《なかむつ》まじい新婚夫婦だった。

エマは、口を噤《つぐ》んだまま彼らを——レナルドを見送った。

兄王が勝手に決めた婚約者との結婚など望んでいない。愛しているのはニケに誓ってエマだけだ。

そう宣《のたま》った唇が、エマの目の前で花嫁の頬にキスをした。

瞬間、エマは正直驚いた。その光景に対して、なんの感慨も浮かんでこなかったからだ。

エマの口からは、自然と乾いた笑いが零《こぼ》れた。

「私……以前は確かに殿下のことが好きだったと思ってたんですが……本当は利用しようとしていたんでしょうか」

「おや、エマ。私の前で他の男を語ろうとは……私を妬《や》かせてどうしようというのですか？」

「違います、そんなんじゃないですから……ちょっと最後まで聞いてください」

「……いいでしょう」

不満げな返事の後、繋いだままだったアルバートの手に少しだけ力が籠《こも》る。

主役が通り過ぎた大通りでは、追随する近衛騎兵の大行進が続いていた。

「憧れたのは確かです。自分とはまったく違う世界の人だって明らかだったから。殿下なら、私をアザレヤから連れ出してくれるかもって、どこか期待していたのかもしれません」

ダリアがいた時は、エマにとっては彼女の言うことが全てだった。ダリアがだめだと言ったから隣町にさえも行かなかったし、彼女に反対されたから神官になるのも諦めた。エマとてそれに納得していたわけではない。それでもダリアに逆らおうと思わなかったのは、唯一の家族である彼女に嫌われたくなかったのと、何より自分の居場所がなくなるのを恐れたからだ。

そんな中で現れたレナルドは、まさに雲の上の人。彼が命じればダリアだって絶対に逆らえない。それが分かっていたからこそ、エマは無意識にレナルドに取り入ろうとしていたのかもしれない。

「でも、殿下から望まれたような関係はどうしても受け入れられなくて……結局振り出しに戻りそうになった時、アルさんが現れた……」

アルバートの登場で、エマの毎日は劇的に変化した。

ダリアの庇護《ひご》を失う代わりに手に入れた自由を、アルバートは取り上げなかったからだ。そのままのエマを必要だと言って側に置き、こうしてアザレヤの外の世界を彼女に見せてくれている。

「私が無意識に望んでいたことを叶えてくれたのは、殿下じゃなくてアルさんだった。今のパレードを見ていて、それがはっきりと分かったんです」

「エマ……」

「アルさんがアザレヤに来てくださってよかった……ううん、アザレヤに来てくださったのが、他の誰でもなく、アルさんでよかった――」

「……っ、エマ」

エマが笑顔で言い切ったとたん、繋いでいた手をぐいっと強く引かれた。

いきなりのことでよろめいた彼女は、なされるがまま沿道に面した建物の壁に背中から押し付けられる。すかさず、アルバートの片腕が壁と彼女の背中の間に滑り込んだ。それがクッションとなってくれたおかげで衝撃を感じなかったが、ほっとしたのも束の間のことだった。

壁際に追い込まれたエマは、背中に回っていた掌《てのひら》に後頭部を包み込まれて顔を固定され――

「――っん？　んんっ……!?」

心の準備をする暇も与えず、アルバートがエマの唇に噛み付いてきた。

もちろん、歯を立てて傷付けるような真似はしない。ただ、口付けた、キスをした、と表現できる優しい触れ方ではなく、いかにも衝動的な荒々しい愛撫《あいぶ》だった。

いきなりのキス――何より、ここは人でごった返す往来だ。一瞬で全身を朱に染め上げたエマは、アルバートの腕の中で身を捩《よじ》る。

「……っ、や、いやだ！　こんなところでっ……！」

「誰も見ちゃいませんよ。皆パレードに夢中ですから――それに、ほら」

アルバートに促《うなが》されて周りを見回したエマはぎょっとした。先ほどの新郎新婦の仲睦《なかむつ》まじさに感化されたのか、様々なカップルがあちこちで愛を語り合っていたからだ。アザレヤでは考えられない光景だった。

「ア、アルさんっ……」

とてつもなく恥ずかしくなったエマは、アルバートに縋《すが》るようにぎゅうとしがみ付く。

そんな彼女をこれ幸いと抱き締め返したアルバートは、再びエマの唇を食らう前にこう告げた。

「恥ずかしいならば、目を閉じておきなさい」

おかげで、パレード最後尾の近衛騎兵が目の前を通り過ぎていったことに、エマはしばらく気付けなかった。

第九話　秘密だらけの神官様

パレードが通り過ぎても、沿道に溢れた人々が帰宅する様子はなかった。

この後、王宮の大広間で披露宴が行われるらしいのだが、その前の広場が開放されるということで、皆そちらに移動するようだ。

エマとアルバートはというと、王城に向かう人々の流れに巻き込まれるのを避けるため、わざわざ路地を一本入って逆の方向を目指して歩いた。

王都プルメリアの東に聳《そび》えるのは、各地に点在する神殿の中枢である大神殿。西の王城に匹敵する広大な敷地内には、神官達の居住区とともに、それを育てる神学校も併設されている。

しかし、大神殿には門がない。

これは、守護神ニケを心の拠《よ》り所とするウェステリア王国の国民が、いつでも礼拝堂を訪れることができるようにとの配慮である。神学校や事務施設、寮や宝物庫など、一部に一般人立ち入り禁止区域はあるものの、大神殿の敷地内は比較的自由に出入りすることが許されていた。

そうなると、比べられるのが王城だ。王城には堅牢な作りの門があり、その両側には常に門番が立って出入りする人々を牽制《けんせい》しているし、日が落ちるとたちまち固く閉ざされる。

王城は、政治と国防の要《かなめ》が置かれた場所であるから、一般人の立ち入りが制限されるのは至極当然のことなのだが、大神殿の寛容さと比べれば随分と仰々《ぎょうぎょう》しいものだと王家を嘲《あざけ》る者も少なくはない。

本日の王弟レナルドの結婚披露宴に際し、王宮の広場に一般人の立ち入りを許したのは、王家としては異例のことであるという。

これは、革新的な考えを持つ新国王が立ったからこそ実現したのだ、とアルバートは語った。

「上の王弟殿下が神官となられたのも、国王陛下のご意向だったんでしょうか？」

「神官を志《こころざ》したのはロベルトさん自身の意志ですが、彼の存在が今後陛下の強みになるかもしれませんね」

午前中は王家の結婚式を一目見ようと集まっていた人々も、大通りのパレードを経《へ》て大半が王城へと移動してしまったため、午後の大神殿は閑散《かんさん》としていた。

行き交うのは、真っ黒い祭服に身を包んだ神官ばかりだ。白っぽい服装をしている自分が浮いているように思えて、エマは少々居心地が悪かった。

アルバートに案内されて、まず訪れたのは神学校だった。こちらは立ち入りが制限されている区域だが、大神殿の考古学研究所主査でもあるアルバートは神学校で講師を務めることもあった関係で、自由に出入りを許されていた。

とはいえ、神学校もこの日は休みで授業の見学はできなかったため、エマは無人の教室と寮の共同部分だけ見せてもらい、亡き母に思いを馳せる。

「母は、ここでどんな風に過ごしたんでしょうか……」

神学校に入学を許されるのは、神官の推薦状を持った十四歳以上のウェステリア人。エマの母オリーブも、十五歳の時にダリアが書いた推薦状を握り締めて神学校に入り——そしてその三年後、卒業を待たずにアザレヤへと帰郷した彼女のお腹の中には、エマがいた。

三年の間に母の身に何があったのか、エマはまったく知らない。

母がアザレヤに戻ってエマを出産、急逝《きゅうせい》するまで半年の時間があったので、ダリアや前町長には何かしら語ったとは思うのだが、二人とも固く口を閉ざしたままエマの前を去ってしまった。

神学校の見学を終え、次は大神殿の要所である礼拝堂を目指す。

「エマは……お父様が誰なのか、知りたいと思いますか？」

道すがら、ふいにそう問われたエマは、しばし考えてから口を開いた。

「知りたくないと言えば嘘になりますが……今はそれよりも、母が好きになったのはどんな人なのだろうって思います」

たった一人で王都にやってきた母は、きっと心細い思いをたくさんしたに違いない。そんな時、もしかしたらエマの父に当たる人が彼女を支えていたのかもしれない。

結局母は志《こころざし》半《なか》ばで故郷に戻り、未婚のままエマを産むことになったのだから、彼女の恋は成就《じょうじゅ》しなかったのだろう。だが、たとえ一時だろうと父と母は愛し合ったのだと思いたかった。

母が身籠《みごも》ったのは、今のエマと同じ年頃。そして、思い掛けず王都に来ることになったエマの隣にも今、初めて自分の口から〝好き〟と伝えた相手がいる。

当時の母と現在の自分の気持ちを重ねたエマは、立ち止まってアルバートの顔を見上げた。

するとアルバートも足を止め、両目を細めてエマを見つめ返したかと思うと……

「そんなに熱く見つめるものではありませんよ、エマ。さすがの私も大神殿の中では自制するつもりでしたが、あなたがその気ならば――」

エマはいきなりガシッと両肩を掴まれ、互いの額《ひたい》がぶつかるほどまで一気に距離を詰められる。

「ひええっ……その気も何もありませんので、そのまま自制しててくださいっ！」

「一度外れた箍《たが》がそう簡単に戻るものですか。エマが責任をとってください」

アルバートの身体の陰にすっぽりと隠れてしまったエマには、自分達の姿が周囲の目にどう映っているのかは分からない。大神殿の中で体裁《ていさい》を気にしなければいけないのは、明らかに神官の格好をしているアルバートのはずなのに、エマの方がわたわたと慌てた。

「――おい、ここで何をしている」

そんな時、すぐ近くから訝《いぶか》しげな声が上がる。と同時に、エマを覆《おお》っていたアルバートの身体が離れた。

驚いて顔を上げたエマが見たのは、アルバートの肩越しにこちらを見下ろす若い男性の姿。胡乱《うろん》な表情を浮かべたその面差しに、エマは何故だか強い既視感を覚える。

アルバートがエマから離れたのは、背後の男性に祭服の襟首《えりくび》を引っ張られたからだったのだが、彼らはお互いの顔を見た瞬間、「あ」と声を上げた。

「アルバート!?　お前、どうしてここにいるんだ？」

「それはこちらの台詞《せりふ》ですよ。どうしてあなたがこの時間に大神殿の方にいるんです？　披露宴はどうしたんですか？」

「私だって暇じゃないんだ。あんな茶番に付き合ってられるか」

「これはこれは……随分と薄情な兄上だ」

アルバートと背後の男性はどうやら知り合いだったらしい。しかも、随分と気安い間柄のようだ。

二人の間で視線をうろうろさせるエマに、アルバートは肩を竦《すく》めて言った。

「エマ、こちらは私の元ルームメイトのロベルトさん。弟君の披露宴をすっぽかした血も涙もない男です」

「失敬な。結婚式には出席したんだぞ。一応の義理は果たした」

あんまりな紹介の仕方だが、ロベルトに関してはエマの中である程度情報が揃っていた。

ロベルト・ウェステリア。国王の弟でありながら、大神殿の広報部に属する神官で、『月刊神官』の若き編集長。

神学校時代の六年間、ルームメイトとして一緒に寮生活をした、アルバートの無二の親友でもある。

おかげでエマは、彼を見た瞬間に覚えた既視感にも合点《がてん》がいった。淡い金色の髪とエメラルドのような緑色の瞳、そしてその端整な顔立ちも、弟のレナルドとよく似ていたのだ。

しかし、兄弟の顔付きは対照的で、いつもにこにこと温和な――悪く言えば締まりのない顔をしているレナルドに対し、ロベルトの方はキリッと引き締まった表情をしている。雰囲気だけとって比べれば、ロベルトの方がよほど国軍大将という地位に相応《ふさわ》しく見えた。

それにエマは、個人的にロベルトに対して尊敬の念を抱いている。

「し、師匠……」

思わず零《こぼ》れたエマの呟きに、ロベルトは片眉を上げた。

「……はて、君は誰だったろうか？　弟子を持った覚えはないんだが……？」

「彼女が――エマが今、毎朝私を起こしてくださっているんです。その関係で、神学校時代にあなたがその役を担《にな》ってくれていた話をしたんですよ」

とたんに、エマを見るロベルトの目がとてつもなく同情的になった。声からも、明らかに角が取れる。

「そうか、エマというのか。君も苦労をしているんだな。私の経験から言わせてもらえば、枕を引っこ抜くのが一番効果的だぞ」

「あの、それが……」

迂闊《うかつ》に間合いに入ると高確率でベッドに引っ張り込まれてしまう。エマがおずおずとそう訴えれば、ロベルトは眦《まなじり》を吊り上げてアルバートに向き直った。

「お前、こんないたいけな少女相手に何をやっているんだ。破廉恥《はれんち》が過ぎるぞ」

「すみません、朝から元気なもので」

付き合いが長いだけあり、アルバートとロベルトの間に遠慮はない。

そうこうしている内に、二人が揃っていることに気付いた若い神官が次々と寄ってきた。

アルバートがアザレヤに赴任したことは知れ渡っているらしく、エマの紹介も円滑に終わった。

神官達は誰もがエマに好意的であったが、彼らの会話がだんだんと込み入った内容になるに従い、部外者のエマはどうにも居心地が悪くなってくる。真っ黒い祭服の集団の中の自分が、場違いに思えて仕方がないのだ。

そんな時、ふいにエマの視界を青いものが横切った。

「あっ……ニケ?」

青い小鳥が一羽、エマの頭上でくるりと旋回《せんかい》したかと思ったら、ふらりとどこかへ飛んでいってしまう。その先にあるのは、大神殿の要《かなめ》である礼拝堂。

エマはしばしの逡巡《しゅんじゅん》の後、アルバートの袖をつんと引いた。

「アルさん、先に礼拝堂を見に行っていてもいいですか?」

「もちろん、構いませんよ。大神殿の中ですので滅多なことはないと思いますが、何かあったら私の名前を出してくださいね」

アルバートの言葉に頷くと、エマは神官達の輪から離れて一人歩き出す。

アザレヤを出る時からずっとアルバートにくっ付いていたので、こうして一人だけで外の世界を歩くのは初めてのことだ。そう思うと、足の裏に伝わる石畳の固ささえも新鮮で、緊張感に背筋が伸びた。

大神殿の敷地の入り口から礼拝堂までは、幅の広い一本道になっている。

そして、先にも述べた通り大神殿には門がない。そのためこの参道は、先ほどパレードが通った王都プルメリア最大の大通りとも直結する形になっている。

参道の両側には木々が生《お》い茂《しげ》り、その隙間から回廊が見え隠れしている。右側の回廊は神官の居住区に、左側の回廊は神学校とその寮に繋がるもので、エマのような一般の人間は立ち入りが制限されている。そういう場所には守衛が立っていて、先ほど神学校の見学に行く際はアルバートが身元保証人となることでエマも立ち入りを許された。

逆を言えば、立ち入り禁止区域に間違えて迷い込んでしまう心配はないわけだ。

礼拝堂の正面扉の上にはステンドグラスが嵌《は》め込まれた円形のバラ窓があり、両側には天高く聳《そび》える二本の尖塔が立っている。奥にはさらに背の高い時計塔が聳《そび》え立ち、鐘楼《しょうろう》にもなっていた。アルバートの実家に到着した時、正午を知らせていたのがここの鐘である。

荘厳《そうごん》な正面扉は開け放たれており、奥の祭壇《さいだん》に続く通路が外からもよく見えた。午前中に執《と》り行われた結婚式の後片付けだろうか。多くの神官が忙しそうに礼拝堂の中を歩き回っている。

参拝者はどうやらエマだけらしくて少々気が引けるが、小さな青い影がさっさと扉を潜《くぐ》っていってしまったので、慌てて後を追う。

礼拝堂の中に一歩足を踏み入れた瞬間、壮観な光景にエマは言葉を失った。

窓という窓に施《ほどこ》された緻密《ちみつ》なデザインのステンドグラス。それを通して礼拝堂の中に入り込む日の光は、白い壁に様々な模様と色を刻んでいる。桁違いに高い天井に、神官達の囁《ささや》き声が幾重にも重なって反響していた。

規模も荘厳《そうごん》さも圧倒的で、辺境の地アザレヤの礼拝堂とは比べるべくもない。

正面一番奥にある祭壇《さいだん》の向こうには、右手をそっと天に差し伸べた乙女の石像が立っていた。守護神ニケの侍女である〝鳥籠の乙女〟の像だ。

そのたおやかな指先に止まってニケが羽を休めているのに気付き、エマはほっと息を吐く。周囲を行き交う神官達はよほど忙しいのか、ニケにもエマにも見向きもしなかった。

せっかくなので、エマはゆっくりと礼拝堂の中を見学して回ることにする。見るもの全てが新鮮で、きっとアルバートが迎えに来てくれるまで退屈しないだろうと思われた。

そうして、壁に施《ほどこ》された彫刻を眺めていた時だ。ふと、どこからか話し声が聞こえてきた。

「――そういえば、さっき表でアルバートさんを見かけたよ。ロベルト様もご一緒だった」

「え、アルバートさんって……確かカリステジア公国との境の町に赴任したんじゃなかったか？　なんだったっけ、あの町の名前……」

彫刻が施《ほどこ》された壁の一部に小さな穴が開いていて、壁の向こうにいる人物の声がこちら側に漏《も》れてきているようだ。

神官らしき若い男性が二人、結局アザレヤの名前を思い出せないまま、気にする様子もなく会話を続けていく。王都の人達にとって、アザレヤはその程度の存在なのだと思い知らされた心地だった。

これ以上、彼らの話を聞いていたくない。急いで壁から離れようとした時、思い掛けない言葉がエマの耳に飛び込んできた。

「――でも、どうせあの町にいるのも三年間だけなんだろう？　アルバートさんは、四年後に行われる長老選挙に立候補なさるんだから」

エマだって、聞くつもりなんてなかったのだ。先日、つい懺悔室《ざんげしつ》でのアルバートとサイラの会話を立ち聞きして、ひどく後悔したのだから。

それなのに、エマの足はその場に縫《ぬ》い付けられたかのように動かなくなってしまった。

長老は、神官の中から選ばれる高位の役職で、彼らが結成する長老会は大神殿の運営を取り仕切る最高責任機関である。大神殿の長《おさ》である神官長を任命、あるいは更迭《こうてつ》する権利も有している。また、神官長は実質長老の中から選ばれるため、神官長を目指すならば、まずは長老選挙に勝利しなければならない。

壁の向こうの男達によれば、アルバートの最終目標はその神官長に就任することだというのだ。

「……うそ」

そう、思いたかった。何かの間違いだ、きっと男達の勘違いだ――そう、エマは思いたかった。

壁の向こうの男達はエマの存在になど気付いていないはずなのに、現実から目を背けようとする彼女を嘲笑《あざわら》うみたいに会話を続ける。

「それにしても、長老に立候補する条件の一つが、いずこかの神殿の管理職を三年以上務めることだなんて、大変だよなぁ」

「年を取れば自然と神殿内での地位も上がってどこへでも管理職として赴任しやすくなるけど、若い神官はよっぽど僻地《へきち》の神殿を狙わないと、なかなか管理職なんか回ってこないもんな」

「アルバートさんなんて、四年後もまだ被選挙権ギリギリの三十歳だからな。評価を上げるには、赴任先での実績が必要だろう」

「赴任先の住人は、まさか神官が点数稼ぎのためにあくせくしているって、知らないだろうな」

アルバートは着任直後から、アザレヤが抱える様々な問題を解決しようと積極的に動いている。

彼は前任のダリアが交流を拒否していた国軍駐屯地に赴き、ホーキンス司令官と面会した。その際、司令官付きの文官だったミランダに、礼拝堂の控え室を教室にして開校する提案をしてくれたおかげで、アザレヤの子供達はちゃんとした教育を受けられるようになったのだ。

一連のアルバートの働きを見て、慎重だったアザレヤの重鎮《じゅうちん》達も彼を信用し始めている。

急激な過疎化《かそか》によって増えた荒れ地の利用に関する彼らからの相談に、アルバートは他所《よそ》の町の業者との農地の賃貸契約を、神殿が仲介する案を提示した。それを実現させるため、今回の王都訪問で彼は大神殿の専門部署と協議する約束も取り付けたのだ。

王都の人間には名前も思い出してもらえないような辺境の町は、アルバートによって良い方向に向かい出している。排他的なアザレヤの人々も、アルバートを町の神官として受け入れ、信頼を寄せるようになってきていた。

それなのに、男達の話が真実ならば、アルバートがアザレヤを赴任先に選んだのは、長老に立候補する条件を手っ取り早く満たすためであり、町の様々な問題に取り組んでいるのも自分の評価を上げるため。

フォルカー町長には初見の際、監督官として過去を遡《さかのぼ》って神殿の業務運営の監査も行うと伝えていたが、あれも点数稼ぎの一環なのだろうか。

子供達の前で告げたこと――考古学研究者として、勝者が作った歴史の中では語られない真実を掘り起こすことも、アザレヤを赴任先に希望した理由の一つだと言ったのは嘘なのか。見つけ出した新情報を論文にした場合は、学会で発表するより先に子供達に教えてくれると約束したのは、嘘だというのか。

ましてや、エマがいるからアザレヤを選んだなんて言ったのも――

「嘘はつかないって、言ったじゃないですか……」

震えるエマの声は、壁の向こうの男達には届かない。

相変わらずエマの足は床から剥《は》がれず、知りたくもなかった真実をなおも晒《さら》され続けることになる。

「あとは、現職の長老一人以上の推薦書が要るんだっけ？」

「それは、ロベルト様が用意なさるさ。なんたって、一番アルバートさんを神官長にさせたがっているのはロベルト様だもんな」

「でも、アルバートさんも今の神官長に個人的な恨みがあったよな。アルバートさんの親父さんが神官を辞めたのは、今の神官長に嵌《は》められたからだって噂《うわさ》だろ？」

「ああそれ、聞いたことある！　アルバートさんの親父さんの方が、本当は神官長になれるはずだったのにって話な！」

どうやら若い神官達の中には、現在の大神殿のあり方――特に、神官長とそれに癒着《ゆちゃく》している長老会に対して反発を覚えている者が少なからずいるようだ。若者らしい潔癖《けっぺき》さが、神職にありながら権力に溺れる彼らの姿を忌避《きひ》するのだろう。

それを先導しているのはロベルトだが、彼自身は王家の出身であるため長老にも神官長にもなれない。そのため、彼が自分の代わりに大神殿内で上《のぼ》り詰めさせようとしているのが、親友のアルバートらしいのだ。

そして、アルバートはアルバートで、現神官長をその地位から引き摺《ず》り下ろしたい理由があるという。

アルバートの父スペンサーが以前神官をしていたことは聞いていたが、まさか現神官長のせいで辞めただなんて知らなかったし、放胆に振る舞うアルバートが宿怨《しゅくえん》で動いているなんて思えなかった。

「とにかく、アルバートさんは三年の我慢だよ。その間にロベルト様は根回しを完遂するだろうし、今いる高齢の長老が引退して神官長の権力も衰退《すいたい》していく。きっと、四年後には最年少の長老が誕生だ」

「それにしても、アルバートさんが赴任している僻地《へきち》の連中は運がいいよなあ。あんな優秀な人が地方の神殿に行くなんて、普通あり得ないからな」

「まったくだ。人当たりはいいし弁も立つ。きっとすぐに赴任先に受け入れられたんだろうよ」

「女にもモてるからなぁ。あの人に入れ揚げる現地の女もいそうだ。三年後に捨てられるとも知らずにさ」

「ははは、そりゃあ気の毒だな」

楽しそうに言い交わす男達の声が、ようやく遠ざかっていく。

すっかり彼らの気配がなくなると、エマは壁に背中を預けてはあと大きく息を吐いた。

「……三年後に捨てられるとも知らずに入れ揚げる、気の毒な現地の女」

先ほどの男達に言わせれば、エマこそがそれに当て嵌《は》まるのだろう。

アルバートが、その気もないのにエマをからかっただとか弄《もてあそ》んだとまでは、さすがに思いたくない。

今まで彼がエマに囁《ささや》いた言葉、抱き締めてくれた腕、触れた唇、それらが全部嘘であったのなら、エマはもう何も信じることができなくなってしまうだろう。

ただ、もしかしたらエマに対するアルバートの好意には、最初から期限が設《もう》けられていたのかもしれない。

エマがかつて、レナルドを想うのは彼がアザレヤに滞在する半年間だけと決めていたみたいに。

アルバートが未来の花嫁だなんだとエマに言っていたのは単なる言葉遊びで、きっと本気にしてはいけなかったのだろう。

「でも……そんなの、私には分からないよ……」

三年後にはきっぱりと別れを受け入れて、去って行く男を笑顔で見送れるような女には、エマはどうやったってなれそうにない。

こんなことならば、アルバートを好きになんてならなければよかった。彼だって、もっと割り切って付き合える大人の女性を選んでくれればよかったのに――

ふと顔を上げれば、あれほど忙しそうに行き交っていた神官達の姿がいつの間にかなくなって、礼拝堂にはエマだけになっていた。

静まり返った堂内は、ひんやりとした空気に包まれている。急に心細くなってきょろきょろと辺りを見回したエマは、祭壇《さいだん》の向こうに立つ〝鳥籠の乙女〟の像の指先に止まる見知った姿に、ほっと息を吐いた。

「ニケ……」

エマの視線に気付いたのか、ニケが青い羽根を広げてふわりと飛び上がった。像の上を一度旋回《せんかい》し、そのままどこかへと飛んでいってしまう。エマは慌ててその後を追った。

祭壇《さいだん》の脇にあった細い通路を通り、長い長い廊下をひたすら奥へと進んでいく。ニケがどこへ向かっているのかは分からないが、不思議と誰とも出会わなかった。

廊下の突き当たりにあった簡素な扉を潜《くぐ》り、ニケがすいっと外へ出ていく。扉は何故か開けっ放しになっていた。

ニケに続いて外に出たエマは、突然正面に現れたものに目を丸くする。

そこには、豊かに生《お》い茂《しげ》る緑に守られるようにして、一本の塔が立っていた。

ニケの羽毛と同じ青い色の壁に、白のモルタルで装飾が施《ほどこ》されている。塔の最上部は部屋になっているらしく、ドーム状の天井をたくさんの柱が支えていた。その姿はまるで……

「鳥籠、みたい……」

エマはそう呟いてから、母が遺した神学校の教本にあった一節を思い出す。

――大神殿の敷地内に立つ塔の天辺《てっぺん》にはニケが住むと言われる部屋があり、その外観が鳥籠に似ていることから、その部屋の管理を任された女性を〝鳥籠の乙女〟と呼んだ。

ここはどうやら礼拝堂の裏庭らしい。この場所に立つ塔は、礼拝堂の正面に聳《そび》える二本の尖塔とさらに背の高い時計塔に隠されて、表からは見えない作りになっているようだ。

その塔の周りをすいっと一周してきたニケが、ようやくエマの肩へと降りてくる。

「ねえ、ニケ。この塔ってもしかして……」

『この塔は、昔はニケの帰る場所だった』

「昔はって……今は違うの？」

『今は、招かざる者が我が物顔で居座っている。だから、帰らない』

ニケの言葉の意味はよく分からないが、ニケがその〝招かざる者〟に対して憤《いきどお》っていることはエマにも分かった。

ならばその者を追い出せばいいのではなかろうかと単純に思う。この塔がニケの住処だったとしたなら、その意に適わない者を置いておく道理はない。

けれどもエマはそれを口にせず、自《みずか》らの肩に止まったニケに頬を寄せる。だって〝招かざる者〟を追い出せば、この塔がまたニケにとっての帰る場所に戻ってしまうかもしれない。そうしたら、ニケはもうアザレヤのエマの側にいてくれないかもしれないからだ。

『エマが生きている間は、ニケはお前の側にいるよ』

彼女の不安を見透かしたように、ニケが耳元でそうさえずる。エマは小さく頷いて、柔らかな青い羽毛に頬を擦り付けた。

その時だった。突如、キイ……と蝶番《ちょうつがい》が軋《きし》む音が聞こえ、エマははっとして顔を上げる。

すると、塔の下の扉が開いて男性が出てきた。真っ黒い祭服を纏《まと》っているので、神官に違いないだろう。

神官の方もすぐにエマに気付いたらしく、素早く扉を閉めてから口を開いた。

「――誰だ、君は。ここは、一般人は立ち入り禁止だぞ」

「えっ……」

非難が籠《こも》った厳しい神官の声に、エマはひどく動揺する。

ニケをひたすら追い掛けてきたものの、改めて考えてみれば、祭壇《さいだん》の脇の通路なんて普通なら部外者は入っていかない場所だ。立ち入り禁止区域の手前には守衛が立っているはずだから、間違えて入りそうになったら止めてくれるだろうと楽観し過ぎていた。

おろおろとして立ち尽くすエマの方へ、警戒を露《あらわ》にした神官がつかつかと近寄ってくる。

栗色の髪を後ろに撫《な》で付けたその男性は、おそらくアルバートの父スペンサーと同年代だろう。堂々とした佇《たたず》まいから、高位の神官だと見受けられる。

「あ、あの……」

自分の迂闊《うかつ》な行動のせいで、エマを神殿に連れて来たアルバートが咎《とが》められでもしたらどうしよう。エマの顔から一気に血の気が引いた。

彼の輝かしい経歴に傷を付けるようなことがあってはならない。どうやってこの場を切り抜ければいいのか、と必死に考えを巡らせる。

ところが、お互いの顔が判別できるくらいの距離まで近づいた時、神官の足がピタリと止まった。

彼は青い両目を見開いて、エマの顔を凝視している。

「君は、誰だ……どこから来たんだ……」

神官の表情は、エマを糾弾《きゅうだん》しようとする厳しいものから驚愕へと塗り替えられていた。彼の怒りが消えたのをこれ幸いと、エマは必死に弁明する。

「あ、あのっ、申し訳ありませんっ！　立ち入り禁止区域とは知らず、失礼しましたっ……すぐに出ていきますので……！」

「ま、待ちなさいっ……君、待ってくれっ!!」

一刻も早くこの場から立ち去りたいエマの意に反し、何故だか悲愴《ひそう》な表情になった神官が彼女を引き止めようとする。おろおろしながら立ち尽くすエマに、神官は覚束《おぼつか》無い足取りで近づいてきた。

そうして、震える彼の手が伸びてきて、エマに届きそうになった――その時だった。

「……きゃっ!?」

突如背後から腕を掴まれたエマは、そのまま強い力で後ろへと引っ張られる。

気が付けば、目の前には黒い壁――いや、真っ黒い祭服を纏《まと》ったアルバートの背中があった。

「――失礼いたしました。彼女は私の連れでございます」

「き、君は……確か、スペンサーの息子の……」

「アルバート・クインスと申します。直接お会いするのは、神学校の卒業式以来かと思いますが、覚えていていただけて光栄です」

「いやなに……君は首席で卒業したからな」

アルバートが中年の神官と対峙している。その広い背中に庇《かば》われたエマは一瞬安堵を覚えたが、すぐに自分の不注意のせいでアルバートが責められるのではという憂慮《ゆうりょ》が勝った。

「ア、アルさん……あの、ごめんなさい。とんだご迷惑を……」

「いいえ、エマ。私の方こそ、一人にしてしまって申し訳ありません」

おずおずと謝るエマに、顔だけ振り返ったアルバートが安心させるみたいに微笑み掛ける。

そんな二人のやり取りを見ていた神官が、強張った表情で口を開いた。

「君は最近、地方の神殿に赴任したと聞いたが……まさかその赴任先というのは……」

「アザレヤ――あなた様とはなんの縁も所縁《ゆかり》もない、王都から遠く離れたのどかな町です。いえ、そもそも私のような一神官の所在などご留意いただかなくても結構ですよ」

アルバートにとって、この神官はあまり好意的な相手ではないのだろうか。正面に向き直ってしまったので、彼が今どんな表情をしているのかエマには分からないが、その態度はどうにも慇懃《いんぎん》無《ぶ》礼《れい》に感じられる。

「これ以上、多忙なあなた様をこの場に留めるのは憚《はばか》られますね。今すぐ御前から失礼いたします。どうぞ我々と会ったことは――彼女のことはお忘れください」

「ま、待てっ、待ってくれ！　その子は彼女が……オリーヴが産んだ子なのだろう⁉　母親に瓜二つだっ……!!」

アルバートに促《うなが》されてエマが踵《きびす》を返しかけたとたん、中年の神官の叫び声が追い掛けてきた。

初対面の相手の口から自分の母親の名が飛び出したことに、エマは驚きを隠せない。

そんな彼女をさらなる衝撃が襲う。それをもたらしたのは、中年の神官ではなくアルバートだった。

「だったら、どうだとおっしゃるのですか――神官長」

「……っ⁉」

神官長――目の前の中年の神官を、アルバートはそう呼んだ。

とたんにエマは、先ほど壁の向こうの男達が話していたことを思い出す。

長老を経《へ》てゆくゆくは神官長にと期待されていたアルバートの父スペンサーを失墜《しっつい》させ、まんまとその地位に納まっているのが現神官長らしい。それを恨んでいるアルバートは、神官長を罷免《ひめん》する権限を持つ長老になって、彼を大神殿の頂点から引き摺《ず》り下ろそうとしているのだという。

アルバートにとって神官長は仇《かたき》であり、復讐すべき相手。

その場の空気は張り詰め、エマは息をするのさえ苦しくなる。無意識に、アルバートの背にそっと手を添えた。

すると彼は身体を反転させて、背後にいたエマを腕の中に収める。エマの肩に止まっていたニケは、その拍子にアルバートの肩へと移った。

「――アルバート・クインス！」

神官長が、何故か鋭く彼を呼ぶ。悲鳴にも似たその声には、怒りや焦り、戸惑いなど、様々な感情がぐちゃぐちゃに押し込められているみたいだった。

両者の間にどれほどの軋轢《あつれき》があるのか、エマにはとんと見当がつかない。とにかく、自分の迂闊《うかつ》な行動のせいでアルバートを神官長と対峙させるに至ったことが、ただただ申し訳なくて仕方がなく、一刻も早くこの場を去りたい気分だった。

それなのに、アルバートはどこか挑発的な笑みを浮かべて神官長に向き直ってしまう。

「そういえば、神官長。奥様に続いてお嬢様が〝鳥籠の乙女〟に選ばれたそうですね。おめでとうございます。二代続けてとは……神もいささか贔屓《ひいき》が過ぎますね」

「……君は、何が言いたい」

神官長の固い声に、アルバートは白々《しらじら》しく肩を竦《すく》めて答える。

「いいえ、私は何も。ただ、神の侍女はいつから世襲制になったのだ、と疑問に思う者がいてもおかしくはないでしょうね」

アルバートの話だと、現在〝鳥籠の乙女〟として塔を管理しているのが神官長の妻で、次代に彼らの娘が選ばれている。母娘二代続けてというのは異例のことらしく、アルバート以外にもその選出に疑問を抱いている者がいるようだ。

ニケは塔に居座る〝招かざる者〟を忌避《きひ》している。それは、きっと〝鳥籠の乙女〟のことなのだろう。だとすれば、そもそも自身が選んだはずの〝鳥籠の乙女〟を嫌うなんて、どう考えてもおかしい。大神殿や神官の内情に詳しくないエマでも、不正の臭いをまざまざと感じた。

――神官に夢なんか見てはいけませんよ。神に仕えるとは名ばかり、今や権力を持った神官ほど俗物的なものはありませんからね。

いつぞや、アルバートが皮肉げに言った台詞《せりふ》を思い出す。

「……何故だ。何故、ここに来た」

神官長がひどく固い声でそう問うた。

アルバートに尋ねたのか、それともエマに尋ねたのか。こことはどこを指すのか——王都プルメリアか、大神殿か、それとも目の前の塔のことか。

何も分からず何も答えようがないエマの肩を抱いて、アルバートが神官長に背を向ける。

自《みずか》らの身体を衝立《ついた》てとして、エマに突き刺さる神官長の視線を遮断《しゃだん》したアルバートは、顔だけ振り返って不敵に笑った。

「父に会わせるためですよ。それと、彼女のお母様の軌跡《きせき》を辿るためです。ああ、心配なさらずとも、我々はすぐに戻りますよ。私と彼女が一つ屋根の下で仲睦《なかむつ》まじく暮らす、アザレヤへ」

「……っ」

背後で神官長の呻《うめ》くような声が上がったが、二人を引き止める言葉が出てくることはもうなかった。

エマは神官長の顔を見ることのないまま、アルバートに連れられて塔の前から去る。

ウェステリア王国とカリステジア公国との国交回復の話が持ち上がったのは、それから一月《ひとつき》後のことであった。

第十話　嘘は絶対につかない神官様

ざあざあ、ざあざあ……

急に強くなってきた雨音に、礼拝堂にいたエマはふと顔を上げる。

この日、アザレヤは朝から一面曇《くも》り空で、正午を回った頃にはぽつぽつと雫《しずく》が垂れ出した。

まだ夜の帳《とばり》が下りるには早い時間だというのに、窓に嵌《はま》ったステンドグラスの向こうは墨で塗り潰したみたいに見える。おかげでエマは普段よりもずっと早く礼拝堂の燭台《しょくだい》に火を灯した。

濡《ぬ》れた土の濃い匂いがしてきて、そういえば控え室の窓は閉めただろうかと記憶を辿る。

「ぬあー……」

ふいに、ふくらはぎの辺りを柔らかなものが掠《かす》めた。

間の抜けた濁声《だみごえ》につられて足もとに視線を落とせば、今日は見えない空の色の瞳と視線がかち合った。真っ白い毛並みに、耳や尻尾の先と背中に少しだけ茶色が混ざった大きな猫である。

エマは猫の両脇に手を入れると、よいしょっという掛け声とともに、そのずっしりとした身体を持ち上げた。

「ミツさん、どうしたの。お腹空《す》いた？」

「ぬあーん」

ミツは、アルバートが神学校に入学する直前に拾ったという猫である。王都プルメリアの彼の実家で飼われていたが、今はアザレヤの神殿の看板猫の名をほしいままにしていた。

今の今まで長椅子の上で、エマが王都からもらってきたアボカドの種を転がして遊んでいたけれど、どうやら飽いたらしい。

エマがアルバートに連れられて王都を訪問してから、すでに二ヶ月が経っていた。

その間に、アザレヤの町には変化の波が押し寄せた。

まず、アルバートがフォルカー町長や町議達、それから薬師のリタに提案していた、土地の一括借り上げの件について、大神殿の専門部署から無事承認が下りたのだ。

これは、この一ヶ月前にウェステリア王国とカリステジア公国との国交回復の話が持ち上がったことが、追い風となった。

カリステジア公国が無政府状態であることを理由に長らく国交が断絶していたが、実のところ二年ほど前に大公家の軍が勝利宣言をして、内戦は収束していたらしい。ウェステリア王国との国境にある峡谷《きょうこく》付近には、ごく最近まで反乱軍の残党が潜《ひそ》んでいたものの、その掃討《そうとう》作戦が完了したことを受けて、国交回復の動きになったのだという。

実際にウェステリア王国とカリステジア公国の関係が正常化した場合、両国を行き来する人間や物資は必ずアザレヤを経由することになる。

関所は現在の国軍駐屯地が兼ねるとして、旅人相手の宿場や飲食店、物流の拠点などが置かれるようになるだろう。利用価値の高まったアザレヤの地価は上がり、土地の賃貸を仲介する神殿の懐《ふところ》も温かくなる、と大神殿は見込んだのだ。

これまで名前さえも碌《ろく》に知られていない僻地《へきち》であったアザレヤが、にわかに国境の町として注目を浴び始めたことに、町民は戸惑いを感じないわけではない。しかし、年々続いていた人口減少を食い止めるきっかけになれば、という期待も大きかった。

ところで人口に関しては、実はこの二ヶ月の間にアザレヤの町民が四人増えていた。

その内二人は、新しく産まれた子供達。

そして後の二人は——なんと、国軍駐屯地の責任者であるホーキンス司令官と、彼付きの文官でありアザレヤの子供達相手に教鞭《きょうべん》を執《と》るミランダだった。

彼らがいい仲なのは、両人に接する機会の多かったエマもなんとなく気付いていたが、まさか夫婦となってアザレヤに永住を決断するなんて思っていなかったので、これについては嬉しい誤算である。

彼らは神殿が仲介した土地を借り、現在新居を建設中だ。完成し次第、駐屯地の宿舎を出て一緒に暮らすらしい。ホーキンス司令官の一人娘であるフランも、二人の仲を祝福しているとのことだった。

「フランさんの方も踏ん切っちゃえばいいのにね、ミツさん」

「ぬあー」

フランも、アルバートの父スペンサーと見るからに親密な仲であったのだから、いっそ一緒になってしまえばいいのに、とエマは思う。二ヶ月前、エマとアルバートが王都から戻る際にくっ付いてきてそのままアザレヤに居着いたミツも、もしかしたらあの二人に遠慮したのかもしれない。

そんな中、エマとアルバートの関係はというと、二ヶ月前とさほど変わってはいなかった。

相変わらず一つ屋根の下、エマは朝寝坊の彼を起こし、食事の用意に始まり、掃除や洗濯など家事全般をこなす毎日。

アルバートに対するアザレヤの人々の信頼はすでに確固たるものになって、エマは彼に同行して町民との仲介役をするよりも、神殿で彼の帰りを待つ日の方が多くなっていた。傍目《はため》から見れば二人の関係性は夫婦同然だろう。アルバートはエマを可愛い、愛しいと言って憚《はばか》らず、当たり前のように彼女を抱き締め口付ける。

エマは今も屋根裏部屋を自室としているが、アルバートと同じベッドで朝を迎えることも少なくはなかった。

ただ、大神殿の礼拝堂で聞いてしまったことを――アルバートが三年間限定で、しかも四年後の長老選挙に向けた点数稼ぎのためにアザレヤに赴任したという話が真実なのかどうかを、彼に確かめることはなかった。

もしもその話題を口にすれば、最初から三年経ったら自分を捨てるつもりだったのか、期限付きの関係だと分かっていれば「好き」だなんて伝えなかったのに、と彼を詰《なじ》ってしまいそうだったからだ。

永遠の関係でないならばいらない。そう言って、与えられる好意を拒絶してしまうには、エマはアルバートを好きになり過ぎていた。

この二ヶ月、エマは一人で悩みに悩んだ。

鋭いアルバートからは悩み事でもあるのかと度々《たびたび》問われたが、その都度なんでもないと取り繕《つくろ》った。彼はどうにも納得していない様子だったが、エマが自《みずか》ら甘えるように身を寄せればだいたいは誤魔化されてくれた。

そうやって強《したた》かさを身に付けて、心を鎧《よろい》で覆《おお》って——三年後の別れの時は、あっさりと手を放してあげられる物分かりのいい女になれればいい。

格好を付けてそんなことを考えながら、エマは必死に自分を保とうとしていた。

「あー……でも、やっぱり無理ぃ……」

「ぬあああぁーん」

エマはミツのふかふかの背中に顔を埋《うず》め、ぐりぐりと額《ひたい》を擦り付けた。

激しくなった雨音が掻《か》き消してくれると期待して、ミツの背中に抱え切れない想いを吐露《とろ》する。

「ずっと手料理を食べさせてって言ったじゃないですか。私のこと〝未来の奥さん〟って言ったじゃないですか。あれはプロポーズだって言ったじゃないですか……」

王都の洗練された女ならば、そんな言葉で浮かれたり、真に受けたりしないものなのだろうか。

そもそも、アルバートが何故、初対面の時からあんなにエマに対して好感度が振り切っていたのか、いまだにその理由が分からない。

だから、余計に怖いのだ。彼がいったい自分の何を好いてくれたのかが分からないせいで、いつ、どんなきっかけでその気持ちが冷めてしまうのかも分からない。

誰かを好きになるというのは楽しいことのはずなのに、その何倍も不安で苦しい。

かつての母も、エマの父を相手にこんな気持ちだったのだろうか。

母に会いたい。会って話したい——もうどうやったって叶うはずのないことを願ってしまう自分に、エマはため息を吐きたくなるのをぐっと堪《こら》えた。後ろを向いてため息ばかり吐いていては、アザレヤに押し寄せる変化の波に置いていかれてしまうような気がしたからだ。

アザレヤの変化は順調ながら、カリステジア公国へと渡すための橋を架《か》ける計画に関しては、現在ある懸念《けねん》が持ち上がっている。

長年の研究によって、帝国の守護神の成れの果てが谷底にいる可能性を主張していた考古学研究所が、その上に橋を渡すことで大きな災いが起きるのではないかと苦言を呈《てい》したのだ。アザレヤの地価上昇を見越して両国を繋ぐ橋に期待する経理部の現実主義とは、一線を画《かく》する意見である。これだけでも、大神殿も一枚岩ではないというのがよく分かるだろう。

ともかく敬虔《けいけん》な国民の手前、大神殿内から上がった声を無視するわけにはいかなかった国王リカルドは、国軍と大神殿による合同調査を行うと決定した。

その話を耳にした時、エマの脳裏に真っ先に思い浮かんだのは、以前峡谷《きょうこく》で薬師のリタを救出した際、晴れた霧《きり》の向こうから現れた谷底のどす黒い澱《よど》み——そこから伸びてきた黒い手だった。

自分しか目撃しておらず、しかもすぐに消えてしまったそれを、エマは錯覚であったと決めつけて忘れようとした。それなのに、正式に合同調査隊が結成された今、急激に現実味が増している。

合同調査隊の大神殿側の代表は、もちろん考古学研究所主査を務めるアルバートだ。この度《たび》の調査において、彼以上の適任はいないだろう。

国軍の代表として名が挙がったのは、ホーキンス司令官。立会人としてアザレヤの町長フォルカーも呼ばれ、さらには王弟でありながら神官として働くロベルトまで、『月刊神官』の取材と称してアザレヤにやってきて、一昨日《おととい》から神官用住居の客間に泊まっていた。

数日後には国軍より兵站《へいたん》を担《にな》う一個隊が派遣され、実際に橋を架《か》けるための下調べを行う予定だ。その時には谷底に下りて詳しい地形が調査されるだろうと聞いたエマは、さすがに焦りを覚えた。

「一応、アルさんの耳に入れておくべきだよね。私の目の錯覚だとか見間違いだったならいいんだけど……」

「ぬあー」

「いざ谷底に下りて、いきなりあんなのに遭遇《そうぐう》したら嫌だもんね。話しておいた方が安心だよね」

「ぬあーん」

エマはミツのふかふかの背中に額《ひたい》を押し当てたまま、彼に相談する態《てい》で独り言を漏《も》らす。愛想のいいミツが絶妙のタイミングで相槌《あいづち》を打ってくれるので、自分の言葉を全て肯定してもらえているような気分になった。

この日は昼食を取った後、アルバートとロベルトは国軍駐屯地へと調査の打ち合わせに向かった。ニケも彼らにくっ付いて行ってしまったので、エマはミツと一緒に神殿で留守番である。

夜には戻ってくるだろうから、夕食の際にでも自分が谷底に見たどす黒い澱《よど》みのことを話してみよう。そう独白を締めたエマの頬を、振り返ったミツがザラザラの舌でザリッと舐めた。

その時、バシャバシャと車輪が水を撥《は》ね上げる音が聞こえてきた。やはり礼拝堂の控え室の窓が開いたままな気がしたエマは、雨が吹き込む前にと慌てて閉めにいこうとする。

しかし、すぐ近くで馬の嘶《いなな》きとともにキイッと車輪が停止する音が聞こえ、はてと首を傾げた。

「こんな雨の中……郵便かな……？」

この時間に神殿の前を通る馬車と聞いて思い浮かぶのは、三日に一度隣町からやってくる郵便集配人くらいだ。今日は集配日ではないので、もしかしたら速達かもしれない。

エマはミツを床に下ろすと、配達物を受け取るべく慌てて礼拝堂の正面扉を開けた。

ところが、目の前で雨に打たれていたのは郵便集配の質素な馬車ではなく、御者《ぎょしゃ》台にまで屋根のついた黒塗りの立派な馬車。その馬車を降りて礼拝堂の中に駆け込んできたのも、郵便集配人ではなかった。

「——やあ、エマ。ひどい雨だね」

「あっ、え……え……？」

「今朝王都を出た時には晴れていたのにな。アザレヤに入ったとたん急に激しくなって参ったよ」

「で、殿下……レナルド殿下……？」

雨に濡《ぬ》れた外套《がいとう》を脱ぎながら苦笑するのは、アザレヤにいるはずのない人物——現国王の末弟にして、国軍大将の地位にあるレナルド・ウェステリアだった。

エマが彼の姿を見るのは、二ヶ月前にアルバートに伴われて行った王都にて行われていた、成婚祝賀パレードの時以来。あの時、純白を纏《まと》った初々《ういうい》しい花嫁と幸せそうに微笑みを交わし頬にキスをしていたレナルドが、何故今になってエマの前に現れたのか。

「君を迎えに来たんだよ、エマ」

まったくもって理解できない。

エマは彼と距離を取るように後退《あとずさ》りながらも、はっきりと首を横に振った。

「殿下と参るわけにはいきません。私は、私を育ててくれたこのアザレヤの神殿で、神官様のために尽くしていく所存です」

「……その神官というのは、アルバート・クインスだね。エマは、彼のことを好きになってしまったのかい？」

エマは素直に頷こうとしたが、それよりも先に踏み込んできたレナルドにぎゅっと抱き締められて言葉を失う。

アルバートとレナルドは、背丈も体格もさほど変わらない。けれども、違うのだ。エマにとっては全然違う。体温も匂いも、抱き締める腕の強さも、伝わる鼓動の速ささえ、アルバートとはまるで違った。

「……っ、やっ、嫌です！　は、放してくださいっ!!」

とたんにこみ上げてきた嫌悪感に、エマはレナルドの腕の中で必死に身を捩《よじ》る。

「私を拒《こば》まないで、エマ。君が好きなんだ……」

「い、いけません、殿下！　殿下にはもう、奥方様がいらっしゃるではないですかっ!!　大神殿で結婚の誓いをなさったのでしょう!?」

「あれは政略結婚だって言っただろう。妻のことは……申し訳ないが少しも愛してはいない。私が愛《いと》おしいのは、君だけだ」

「やめてっ……やめてくださいっ！　私は、アルさんのことがっ……‼」

アルバートが好きだと宣言しようとしたエマを、レナルドは力尽くで押さえ込む。

そして、哀れみを込めた声で言った。

「可哀想に……エマはあの男に騙《だま》されているんだよ。アルバート・クインスは、君を弄《もてあそ》んでいるんだ」

「そんな、そんなこと……っ」

レナルドも、アルバートが三年間限定のつもりでアザレヤに赴任したと知ったのだろうか。もしかしたら、兄であるロベルトから、アルバートが四年後の長老選挙に出る予定だと聞いたのかもしれない。

レナルドは三年後には置いていかれることになるエマを哀れみ、アルバートが彼女を都合のいい女のように扱うことを弄《もてあそ》んでいると断じたのだろうか。

ところが、続けられた言葉はエマの想像の範疇《はんちゅう》を大きく超えたものだった。

「アルバート・クインスは、エマを自分の復讐に利用しようとしているんだ。甘い言葉を囁《ささや》いて、君を取り込もうとしているんだよ」

「いったい何をおっしゃっているんですか？　復讐って、誰に……」

「あの男の父親は、神学校の学長も務めた優秀な神官だったんだ。いずれは長老になって神官長にと期待されていたのに、不祥事に巻き込まれて失脚。その後、彼が歩むはずだった栄光の道を辿った人間は、現在神官長の座に納まっている。この意味が分かるかい？」

「……今の神官長様が、アルさんのお父様を失脚に追い込んだ、と。だからアルさんは神官長様を恨んでいる、ということですよね？　でも、私がそこにどう関わるのかが分かりません」

わけが分からないという風に首を横に振るエマに、レナルドは痛ましいものを見る目をする。そんな彼の口から飛び出したのは、エマが予想だにしない事実であった。

「エマのお母様の過去を……お母様が神学校に入学し、そして王都を去るまで大神殿の中でどう過ごしていたのか、当時を知る人間から話を聞いたんだ。エマ……君の父親の名は、クライヴ・コンラッド――現在の神官長だよ」

「え……」

とたん、エマはガツンと頭を殴られたような衝撃を覚えた。

二ケ月前の大神殿にて、ニケを追い掛けてうっかり迷い込んだ塔の前で出会った、神官長の姿を思い出す。彼は、アルバートの父スペンサーと同年代に見える男性だった。エマと同じ栗色の髪を後ろに撫《な》で付けて、エマとよく似た青い瞳をした……

抵抗も忘れて茫然《ぼうぜん》と立ち尽くすエマを愛《いと》おしげに抱き竦《すく》めながら、レナルドは一方的に語り続けた。

「エマのお母様は神学校に入ってすぐ〝鳥籠の乙女〟に選ばれたんだそうだ。とても名誉なことらしいけれど、お母様には王都に後見人がおらず、当時礼拝堂の責任者だったクライヴ・コンラッドがその役を請け負った」

「は、母が、〝鳥籠の乙女〟……？　そんなこと、聞いたことがありません」

「神聖な存在だから、世間一般には公表しないものだという話だよ。お母様は神学校の寮から専用の施設へ移されて、半《なか》ば軟禁生活を送っていた。会える人間も制限されていたため、その相手に依存してしまうのも仕方ないよね」

「それが……父、だったと……？」

ただでさえ頼る者がいない王都で心細い思いをしていたのに、〝鳥籠の乙女〟なんてよく分からない役に抜擢《ばってき》された上、神官になるための勉強も儘《まま》ならない。当時の母の心境は推《お》して知るべし。

そんな中、親身になって寄り添ってくれた相手に彼女は恋をして——そして、一時は結ばれたのだろう。けれども、二人の関係は長くは続かなかった。

「異例の早さで次の〝鳥籠の乙女〟の神託があって、エマのお母様はお役ご免になった。お母様は神学校への復学を希望したけれど、単位が足りていないことを理由に拒否されたらしいよ。アルバート・クインスの父親の後任となった学長にね。その後、クライヴ・コンラッドは新たな〝鳥籠の乙女〟と結婚し、彼女の父親である長老の後見により長老を経《へ》て神官長に就任したんだ」

「……っ、ひどい……」

現在の神官長は王都の外れにある大衆食堂の三男坊だと聞く。彼は、なんの後ろ盾もないエマの母を呆気なく捨てて、大神殿の中で自身が伸《の》し上がるのに都合のいい長老の娘を選んだのだろう。

怒りなのか憎しみなのか、それとも悲しみなのか。父の裏切りを知った時の母の気持ちを考えると、エマの胸は潰れてしまいそうに痛んだ。

抵抗しなくなった彼女をこれ幸いと抱き締めたまま、レナルドは続ける。

「神官長とそれに追随する今の長老会は、リカルド兄上……国王陛下にとって邪魔な存在だ。現在進められているカリステジア公国との国交回復にも、連中は難色を示している。おそらく、かの国との交易で王家の力が増すのを恐れているんだ」

「大神殿が懸念《けねん》しているのは、国境の峡谷《きょうこく》に橋を架《か》けることです。かつての帝国の守護神……その成れの果てが災いを起こさないか、と……」

「そんなもの、橋を架《か》けさせないための口実に決まっている。そもそも守護神なんて、本当に存在するとエマは思っているの？」

「で、殿下、何を……!?」

守護神ニケを祀《まつ》る敬虔《けいけん》なウェステリア人。その頂点たる王家の人間であるレナルドが、ニケの存在を疑うなんて――。エマは信じられない思いで彼を見上げる。

ところがレナルドは、そんなエマの表情に対して心外そうな顔で続けた。

「遠い海の向こうの異国では、鉄の塊《かたまり》が人を乗せて空を飛び、どれだけ離れた場所にいても会話ができる絡繰《からく》りだってあるんだそうだ。それなのにこの国の人間ときたら、神だのなんだの目にも見えないものに縋《すが》って崇《あが》めて……いったい、ニケが私達に何をしてくれるって言うんだっ！」

突如感情的になった相手に、エマはただただ恐怖する。

ガクガクと震える彼女を片手で支えつつ、レナルドが懐《ふところ》から何かを取り出した。ちょうど彼の親指ほどの大きさの、白っぽい石の塊《かたまり》だ。一見ガラスのようだが、その輝きはどこか神々《こうごう》しさを感じさせる。ダイヤモンドだ、とレナルドは告げた。

「カリステジア公国にはダイヤモンドの原石がたくさん埋まっているらしい。磨けばたいそう高値で取引される。けれど、内政が安定し切っていないあちらの大公家には、これを掘り出して市場に載せるだけの余力がない。我らウェステリア王国はそれを代行することで、多くの富を得られる可能性がある」

だから、どうあっても両国の国交を回復させ、アザレヤの峡谷《きょうこく》に橋を架《か》けなければならないと彼は言う。震えるエマの肩を衝動に任せ強い力で掴むレナルドは、彼女がかつて憧れを抱いた、絵本で見た王子様にはほど遠かった。

「大神殿に大きな顔をされるのは、もううんざりだ！　ウェステリア王国を動かしているのは奴らじゃないし、ニケでもないっ――私達、王家の人間だっ!!」

「殿下……」

エマはもう、恐ろしくて恐ろしくて仕方がなかった。レナルドの発言は、いつかアルバートが教壇で語った、帝国の最期を彷彿《ほうふつ》とさせるものだったからだ。

かつて思い上がった帝国人は自分達の守護神を蔑《ないがし》ろにし、信仰心を失った。存在意義をなくした守護神は災いを撥《は》ね除けることができなくなり、結果帝国は跡形もなく滅び去った。

人間の信仰心こそが神々の生きる糧《かて》。ウェステリア王国の守護神ニケにとってもそれは同じだ。

もしもレナルドのようにニケの存在を疑う者が増え、ウェステリア王国の人々から信仰心がなくなったら、ニケは消えてしまうのだろうか。

——エマが生きている間は、ニケはお前の側にいるよ。

そう耳元でさえずって元気付けてくれた、あの小さな相棒がいなくなるなんて、エマにはとてもじゃないが耐えられそうになかった。

「クライヴ・コンラッドが神官長となれたのは、妻の父親である長老の権力によるところが大きい。君という隠し子の存在を王家が握っていると知ったら、神官長はどうするだろうね？」

「でも、それでも……私は、殿下と一緒に参るつもりはありません。これ以上私などに構わず、奥方様のお側にお戻りください」

「この期に及んで、まだあの男を好きだと言うのか？　アルバート・クインスは、きっとエマが憎き神官長の娘だって最初から知っていたんだ。知っていて利用するつもりなんだよ。我々と同じように、君の存在をちらつかせて神官長を脅《おど》そうとしているのかもしれない。あるいは——君自身を傷付けることで、神官長への復讐を果たそうとしたんじゃない？」

「……っ」

言葉を失うエマに、レナルドは猫撫《な》で声で囁《ささや》いた。

「このダイヤモンドはエマにあげるよ。君が望むなら、磨かせてペンダントにでも指輪にでもしよう。ね、いい子だから私のもとへおいで、エマ。君は私と兄上の——ウェステリア王家の切り札だ。王宮に部屋をもらってあげようね」

レナルドはエマの手を取って、ダイヤモンドの原石を強引に握らせようとする。しかし、それが掌《てのひら》に触れたとたん、エマの身体に悪寒が走った――その時だった。

礼拝堂の外で突如馬が大きく嘶《いなな》き、それを宥《なだ》めようとする御者《ぎょしゃ》の叫び声が上がる。馬車は、レナルドをここまで乗せてきた王家所有のもので、エマを王都に連れて帰るために表で待たされていたのだ。

ところが、バシャバシャと車輪が水を撥《は》ね上げる音が聞こえたと思ったら、そのまま遠ざかっていってしまう。

「馬車が……」

いったい礼拝堂の外で何が起こったのだろう。

茫然《ぼうぜん》としたレナルドの呟きを聞きながら、エマはひどい胸騒ぎを覚えた。

「シャー!!」

さらに、それまでエマとレナルドの周りを困った様子でグルグル回っていたミツが、突然全身を膨らませて鋭い威嚇《いかく》の声を上げる。彼が睨《にら》み付けているのは、子供達の教室として使用されている控え室だ。

閉まった扉の隙間から水が流れ出し、礼拝堂の床にじわりじわりと扇形に広がり始めていた。

それを見たエマは最初、やはり控え室の窓を閉め忘れていたために、大量に吹き込んだ雨で床が水浸《びた》しになってしまったのだと思った。

ところがすぐ、じわりじわりと礼拝堂に侵食してくるのが、ただの雨水ではないことに気付く。

それは墨のごとく真っ黒で、古いインクみたいにドロドロとしていた。さらには意思を持ち、床の上を手探りしているような、そんな気味の悪い不規則な動きをしていたのだ。

「ま、まさか……そんな……」

エマは愕然《がくぜん》とする。彼女が以前、峡谷《きょうこく》で目撃した谷底のどす黒い澱み《よど》——そこから伸びてきた黒い手を彷彿《ほうふつ》とさせる光景だったからだ。レナルドも状況の異様さに気付き、あれはなんだ、と声を震わせる。

礼拝堂の床を侵食するものが、帝国の守護神の成れの果てだと断定することはエマにはできない。ただ、それが何かよくないものであるということだけは、確信していた。

その証拠に、エマはさっきから震えが止まらず、全身には鳥肌が立っていた。決してあれに触れてはいけない、と本能が頭の中で警鐘を鳴らしている。

そうこうしている内に、謎の流動体は礼拝堂の正面扉付近まで侵食してきた。こうなってはもう、表に逃れることは不可能だ。

我に返ったエマは硬直したままのレナルドの腕の中から抜け出すと、流動体から遠ざけるために彼の身体を反対側へ押した。

「殿下はとにかく外へ！　懺悔室《ざんげしつ》の奥へお回りください！　そうすれば、礼拝堂の裏へ出られますからっ!!」

「あ、ああ……だが、エマも一緒に——そうだ、こんな気味の悪いところ、早く出ていこう！　アルバート・クインスと距離を置けば、君もきっと冷静になるだろう！　君のことは、私が幸せにして……」

この期に及んで、レナルドはエマを自分の思い通りにしようと腕を掴んでくる。ただならぬ状況に置かれていることも手伝って、エマの頭に一気に血が上《のぼ》った。

「――勝手なこと、言わないでっ！　私の幸せは、私が決めますっ!!」

エマはそう叫ぶとレナルドの手を乱暴に振り払い、懺悔室《ざんげしつ》の方へと突き飛ばした。そればかりか、懺悔室《ざんげしつ》の入り口に手をかけて踏みとどまった往生際の悪い彼の尻に一発、蹴りを見舞う。

不敬罪どころの話ではないけれど、知るものか。緊急事態だ。今の蹴りに私怨が籠《こも》っていないと言えば嘘になるが、王弟のレナルドに何かあったとなれば、外聞がよくない。

アザレヤのため、この神殿の現在の責任者であるアルバートのため、そして自《みずか》らの保身のために、エマはレナルドを真っ先に逃がすことを迷わなかった。

彼が懺悔室《ざんげしつ》の中に無様《ぶざま》に倒れ込むのを見届け、エマはその扉を思いっきり閉める。

「エ、エエエ、エマっ!?　君、どこへ行くんだっ!!」

レナルドの情けない声を扉越しに聞きつつ、エマは懺悔室《ざんげしつ》とは逆方向へと走り出した。というのも、ミツがまだ真っ黒い流動体の近くに残っていることに気付いたからだ。

床で蠢《うごめ》く得体の知れない存在を前に、ともすれば竦《すく》みそうな足を叱咤《しった》して、エマは巨大な毛玉のように膨れ上がって威嚇《いかく》していたミツへと駆け寄った。

「シャーッ!!」

「ミツさん、だめ！　逃げるのっ!!」

ジタバタと暴れるミツを必死に持ち上げて、エマは迫り来る侵食から逃げ惑う。

しかし、そんな彼女を嘲笑《あざわら》うかのように、礼拝堂の床は瞬《また》く間に真っ黒に染め上げられてしまった。

並んで置かれている長椅子は、もう少しで座席まで呑まれてしまいそうだ。

気が付けば祭壇《さいだん》の上へと追いつめられていたエマは、そこに佇《たたず》む〝鳥籠の乙女〟の石像に縋《すが》り付きながら黒い流動体を睨《にら》み付ける。

「ぬあーおっ」

腕に抱えたミツはもう暴れなかったが、どすの利いた声でなおも威嚇《いかく》を続けていた。

黒い流動体は追いつめた獲物を弄《もてあそ》ぶみたいに、じわりじわりと祭壇《さいだん》を上ってくる。真っ黒い表面が波打つ度《たび》に、ブツブツと人が呟くのに似た音が聞こえてきて、エマの恐怖は増すばかり。心臓は胸を突き破りそうなほど激しく拍動し、は、は、と息が苦しくなる。

なんとかしてこの状況を打開できまいか。エマは必死に恐怖と戦いつつ、素早く周囲に視線を巡らせた。

その時ふと、全面黒い流動体に覆《おお》われてしまったと思っていた床の一部に、いくつか空間があることに気付く。

それらが全て、火を灯した燭台《しょくだい》の足もとであったことから、エマはある仮説を立てた。

ミツを〝鳥籠の乙女〟の石像の肩に乗せ、エマは祭壇《さいだん》の横にあった燭台《しょくだい》を手に取る。そして、火のついたロウソクを、祭壇《さいだん》に上《のぼ》ってこようとしていた黒い流動体に突き付けた。

すると、炎が触れそうになったとたん、黒い流動体はぴゃっと飛び上がるようにしてそれを避けたのだ。

「……やっぱり、お前、火が怖いんだ」

エマがなおもロウソクを突き付けると、その分だけ黒い流動体も後退する。

ただし、ロウソクの炎なんて床一面を覆《おお》う相手にとっては微々たるものであるし、そもそも限りがある。燃え尽きてしまえば、もはやエマに黒い流動体を退《しりぞ》ける術《すべ》はなくなってしまうのだ。

つまりはわずかの猶予《ゆうよ》が生まれただけで、エマとミツの置かれた状況は何一つ良くなっていなかった。

「ニケ……ニケっ！　お願いお願い、帰ってきてっ!!」

今はここにいない、けれどいつだって側で支えてくれていた守護神に、エマは必死に助けを求める。

泣いたってどうにもならないと思うのに、焦りと恐怖にだんだんと視界が滲《にじ》んでいく。

あの真っ黒い流動体に呑まれてしまったら、ニケにはもう二度と会えないような気がして嫌だった。そして、期限ある関係、あるいは利用されているだけかもしれなくても、好きだという想いを捨て切れない相手——アルバートにこのまま会えなくなってしまうのも嫌だった。

「アルさんっ……アルさん、助けてっ……!!」

エマは声を振り絞り、懸命に彼の名を叫んだ——その時である。

「——エマ！　ここですかっ!?」

バンッ！　と大きな音を立てて、突如礼拝堂の正面扉が開いた。

その衝撃によって床を覆《おお》っていた流動体が波打ち、入り口に置かれていた燭台《しょくだい》が傾ぐ。火のついたままのそれが床に落ちてカーンと音が響く中、扉を開いた人物は堂内の光景に榛《はしばみ》色の目を見開いた。

驚愕に彩《いろど》られたそれは、祭壇《さいだん》の上に追いつめられたエマを捉えた瞬間、一気に憤怒に塗り替えられる。

「――よくも、私のエマを泣かせたな」

エマが今まで聞いたことのない、地を這《は》うような声でそう呟いたのは、アルバートだった。

その肩の上を擦り抜け、青い羽根を広げたニケも礼拝堂の中に飛び込んでくる。とたん、真っ黒い流動体の表面が大きく波打ちざわざわとし始めた。

ニケが注意を引きつけるみたいに、グルグルと低空飛行で旋回《せんかい》する。それを捕えようというのか、流動体が人の手の形に変化して、次々と上へ伸び上がる。地獄の亡者《もうじゃ》が慈悲を求めて一縷《いちる》の光に縋《すが》ろうとしている――そんな光景に見えた。

流動体がニケに気を取られている隙に、床に倒れた燭台《しょくだい》をアルバートが拾い上げる。それに気付いたエマは、祭壇《さいだん》の上から叫んだ。

「火をっ……こいつは火を怖がりますっ!!」

「承知しました」

エマの言葉に頷いたアルバートは、雨に打たれて濡《ぬ》れた外套《がいとう》を脱ぎ捨てると、その下に着ていた祭服も脱いで、あろうことか火をつけた。それを見て、涙も忘れて目を丸くしているエマに向かい、彼はにっこりと微笑みかける。

「今行きます、エマ。もう泣かずに、いい子で待っているんですよ」

燭台《しょくだい》を掲げたアルバートが、燃える祭服を振るって床を覆《おお》う流動体を蹴散らしながら礼拝堂の中に踏み込んだ。

案の定、流動体は炎から逃げるみたいに道を開ける。一度は礼拝堂を支配した流動体だったが、堂々と分け入ってきたアルバートと飛び回るニケに翻弄《ほんろう》され、祭壇《さいだん》に追いつめたエマのことなどすっかり忘れてしまっているかのようだった。

「――エマ」

やがて祭壇《さいだん》に辿り着いたアルバートが、エマを抱き上げる。その頃には、彼の祭服は袖だけになってしまっていた。

来てくれた――また、会えた。

彼の腕の中でしか味わえない安堵を知ってしまったエマは、再び涙で頬を濡《ぬ》らす。アルバートは、得体の知れないものを蹴散らしてまで側にきてくれた。そうして優しく旋毛《つむじ》に落とされた彼のキスに打算があるなんて、エマはどうしても思えなかった。

「アルさん、あれ……あれは……」

「分かりません。突然峡谷《きょうこく》から溢れてきて、脇目も振らずに神殿まで流れていきました」

雨足が強まったため、アルバートは他のメンバーとともに国軍駐屯地の司令官執務室に退避していたのだという。ところが突然、ニケが彼の髪を引っ張って外へ連れ出そうとし始めた。

それに胸騒ぎを覚えたアルバートは、案内するように飛ぶニケを追い掛けて国軍駐屯地を飛び出し、峡谷《きょうこく》からドロドロと溢れ出す真っ黒い流動体を見つけたのだった。

「あれ、前にも谷底にいたんです。アルさんがおばあを助けに行った時に……」

「それは初耳ですね、エマ。何故、その時に話してくれなかったんです？」

「だ、だって……すぐに見えなくなって、錯覚かと思ったんです。気味が悪かったから、早く忘れたかったし……」

「ふむ、後でお説教ですね」

そうこうしている内に、ついにアルバートの祭服が燃え尽きた。それを悟ったらしい黒い流動体は、じわりじわりと一同が集《つど》う祭壇《さいだん》を侵食し始める。

怯えるエマを背に隠し、アルバートが燭台《しょくだい》の火を掲げてそれを牽制《けんせい》した。

エマは石像から下りて擦り寄ってきたミツを抱き締める。こうなってはもはや、彼のフカフカの毛並みもさほど気休めにならなかった。

と、羽音を立てずに飛んできたニケがアルバートの肩に止まる。ニケはじっとエマの顔を覗き込んで問うた。

『エマ、お前……何を持っている？』

「持って？　……ミツさんのこと？」

『違う。他に何か結晶のようなものを持っているだろう』

「結晶って……もしかして、この石のこと？」

ミツがニケとは反対側のアルバートの肩によじ登ると、エマは慌ててダイヤモンドの原石を取り出した。レナルドに強引に渡されたそれを、とっさにスカートのポケットに押し込んでいたのだ。

「エマ、それは？」

「さっき、レナルド殿下が急にいらっしゃって……それで、カリステジア公国にはこの原石がたくさん埋まっていると言って私にくださったんです」

レナルドの名が出たとたん、アルバートの目がきゅっと細まる。エマもレナルドとのやり取り——自分の父親がアルバートの恨む相手であったことを思い出し、ぎゅっと唇を噛み締めた。

お互い言いたいことはあろうとも、まずはこの状況から抜け出さねばならない。

『ここに押し寄せているのは、かつての帝国の守護神、その成れの果てさ。民に忘れ去られ、形を失い、ずっとあの深い峡谷《きょうこく》の底に澱《よど》んでいたんだ』

「その……成れの果てが、どうして急にここに来たの？」

『お前が持つその結晶が欲しいのさ。それは、元々は奴の身体の一部だからな。神は無には還らない。かつての帝国の跡地に残っていたのだろう』

「身体の、一部……？　これが？」

どうりで触れると気味が悪いわけだ、とエマはニケの言葉に身震いしながら納得する。

そこで、それまで黙っていたアルバートがエマをぎゅっと抱き寄せて口を開いた。

「この結晶……奴にくれてやったらどうなりますか？」

「ア、アルさん……？」

『それを核として、同じだけの大きさで顕現《けんげん》する』

アルバートは一人ふむと頷くと、戸惑うエマに燭台《しょくだい》を持たせた。そして、空《あ》いた手でダイヤモンドの結晶を取り上げ、次の瞬間――

「上等です。私のエマを泣かせた狼藉者の面《つら》を拝んでやろうじゃないですか」

アルバートは大きく腕を振りかぶった。

「わああっ、ちょっと!?」

「私以外の男から贈られた物など、そもそもエマには不要ですしね？」

エマとしては、贈り物というより預かり物のつもりであったダイヤモンドの結晶。それを躊躇《ちゅうちょ》なく放り投げたアルバートが清々《せいせい》したと言わんばかりに微笑む中、弧を描いて飛んでいった結晶は礼拝堂の真ん中辺りに落下する。

するとどうだろう。床一面に広がっていた真っ黒い流動体が、とたんに結晶を中心にして大きく渦《うず》を描き始めた。

ゴウゴウと唸《うな》り声を上げながら中心に集まったそれは、ろくろの上で伸び上がる陶土《とうど》のように鋭い円錐《えんすい》となり、ついにはその先端が礼拝堂の天井にも届きそうなほどの高さとなった。

かと思ったら、そこから徐々に凝縮され小さくなっていく。

やがて、礼拝堂の床一面を覆《おお》い尽くしていた真っ黒い流動体は、綺麗さっぱり消えてしまった。

唯一残ったのは、ニケの言った通り、投げ込まれた結晶と同じ大きさの物体だけ。

小さくて真っ白いそれがもぞもぞと動き、円《つぶ》らな赤い瞳が祭壇《さいだん》の上――そこに立つアルバートの肩に止まったニケを捉えたのと、彼の反対の肩を蹴ってミツが跳んだのは同時だった。

「ぬあーん！」

ちゅー、と上がった小さな悲鳴は、一瞬の後にミツの口の中へと消えた。

長き時を経《へ》て、ようやくほんの小さな欠片《かけら》分の顕現《けんげん》を果たした帝国の守護神――それが、真っ白い毛並みと赤い瞳の小さな小さな鼠《ねずみ》の姿を形作った、とエマやアルバートが認識した直後、大きく口を開けたミツがそれを一呑みにしてしまったのだ。

『さすがはニケの下僕だな、ミツ！　谷底に引き籠《こも》っていじけていた卑屈な神など、恐るるに足らんわ!!』

エマがぽかんと口を開いて絶句する側で、ニケはよくやったとミツを褒め称える。

アルバートはというと、べろりと口の回りを舐めながら足取り軽く戻ってきたミツを捕まえ……

「いけません、ミツさん。ペッしなさい。私はまだそいつにしかるべき報復を済ませていないのです」

「ぬあー」

「帝国の神だかなんだか知りませんけど、私のエマを泣かせたことを死ぬほど後悔させてやらねばなりません」

「ぬああーん」

アルバートはミツをうつ伏せにして膝に乗せ、その背をせっせと逆向きに撫《な》でる。それを嫌がりジタバタと四肢をばたつかせるミツを見兼ねたエマが、おろおろしつつアルバートの肩に手を置いた、その時だった。

「――んあー……っ、オエッ……！」

嘔吐《おうと》したミツの口から、何かが勢い良く飛び出してきた。

祭壇《さいだん》を転がり落ちたそれは、コンコンと高い音を立てて二度三度床の上で跳ねた後、その場でしばらく回転してからやっと停止する。

床の上に転がっていたのは、鼠《ねずみ》の姿をしたかつての帝国の守護神――ではなく。

「あっ、あれは……やだ、ミツさんってば呑んじゃってたの……？」

エマが王都でもらってきた、アボカドの種だった。

＊＊＊＊＊＊

レナルドは、懺悔室《ざんげしつ》の中で倒れていた。

見たところ呼吸は安定しており、上手い具合に椅子に座る形で気を失っていたので、エマとアルバートは彼をそのままに神官用住居へ戻った。

あれほど降っていた雨は、いつの間にかやんでいて、雲間からは沈み掛けの太陽が覗いていた。

西日が差し込む一階のリビングにて、アルバートが先に口を開く。

「レナルド殿下がアザレヤにいらっしゃるという情報は、ホーキンス司令官からもロベルトさんからも聞いておりませんでした。ということは、おそらく個人的な事情でいらっしゃったんでしょう――エマ、殿下はあなたに会いに来たんですね？」

窓際に立つアルバートの表情は逆光線のためエマからは見えないが、声の硬さからだいたいは想像がつく。問いの形を取ってはいたがただの確認だったらしく、彼はエマの返事を待たずに畳み掛けた。

「殿下は、エマのことをまだ諦めていなかったというわけですか。さしずめ、私の留守を狙ってあなたを王都に連れて帰ろうとでもしたのでしょう。しかし、兄上が決めた縁談も突っ撥《ぱ》ねることができなかった箱入りの王子様に、果たして愛人を囲うような甲斐性《かいしょう》があると思いますか？」

アルバートには別段エマを責める意図はないだろう。ただ彼は、自分のいない間にエマとレナルドが会っていたことを知った時から、明らかに苛々《いらいら》としている。自《みずか》らを嫉妬《しっと》深い男と公言する通り、アルバートはエマに付きまとうレナルドが心底許せないようだった。

しかしながら、この日レナルドがもたらした情報に加え、二ケ月前の王都訪問以降アルバートのせいで悶々《もんもん》とした毎日を送っていたエマとしては相当カチンときた。だから、少々挑発的に返してしまったのは否《いな》めない。

「甲斐性《かいしょう》のあるなしはともかくとして、殿下は今まで誰も教えてくれなかったことを教えてくださいましたよ――たとえば、私の母がかつて〝鳥籠の乙女〟であったことや、権力に目が眩《くら》んで母を捨てた父が今、大神殿で神官長を務めていることを」

「……っ」

とたん、アルバートがひゅっと息を呑む気配がした。相変わらず彼の表情は分からないが、それだけで充分だった。

「アルさんも、知っていたんですね……？」

「……エマ」

「私だって知っていますよ？　神官長は……私の父は、アルさんのお父様を陥《おとしい》れて今の地位まで伸《の》し上がり、あなたはそれを恨んでいる。仇《かたき》の子だって知った上で、私に近づいたんでしょう？」

「……レナルド殿下があなたにそうおっしゃったんですか？」

窓辺を離れたアルバートがカツカツと靴を鳴らして、椅子に座ったエマの方へとテーブルを回ってきた。

できれば表情が見えないままであってほしいという願いも虚《むな》しく、彼はエマの隣の椅子にどかりと腰を下ろし、彼女を椅子ごとくるりと回して自分と向かい合わせにしてしまう。

そうして、膝の上でぎゅっと握り締めていたエマの拳を両手で包み込むと、はあと大きく息を吐いた。

「包み隠さず申し上げますと――確かに私は、エマが神官長の娘であることを知っていました。知っていて、あの日懺悔室《ざんげしつ》であなたに近づきました。自分がかつて陥《おとしい》れた男の息子が自分の娘を籠絡《ろうらく》したなんて知ったら、神官長はさぞかし悔しがるだろう、と」

「……っ」

あっさりと肯定され、今度はエマが息を呑む番だった。

心のどこかで、アルバートが否定してくれることを期待していた。そんなのは誤解だと、神官長の娘であろうとエマを想う気持ちとは関係ない、と言ってほしかったのだ。

なのに、アルバートはなおも残酷な言葉を続けた。

「私は――エマを利用するつもりで、アザレヤに来ました」

それを聞いた時、エマは怒りも恨みも覚えなかった。いや、そんなものを覚える余裕もなかったのだ。だって真っ先に、心も身体もぺしゃんこにしてしまいそうな大きな悲しみが伸《の》し掛かってきたのだから。

育ての親であるダリアと別れた時、エマは人生でこれほど悲しいことはないと思ったが、あれは間違いだった。

好きになった人に裏切られる――この悲しみを背負ってこれからの人生を過ごすなんて、無理だ。絶望は人を殺す。全身から血の気が引いたエマは、心臓なんて凍ってそのまま粉々に砕け散ってしまえばいいとさえ思った。

「――けれど！」

ところが、指先の冷たくなったエマの両手を握り締め、アルバートが彼らしからぬ切羽詰《せっぱつ》まった様子で続けた。

「あの懺悔室《ざんげしつ》でエマに初めて会った時――私の声に振り向いたエマを一目見た時、私は息を呑みました。髪の色も瞳の色も憎たらしい男にそっくりなのに……私はあの時、あなたをたまらなく愛《いと》おしく思ったんです」

エマはのろのろと顔を上げ、光の戻らない瞳で真正面の相手を見上げる。

一方アルバートは、強い光を湛《たた》えた瞳で真っ直ぐにエマを見つめて言い放った。

「要は、一目惚れです。初めて相見《あいまみ》えたあの瞬間から、私はエマが欲しくて欲しくて仕方がなかった」

その言葉に込められた激情に、エマはただただ圧倒される。目を見開いたまま固まった彼女は、握っていた手を引っ張られて向かいの相手の膝に乗せられようとも抗《あらが》えなかった。

「あなたの父親が誰かなんて、もうどうでもいいんです。いえ、むしろ今ではあの男に感謝さえしていますよ。あなたという存在をこの世に生み出す一端となってくれたことに……」

時間差で、欲しかった言葉を聞かされる。さすがに、アルバートがこの期に及んで自分を騙《だま》そうとしているとは思わないが、彼の言葉をすぐに鵜《う》呑《の》みにするには、エマの心は少々傷を負い過ぎた。

「私の言葉は信じられませんか……？」

「……信じたい。でも……信じるのが怖いんです」

そう正直に告げたエマを、アルバートは膝の上でぎゅっと抱き締め、幼子《おさなご》をあやすように揺らしながら続けた。

「では一つ、エマはきっとまだ知らない、私のとっておきの秘密を打ち明けましょう」

「秘密……？　アルさんの……？」

「ええ、今この世にいる誰にも打ち明けたことのない秘密です。私はね、エマ。あなたと同じように青い小鳥が……守護神ニケの姿が見えるんですよ」

「……え？」

エマはポカンとした。ニケのこと――小鳥が守護神ニケであることを何故、彼が知っているのか。そしてニケの姿が見えるだなんて、どうしてそんな当たり前のことが秘密なのか、と目を丸くする。

そんなエマに、「やっぱり気付いていなかったんですね」とアルバートは苦笑いを浮かべた。

「あのね、エマ。町長さんご夫妻や町議さん達、リタ先生や司令官閣下《かっか》ご夫妻、そしてきっとダリア女史にも、ニケの姿は見えていないんですよ？」

「う、嘘……」

「いいえ。私は、嘘は絶対につきません。ウェステリア王国の守護神ニケは姿無き神――そう、定義されているんですよ」

「じゃあ……じゃあ、どうして私には見えるんですか？　アルさんにも……。声は、どうなんですか？　ニケの言っていること、アルさんにも分かりますか？」

混乱するエマの両頬を掌《てのひら》で包み込み、アルバートはしっかりと視線を合わせて続ける。

「エマのお母様が〝鳥籠の乙女〟だったというのは聞きましたね。元来〝鳥籠の乙女〟とはニケに仕える侍女であり、すなわちニケを認識できる者。そして、その能力は時に遺伝します」

「遺伝……私の母にもニケが見えていて、その力を受け継いでいるから私にもニケが見える、ということですか？　じゃあ、もしかしてアルさんも……？」

エマの問いに、アルバートはどこか寂しげな笑みを浮かべて頷いた。

「私の母も〝鳥籠の乙女〟でした。私が幼い頃に亡くなった母の記憶は朧《おぼろ》げですが、母の側にいつもいた青い小鳥が万人に見えるものではないこと、見えることを他言してはならないと何度も言い聞かされたのは覚えています。声も、ちゃんと聞こえていますよ」

エマも物心ついた頃には、ニケと会話ができることを他言しないよう、ニケ自身に言い含められていた。

けれども、その姿が周囲の人々に見えていないなんて知らなかったし、ニケだって教えてくれなかったのだ。

だからエマは、鳥の巣みたいな頭のフォルカー町長や、頭頂部が寂しいのっぽの議長がニケにされるがままなのも、ニケが礼拝堂や家の中を飛び回ってもダリアが気にしていないのも、彼らが寛容なだけだと思っていた。

「ニケ……」

ちょこんとテーブルに乗ったニケに、エマは窺《うかが》うような視線を向ける。

ニケは円《つぶ》らな瞳で彼女を見つめ返し、小さな嘴《くちばし》を開いた。

『ニケはな、ずっとずーっと昔は竜だったんだ。今みたいな小さい鳥ではなくて、翼を広げればアザレヤを全部覆《おお》えるほど、大きな大きな竜だった』

エマとアルバートは思わず顔を見合わせる。二人の足下では、我関せずといった様子でミツが丸まっていた。

ニケの独白が続く。

帝国の滅亡に際し、後にウェステリア王国となる土地を大陸から切り離した頃が、ニケが最も大きく力強かった時期らしい。当時、ニケの姿は全てのウェステリア人の目に映り、誰もが心からニケを信じ敬《うやま》っていたのだという。

ところが長い年月を過ごす内に、人々はだんだんと守護神への依存を薄れさせ、その存在を曖昧にしか捉えられなくなっていった。それに伴い、力の弱まったニケの姿は竜から鳥へと変わり、ついにはごく一部の人間の目にしか映らなくなってしまったそうだ。

『帝国の守護神が辿った衰退《すいたい》の道を、ニケもゆっくりと辿ってきた。〝鳥籠の乙女〟のようにニケが見える人間が、いずれ一人もいなくなれば、その時ニケは神ではなくなるのだろう。それならばそれでいいと思っていた。けれど――』

ニケはそこで言葉を切ると、小さく羽ばたいてエマの肩に飛び乗った。そして、青い羽毛に覆《おお》われた頭を彼女の頬に擦り寄せる。

『恋人に裏切られて傷付いた〝鳥籠の乙女〟を一人で故郷に帰すのが忍びなくて、アザレヤまで付いてきた。そしたらあの娘は産んだばかりのエマを遺して逝《い》ってしまったではないか。ニケまで、エマを遺していくことはできなかった』

「私の、ため……？」

守護神は土地神の性質に近く、人間の営《いとな》みには基本かかずらうことはない。けれど、母親の胎内にいる時から見守ってきたエマに関しては、ニケも特別な愛着を抱かずにはいられなかったのだ。

エマが母親の能力を受け継いでいると早々に気付いたニケは、喜んだ。しかし、幼い子供の場合、周囲の意見に容易《たやす》く迎合する傾向がある。大人社会に依存しなければ生きられない幼子《おさなご》の自衛本能がそうさせるのだろう。

青い小鳥はエマにしか見えなくて、それを告げれば周りの人間から嘘つきだと詰《なじ》られる。だったら見えていることは秘密にしておこう。いいや、いっそ自分にも見えなくなってしまえば生きやすいのに――

そんな風にエマが自分で自分に暗示をかけて、本当に彼女の目に映らなくなる事態を恐れたニケは、人前で会話をしてはいけないと諭《さと》した。一方で、堂々とエマの周りを飛び回ることによって周囲も当たり前のように鳥としてのニケを受け入れているのだと錯覚させたのだった。

「私は、アザレヤに来て最初にニケに出会ったんです。礼拝堂の〝鳥籠の乙女〟の指先に見覚えのある青い小鳥が止まっていて……最後に見かけたのは母の葬儀の時だったので、とても懐かしく思いました。その後、エマにもニケの姿が見えていることを知って、私がどれだけ嬉しかったか分かりますか？」

アルバートがそう言って、膝の上に乗せたままだったエマをまた抱き締める。

「エマに一目惚れして、翌日からは思い掛けず二人っきりで一つ屋根の下で過ごすことになって……あなたをどんどん好きになっていく中で、自分が不純な動機でアザレヤに来たことを言い出せなくなっていました。むしろ、父親が神官長だとエマが知らないのなら、打ち明けるべきではないとさえ考えていました」

けれど、と続くアルバートの声は狂おしげだった。

「他の誰かの口から伝えられるくらいなら、最初からちゃんと自分で言うべきでした。あなたを不用意に傷付けてしまったのは、偏《ひとえ》に私の未熟さが原因です――申し訳ありません」

お馴染《なじ》みの祭服を礼拝堂で燃やしてしまったアルバートは、今は黒いズボンの上に白いシャツ一枚。体温も匂いも、抱き締める腕の強さも、伝わる鼓動の速ささえ、いつもよりずっと顕著に感じる。

レナルドに強引に抱き締められた時とはまるで違う、全てを委《ゆだ》ねてしまいたくなるような心地よさだった。

けれど、忘れてはいけない。たとえ今、アルバートが語るエマへの想いが真実であったとしても、これには期限があるということを……

「でも、三年したらきっとまた私は傷付くのでしょう……？」

必死に涙を堪《こら》えて告げたエマの言葉が、少しばかり恨みがましくなったって致し方ないだろう。

ところが、それに対して返ってきたのは随分と間の抜けた声だった。

「——は？」

「……え？」

「……三年？」

「さ、三年、です」

エマが顔を上げて見れば、アルバートはまったく意味が分からないと言わんばかりの表情をしていた。さすがに彼がとぼけているようには見えず、エマは困惑しながら言葉を続ける。

「アルさんのアザレヤ赴任は、三年限定だって聞きました。赴任先で実績を上げて、四年後の長老選挙に出るんだって……」

誰に聞いたのかと問われたエマは、二ヶ月前に大神殿の礼拝堂で小耳に挟んだのだと正直に打ち明ける。とたん、アルバートは盛大なため息を吐き出した。

「はあ、そうですか、そういうことでしたか……王都から戻って以降、どうにも様子がおかしいと思ったら……気になることがあったなら、すぐに尋ねてくれればよかったのに」

「だって、そんなこと……」

いろんな思いを必死に一人呑み込んで悶々《もんもん》としていたのに、随分と簡単に言われてエマは思わずむっとする。ほんのりと膨れた彼女の頬を両手で挟み、アルバートは「いいですか、エマ」とまるで聞き分けのない幼子《おさなご》に言い聞かせるみたいに続けた。

「まず前提として、神官にはそもそも任期というものがございます。最初は三年、次に五年、さらに十年と任期が設定されています。その節目で神官が交代することは、半永久的に自動更新されるダリア女史のような土着の神官を除いては珍しいことではありません」

やはり、アルバートは節目となる三年後にアザレヤを去るのだろう。すっかり涙腺の緩んだエマがじわりと瞳を潤《うる》ませると、零《こぼ》れる前に親指の腹で涙を拭《ぬぐ》ったアルバートが畳み掛けるように言った。

「私の任期が三年なのは確かですが、三年経ったら何もかも放って王都に戻るなんていい加減なことをするつもりはありません。そもそも長老選挙云々は、ロベルトさんが私の意思を無視して勝手に進めている話ですし――何よりですね、エマ！」

「は、はいっ……!?」

急に大きな声で名を呼ばれたエマは、思わずアルバートの膝の上で姿勢を正す。背筋が伸びたことで近くなったエマの額《ひたい》に、上体を傾けたアルバートのそれがゴツンとぶつかった。

「……っ、いたっ」

「この期に及んで私がエマを手放すと思われているなんて、まったくもって心外です。エマはちょっと私の執着心《しゅうちゃくしん》を甘く見過ぎているのではないですか？」

「うう、いたっ、いたたた……っ」

「愛する人の幸せを思って身を引くなんて芸当、私には期待しないでくださいね。無理矢理奪ってでも、最終的に自分が幸せにできれば良しと考えるタイプの人間ですから」

額《ひたい》をグリグリと押し付けられて悲鳴を上げるエマに、どうやら相当機嫌を損ねたらしいアルバートは容赦しない。

「それでもこの手を擦り抜けようと言うのなら、既成事実をこしらえるのも辞さない覚悟です」

「んあ……っ、や……」

そのままエマの小さな鼻を甘噛みして、抗議の声を上げる唇を塞いだ。

食らい付くような口付けに、いまだ慣れないエマが空気を求めて唇を開けば、ここぞとばかりに熱い舌が攻め込んでくる。それに噛み付いて抗《あらが》うほどの勇敢さを持たないエマは、アルバートの腕の中でもがくのが精一杯だった。

窓から差し込む西日が、テーブルをありありと照らす。その上に寝かされたエマは、どこかぼんやりとした意識のまま、覆《おお》い被さってくる相手を見上げた。

端整な顔立ちなのに、今はやたらとギラギラした目をしていて……

「やっぱり……アルさんって、やばい人」

「……未来の夫に対して、ひどい言い草ですね」

くすりと笑って言ったエマに、アルバートもとたんに毒気を抜かれたような顔になる。

それを合図に、成り行きを見守っていたニケとミツも二人の側へと寄ってきた。

玄関扉が開く音がしたのは、そんな時だった。

いきなり外へ飛び出したアルバートが戻ってこないことを訝《いぶか》しんで、ロベルトとフォルカーが国軍駐屯地から戻ってきたのだ。

玄関の鍵が開いたままの神官用住居に入ってきた二人は、リビングでテーブルの上に乗せられたエマと覆《おお》い被さるアルバートを見つけて騒然となった。

「きゃー！　エマちゃーん!?」

黄色い悲鳴を上げて駆け寄ってきたフォルカーがエマを助け起こし、ロベルトがアルバートを羽《は》交《が》い締《じ》めにする。

「食卓で盛るとは何事だ！　聖職者が自制心を失ってどうする！」

「……ちっ、うるさいですよ。横縞《よこじま》のシャツに縦縞《たてじま》のズボンを合わせるような野郎に自制心を語られたくないですね」

「なんだ、何が悪い？　同じ縞模様ではないか。仲間だろうが」

「仲間じゃねーです。混ぜるな危険ですよっ！」

アルバートとロベルトの不毛な言い争いは、なし崩し的に四年後の長老選挙の話題にまで発展した。

「そもそも、ロベルトさんが勝手に私の人生設計を立てて吹聴するからいけないんですよ。ねじ曲がったそれがエマの耳に入って彼女を悲しませたこと、どう責任をとってくださるんですか？」

「そうか……それはすまなかったな、エマ。アルバートを神官長まで押し上げて、君を神官長夫人にするまで私が誠心誠意支えていくから、どうか許してほしい」

「いえ、あの、おかまいなく……神官長夫人とか全力で遠慮したいので、本当におかまいなく……」

エマとしては、アルバートとロベルトの話題には極力巻き込まれたくないのだが、当たり前のように間に座らされて逃げようもなかった。

テーブルを挟んで彼らの向かいに座ったフォルカーは、ミツの背中を撫《な》でながらのほほんと笑う。

「そうかぁ、アルバート君は神官長になるのかぁ、すごいなぁ、今の内にサインちょうだい」

「ロベルトさんの言葉を鵜《う》呑《の》みにしないでくださいよ、町長さん。私にはアザレヤでまだやることがたくさんあるんですから、彼の夢物語に付き合っている暇はないんです」

峡谷《きょうこく》に住まう帝国の守護神の成れの果てがミツの腹の中に収まってしまった以上、橋を架《か》けるのに反対するだけの懸《け》念《ねん》材料はなくなったのだ。きっとアルバートの最初の任期満了までに、カリステジア公国との間に橋が架《か》かり、アザレヤは良くも悪くもさらに注目を浴びるに違いない。

「そういえば……監査官としてのお仕事はどうなったんですか？」

何気なく問うたエマの言葉に、アルバートとフォルカーがとたんに気まずそうに顔を見合わせる。

エマは、聞いてはいけなかったのかと質問を引っ込めようとしたが、ロベルトがそれを許さなかった。

「アザレヤの町と神殿に、十八年前に不審な送金があった疑惑についての監査だろう。送り主はクライヴ・コンラッド、受取人は代々アザレヤの町長を務めるマーティン家。大方、神官長の隠し子の存在を町の中で蔵匿《ぞうとく》させる代わりに寄付金を申し出たのだろう」

そう述べた後、さらりと「あ、隠し子とは君のことだぞ」とエマを指差したロベルトに、アルバートとフォルカーが同時に頭を抱えた。

「ロベルトさん、あなたにはデリカシーというものがないんですか？　ああ、ないんですよね知ってました！」

「知っているなら聞くな」

荒ぶるアルバートとロベルトを他所《よそ》に、フォルカーは一人青い顔をしてぷるぷると震えている。どうやら彼も、エマの父親が神官長であると知りつつ秘密にしていたらしく、エマを見つめる目は痛ましさと罪悪感で満杯だった。

アルバートはアザレヤにおける監査官としての仕事を、実は着任した翌日にすでに完了していたのだとか。フォルカーと初めて会った日のことである。

あの日、アルバートがフォルカーとともに長時間部屋に籠《こも》っていたのは、神官長からの寄付金の詳細を聴取するためだったらしい。晴れやかな表情のアルバートとは対照的に、どっと疲れたような顔をして二階から下りてきたフォルカーが思い出される。

監査の結果としては、アザレヤに渡った金の出所が全額、神官長の個人資産からであったため、通常の寄付金として問題なく処理された。

「エマに父親の名を明かさないことと神学校に行かせないことを条件として、アザレヤは神官長から金銭を受け取ったんですよね。決断したのは、前町長とダリア女史でしたか」

「う、うん……ちょうどエマちゃんが産まれた年はライ麦が不作でね。町の財政が逼迫《ひっぱく》していた中で多額の寄付金を提案されて、突っ撥《ぱ》ねることができなかったんだろうね……」

アルバートの言葉に、フォルカーはしょんぼりとして頷く。もともとエマの父親が神官長であることを知っていたのは、前町長とダリアの二人だけだった。彼らは町のためにエマを売ったことへの罪悪感をずっと抱えていたのだという。

前町長は今際《いまわ》の際に息子のフォルカーに全てを打ち明け、ダリアも引退に際し当時の内情を包み隠さず記した帳簿と日誌をアルバートに渡すことで、自《みず》らの罪を曝《さら》け出した。

それはきっと、二人にとっての告解だったのだろう。

「エマちゃんは……お父さんのことを知ってしまったんだね。秘密にしていて、ごめんねぇ」

一人罪悪感を背負わされたフォルカーは被害者も同然だ。そんな彼を、エマはもちろん恨むつもりも責めるつもりもなかった。

その隣で、アルバートがロベルトに声を掛ける。

「そうだ、ロベルトさん。年中頭の中がお花畑なあなたの弟君が、礼拝堂の懺悔室《ざんげしつ》でおねんねなさってますよ。速やかに回収して、しっかり手綱《たづな》を取っていただけますよう奥方様へお伝えください」

「何っ、レナルドか⁉　まったく、しょうがない奴だな……」

この後、レナルドを文字通り叩き起こしたロベルトは、懺悔室《ざんげしつ》にてみっちり三時間、弟相手に説教を垂れたという。レナルドはもう一度エマに会いたがったが、彼女を自室に押し込めた上でアルバートが丁重に断った。

突然馬が走り出して町の外れまで行ってしまっていたレナルドの馬車も、日がすっかり落ちた頃には神殿に戻ってきて、ぐったりかつしょんぼりとした主人を乗せて王都へ戻っていった。

不思議なことが起こったのはこの翌朝である。

国境の峡谷《きょうこく》を常に覆《おお》っていた霧《きり》が、突如綺麗さっぱり晴れたのだ。

アザレヤの町民も国軍駐屯地の軍人達も初めて見ることが叶った谷底は、透き通ったエメラルドグリーンの水を湛《たた》え、豊かな緑に覆《おお》われた美しい場所だった。

さらに、峡谷《きょうこく》を挟んだ向かいの崖、そのずっと奥には微かに異国の街並が見える。

最初に人影を見つけたのは、アザレヤ一の元気者——兄になったばかりの六歳児ラズだ。

「おーい、こんにちはー！　はじめましてー‼」

彼がそう叫んで大きく手を振ってみせれば、相手も同じように手を振って返した。

これが、ウェステリア王国とカリステジア公国の、長い時を隔《へだ》てた末の記念すべき邂逅《かいこう》の瞬間であった。

＊＊＊＊＊＊＊

三日に一回だったアザレヤの郵便集配が、二日に一回になった。

アルバートがアザレヤに赴任してきて、そろそろ半年が経つ。

先頃、カリステジア公国とアザレヤを繋ぐ架橋《かきょう》が正式に決定し、技師や作業員のための宿舎が町外れに建設され始めている。少しずつ活気付いてきた故郷の様子を、アザレヤの人々は期待と不安を抱きながら見守っている状態であった。

「――アルさん？　何か良くない知らせですか？」

ある日の午後、リビングの窓辺に置いた鉢に水をやっていたエマは、郵便集配人に応対していたアルバートが戻ったのに気付いて首を傾げた。彼が手紙を広げて何やら難しい顔をしていたからだ。

アルバートの小脇には封筒が抱えられている。大きさからして、中身はおそらくお馴染《なじ》み『月刊神官』最新号だ。

毎月載っている星占いを秘かに楽しみにしているエマは、後で見せてもらおうと思いつつ、アルバートが眉間に皺《しわ》を寄せたまま読んでいる手紙をなんとはなしに覗き込んだ。

「――って、ちょっとこれ、私宛《あ》てじゃないですか！　どうして勝手に開封して、アルさんが先に読んでるんですかっ!!」

「ただの検閲《けんえつ》ですよ。父やフランさんから以外でエマに宛《あ》てられた王都発送の手紙なんて、碌《ろく》でもないに決まってます」

手紙の最初に自分の名前を見つけたエマは、慌ててアルバートの手からそれを奪い返そうとした。

しかし、背の高い彼が手を掲げてしまえば、エマがどんなに飛び上がったって届くわけがない。

「もう、やだ。返してくださいよっ。スペンサーさんやフランさん以外で王都からって……差出人はいったい誰なんですか？」

「エマが知る必要はありません」

取りつく島もないアルバートに、エマはむうと唇を尖らせる。

ただし、エマに関して彼が殊更《ことさら》独善的になるのは今に始まったことではないので、その場合の対処法も確立していた。エマは力尽くで手紙を奪い返すのを諦めると、アルバートの真っ黒い祭服の袂《たもと》をちょんと引き、小さく首を傾げてみせる。

「アルさん、ねえお願い……返して？」

「……っ、く、あざといっ！　だがしかし、可愛いっ‼」

エマが普段は見せない甘えた顔をすれば、それが演技と分かっていてもアルバートは容易《たやす》く陥落する。自分限定で意外にちょろい彼のことを、エマが最近ちょっと可愛いと思っているのは内緒だ。

ちなみに、この対処法の考案者は、エマの垢抜《あかぬ》けた幼馴染《おさななじみ》サイラである。

しかし、感極まった様子のアルバートに抱き締められてしまい、自分の背中に回った彼の手にある手紙をどうすることもできない。そんな時、音も立てずに飛んできた青い影が、エマに気を取られて力が緩んでいたアルバートの手からそれを奪い取った。ニケである。

手紙を嘴《くちばし》で挟んだニケは、すいっと旋回《せんかい》して窓辺に——そこにだらんと寝そべっている猫のミツの背中に舞い下りる。エマとニケによる連携プレーは、見事に成功を収めたのだった。

とたんに、頭上から降ってきた鋭い舌打ちを、エマは聞かなかったことにする。

「ひどいですよ、ニケさん。返してください」

『ひどいのはどっちだい。束縛し過ぎる男は嫌われるよ』

「エマが私を嫌う？　——はは、まさか。あり得ませんね」

『……いったいなんなんだろうねえ。お前さんのその自信』

アルバートに向かって呆れたようなため息を吐いたニケは、大人しく寝そべったままのミツの背中に手紙を広げる。だが、なになに……とそれを覗き込んだ直後、手紙の端を嘴《くちばし》で摘まんでビーッと縦に裂いてしまった。

「わあああっ、もう、ニケまで！　なになに、なんでっ⁉」

『……まったく腹立たしい。このような破廉恥《はれんち》極まりない手紙、エマに見せてなるものか』

「えええっ……そんな手紙もらう心当たり、全然ないんだけどっ！　ほんと、誰からの手紙なの⁉」

『エマが知る必要はない』

ニケはアルバートと同じ台詞《せりふ》を吐いて嘴《くちばし》を閉じる。まさかの裏切りに、エマは途方に暮れた。

ところが、そんな彼女に思わぬ援軍が現れる。

ミツが寝そべる窓辺に置かれていた鉢。今さっきエマが水をやっていたそこには、楕円形《だえん》の葉を広げた幼木が植わっている。

実はこれ、以前王都を訪れた際に、エマがアルバートの実家でもらってきたアボカドの種が育ったものだ。ミツがぺっと吐き出したのを土に埋めて一月《ひとつき》ほどで芽を出し、すくすくと成長している。

そのアボカドの幼木が、風もないのに突如左右に大きく揺れ始めた。自然と葉同士が擦れ合い、カサカサと音を立て――やがてそれは、意味のある言葉を形成する。

『――差出人は、レナルド・ウェステリア』

「ちっ、余計なことを。ちょん切ってやりましょうか」

『ちっ、貴様、その芽を啄《つい》ばむぞ』

アルバートとニケが同時に舌打ちをする。

傍《かたわ》らでニケが広げていた手紙を盗み見たらしいこのアボカドの幼木、当然ただの植物ではない。

ミツが小さな鼠《ねずみ》の姿になった帝国の守護神を丸呑みした時、偶然アボカドの種も彼の腹に入っていた。ミツのでっぷりとした腹の中でいったいどんな摩訶不思議《まかふしぎ》な反応が起こったのかは分からないが、その後吐き出されたアボカドの種は、なんと帝国の守護神の寄り代となっていたのだ。

アボカドの木として成長中の帝国の守護神は、カサカサと葉を揺らしてさらに言葉を紡《つむ》ぐ。

『差出人は、以前エマから尻に食らった一蹴りによって新たな扉を開いてしまったらしいぞ。そなたの足で、今度は立てなくなるまで蹴ってほしいそうだ』

「ひええっ、聞かなきゃよかった!!」

幼木のくせに妙にダンディな声だ。さすがは帝国の守護神といった貫禄《かんろく》である。

無駄にいい声で、自分宛《あ》ての碌《ろく》でもない手紙の内容を語られたエマは、盛大に顔を引き攣《つ》らせた。

「そこのアボカド、そのおしゃべりな口を閉じなさい――ああ失敬、そもそも口なんてなかったですね。エマ、これ絶対に後々面倒なことになりますから、今の内に引っこ抜いちゃいましょうよ。アボカドが食べたいなら取り寄せてあげますから、ね？」

「だめだめ、だめですよ。引っこ抜いちゃだめです。どんな花が咲くのか見たいんです」

鉢植えに伸ばされそうになったアルバートの腕を、エマは慌てて捕まえる。

アボカドになった帝国の守護神に対してアルバートは否定的だが、芽が出るまで面倒を見ていたエマはすっかり情が移ってしまっていた。

アルバートの腕をぎゅっと抱き締めてふるふると首を横に振るエマに、彼は優しい声で諭《さと》すみたいに言う。

「アボカドは暖かい地域の植物ですよ？　残念ですが、気温の低いアザレヤでは花が咲くまで育たないでしょう」

『なめるな、若造。寒さくらい、気合で乗り切ってみせるわ』

一方、帝国の守護神の方もアルバートが気に食わないようだが、世話をしてくれたエマにはすっかり傾倒してしまっている。長年谷底に放置されて腐っていたからこそ余計に、エマの甲斐甲斐《かいがい》しさが骨身に染みたのだろう。

『エマ、エマや。あと一月《ひとつき》もしたら、私をアザレヤの大地に植えておくれ。愛しいそなたのために、いっとう美しい花を咲かせてみせよう』

「私の前でエマを口説《くど》くなんて、いい度胸してますね」

帝国の守護神の猫撫《な》で声に眉を顰《ひそ》めたアルバートは、自分の腕にしがみ付いていたエマを抱き寄せると、反対の腕を窓辺に伸ばす。その手で、いつの間にか四つに裂かれていた手紙をニケの足の下から引っこ抜いた。

「ニケさん、お気持ちは分かりますがこれくらいで留めてください。文字が読める程度で残しておかないと、後々殿下を強請《ゆす》れませんので」

「……アルさん、王族を強請《ゆす》るつもりでいるんですか？」

「王族だろうとなんだろうと、私の妻に対してこのように性的倒錯甚《はなは》だしい手紙を送りつける暴挙を許すことはできません。がっぽり慰謝料を請求しましょう」

「私……いつアルさんの妻になったんですか？」

エマの問いに、レナルドからの手紙を封筒に戻したアルバートは心外なとばかりに片眉を上げる。

「あなたと私は将来を誓い合った仲ではありませんか。すでに事実婚のようなものです。なんなら今すぐ書類を用意しましょうか？　私が全て書きますのでエマは最後にサインだけしてくだされば結構ですよ」

「いや、待って……」

「保証人でしたら心配いりませんよ。町長さんでも司令官閣下《かっか》でも、私の父やフランさんでも、なんならロベルトさんだって快《こころよ》く署名してくださるでしょう」

「待ってくださいってば！　そもそも、アルさんに一方的に将来を誓われたことはありましたが、私の方から誓ったことはありません！」

エマがそう叫んだとたん、ぎゅっと強い力で抱き締められる。封筒に戻された手紙がアルバートの手の中でグシャッと握り潰されるのが視界の端に入った。

「――だったら、今ここで誓ってください。ニケさんと、ミツさんと、少々不本意ですがあのアボカドも証人です。今世も、来世も、来来世も――未来永劫私と番《つが》いましょう」

「話が大きくなってる……」

エマは小さくため息を吐きつつ、アルバートの肩に顎《あご》を載せた。

ぎゅっと抱き締められてぴたりとくっ付いた胸から相手の鼓動が伝わってくる。おかげで、アルバートの拍動が常になく忙《せわ》しないことにも気が付いた。

自分限定で容易《たやす》く余裕をなくす彼のことを、エマが最近ちょっと可愛いと思っているのも、やっぱり内緒だ。相変わらず重いアルバートの愛情を負担に思わなくなっている自分に苦笑する。

「やっぱり、アルさんってやばい人」

エマが肩を竦《すく》めてそう呟くと、その肩にグリグリと額《ひたい》を押し付けてアルバートが唸《うな》る。

「エマが、私をやばい奴にしているんですよ。全部エマのせいですからね。責任とってください」

「言い掛かりですよね」

窓辺では、一つ大欠伸《おおあくび》をしたミツがそのまま丸まって眠り始めた。

彼を間に挟んで、ニケとアボカドの幼木――ウェステリア王国の守護神とかつての帝国の守護神が並ぶ。窓から差し込む日の光を浴びて、ニケの青い羽毛はキラキラと輝き、アボカドの葉も青々と艶《つや》めいていた。

帝国の守護神はエマに、己の寄り代をアザレヤの大地に植えろと言った。アザレヤに根を下ろす——つまりそれは、かつて守護していた帝国の後身であるカリステジア公国ではなく、アザレアに身を留める決意の現れである。

はからずも、アザレヤ——ひいてはウェステリア王国は、ニケに加えて帝国の守護神からの加護も得ることになるのだ。カリステジア公国との国交を回復し、大きく変革の時を迎えようとしているこの国にとって、これほど心強いことはあるまい。明るい未来への期待にエマの胸も膨らんだ。

「アボカドの花が咲いたら、アルさんと一緒に見たいです」

「はい」

「実が生《な》ったら、それでアルさんのために料理を作りますね」

「是非に」

将来のこと、ましてや来世や来来世のことは分からないが、この先もずっと長く側にいたいと思っているのはエマも一緒だ。

エマは自分を抱き締めたままのアルバートの背中に両手を回して撫《な》でる。

そして、彼の耳元にそっと唇を寄せると、万感の思いを込めて囁《ささや》いた。

「やばい人でも——好き、ですよ」

この作品に対する皆様のご意見・ご感想をお待ちしております。

おハガキ・お手紙は以下の宛先にお送りください。

【宛先】

〒150-6005 東京都渋谷区恵比寿 4-20-3 恵比寿ｶﾞｰﾃﾞﾝﾌﾟﾚｲｽﾀﾜｰ 5F
（株）アルファポリス　書籍感想係

メールフォームでのご意見・ご感想は右のＱＲコードから、
あるいは以下のワードで検索をかけてください。

アルファポリス　書籍の感想　検索

ご感想はこちらから

エリート神官様《しんかんさま》は恋愛脳《れんあいのう》!?

くるひなた

2018年　11月　5日初版発行

編集－反田理美
編集長－塙綾子
発行者－梶本雄介
発行所－株式会社アルファポリス
〒150-6005 東京都渋谷区恵比寿4-20-3 恵比寿ｶﾞｰﾃﾞﾝﾌﾟﾚｲｽﾀﾜｰ5F
TEL 03-6277-1601（営業）　03-6277-1602（編集）
URL http://www.alphapolis.co.jp/
発売元－株式会社星雲社
〒112-0005東京都文京区水道1-3-30
TEL 03-3868-3275
装丁・本文イラスト－仁藤あかね
装丁デザイン－ansyyqdesign
印刷－中央精版印刷株式会社

価格はカバーに表示されてあります。

落丁乱丁の場合はアルファポリスまでご連絡ください。

送料は小社負担でお取り替えします。


ISBN978-4-434-25272-3 C0093